一年

唐慧忠——著

这部书，

是中国绝大多数乡镇干部工作和生活的真实写照；

是中国绝大多数乡镇干部想流露和表达的心声和情怀……

天津出版传媒集团

百花文艺出版社

图书在版编目（CIP）数据

一年 / 唐慧忠著 . -- 天津：百花文艺出版社，
2024. 8. -- ISBN 978-7-5306-8932-5

Ⅰ. I247.5

中国国家版本馆 CIP 数据核字第 2024CP9183 号

一年
YINIAN
唐慧忠　著

出版人：薛印胜
责任编辑：郑　爽
书名题字：唐　湘
装帧设计：百悦兰棠 [BAIYUE LANTANG]
出版发行：百花文艺出版社
地址：天津市和平区西康路 35 号　　邮编：300051
电话传真：+86-22-23332651（发行部）
+86-22-23332656（总编室）
+86-22-23332478（邮购部）
网址：http://www.baihuawenyi.com
印刷：河北文盛印刷有限公司
开本：787 毫米 ×1092 毫米　1/16
字数：260 千字
印张：17.25
版次：2024 年 8 月第 1 版
印次：2025 年 1 月第 1 次印刷
定价：88.00 元

如有印装质量问题，请与河北文盛印刷有限公司联系调换
地址：河北省保定市涿州市东仙坡镇下胡良北口
电话：0312-3703833　邮编：072750

题记

每个人都生活在基层组织里。乡里人的基层组织叫村，比村高一级的叫乡，或者叫镇；城里人的基层组织叫社区（居委会），比社区高一级的叫街道办事处。而城关镇就是介于乡镇和街道办事处之间的基层组织，在城里人看来，它是乡镇；在乡里人看来，它又是城里的机关。但说来说去，城关镇的干部，还是一个乡镇干部。

当下社会，不少人都戴着一副有色眼镜看待乡镇干部，甚至在有的人眼里，“乡镇干部”近乎一个贬义词，认为他们缺文化少良知，成天只知道在乡里百姓面前打官腔，尽干些不着调的事。所以，凡是乡镇干部和老百姓之间发生了一点什么事，被媒体曝光了，舆论往往一边倒，都是谩骂和谴责乡镇干部的。

其实，事实并非如此。上面千条线，下面一根针。乡镇干部，才是真正与民同行、直接服务老百姓和老百姓打交道的干部，或许有摩擦和怨尤，但更多的是唇齿相依、水乳交融，需要更多的理解和包容。

《一年》写的是城关镇党委书记尹志刚近一年的乡镇工作历程，全面系统地记录了乡镇工作的真实状态和乡镇干部在工作中所经历的酸甜苦辣，小说原汁原味、真实自然地向读者展示了许多不为人知的乡镇故事：精准扶贫、综治信访、换届选举、扫黑除恶……

这部书，是中国绝大多数乡镇干部工作和生活的真实写照；

这部书，也是中国绝大多数乡镇干部想流露和表达的心声和情怀……

目录

第一章

天刚蒙蒙亮，尹志刚就醒来了。冬日的凌晨，北风呼号，落木萧萧。除了街上的几盏路灯还精疲力尽地耀着橘黄色的光，一切活泛的生灵仿佛在这个冬天的早晨，都还没苏醒过来，显得阒寂无声。

这是一个多么平常的早晨，对尹志刚来说，却是个非常特别的日子。因为今天他将去城关镇履新，担任新一任城关镇党委书记。

在此之前，县委书记李志强亲自找尹志刚谈了话。李志强书记的话意味深长，又教诲谆谆，在尹志刚看来，那些话只有成熟的政治家和颇有学问的哲学家才能说得出来。

李志强说："志刚，这次城关镇党委书记周虎诚去环保局任职了，经县委慎重考虑，决定让你去城关镇当'班长'。按你的年龄和资历，县委让你到一个有十来万人口、在全县占有关键地位的城关镇去主政，你应该知道肩上的担子有多重了吧？这是县委对你莫大的信任，也是对你的考验。"李志强掸了掸手上的烟头，很沉重很深情地说："志刚呀，权力是一副重担，是一种责任，更是一把'双刃剑'，它既可以给人民带来福祉，也可能给人民带来伤害。所以，领导干部做官用权，要有如履薄冰如临深渊之感，要常思贪欲之祸，常怀律己之心，常除非分之想啊。"

李志强这番话既饱含对下属的关爱，又是珍贵的从政经验之谈。尹志刚深知，做官用权，拍板决策，造福社会是一件很神圣、很荣耀的事。但正如一篇文章里说的：许多为官者忽略了权力是一把双刃的剑，“挥”之不慎可能会伤及自己；权力是一把炽热的火，“燃”之不察可以将自己焚毁；权力是一泓激流的水，“掘”之不疏会招致灭顶之灾。

尹志刚很清楚城关镇在全县有着举足轻重的地位。假如把一个县比作一个“小王国”的话，那么城关镇就是这个“小王国”的首府，是这个小“王国”的政治、经济、文化中心所在。李志强最后意味深长地对尹志刚交代：“我也是从镇党委书记干上来的，深知个中甘苦。打个比方，镇党委书记，就像是一个没系保险带的高空杂技演员在表演走钢丝绳。你表演得很精彩，那是你应该为观众带来的感官刺激，人家是买了票的；一旦你因为技术不过关，从高空上摔了下来，没人会怜悯你，没有金刚钻，别揽瓷器活，还是让那些技艺过关的演员上阵吧！”李志强又深深地吸了一口烟，接着说：“也许，我现在跟你讲这些道理，你还不太懂，但以后你会慢慢明白的。”

尹志刚真的不明白，怎么拿一个堂堂的镇党委书记，去跟一个没系保险带的高空杂技演员相比呢？尹志刚很年轻，今年才三十二岁，大学毕业后，被省委组织部选派到基层锻炼，先后在资水县的前车门镇干过团委书记、副镇长、宣传委员，后被调到团县委任副书记，不久又卸副转正任团县委书记，这次就是从团县委书记的位置上，调到城关镇担任镇党委书记的。虽然都是正科级，但两个职位的含金量绝对不相同，城关镇党委书记有好几任直接进了县委常委。这次尹志刚虽属平级调动，但绝对属于重用。

别看尹志刚年纪不大，但处事干练，遇事不露声色，工作有思路有方法。这也是县委看中他的重要原因之一。尹志刚虽没有完全理解李志强谈话的深刻含义，但他深深地记住了这些话。比如这天凌晨，他就是这么想的，自己将是一个没系保险带的高空杂技演员，去给城关镇近十万父老乡亲演一台戏，他暗暗勉励自己，这台戏只许演好，不许演砸，只许成功，不能失败。

尹志刚一家三口，还有自己的母亲，四口人住一套三室两厅的房子。早晨七点，母亲给他做了一碗热气腾腾的面条，递上面条的时候，还说了几句吉利话，大意是祝贺尹志刚新官上任、前程似锦、平平安安、仕途腾达。尹志刚从小就爱吃母亲做的面条，特别是上面还罩一个金黄色的煎鸡蛋，母亲那色香味俱全的煎蛋面条，是任何餐馆都替代不了的。尹志刚风卷残云般将一碗面条一扫而光，没来得及擦嘴巴，楼下响起了汽车喇叭声。城关镇的司机小彭今天第一次来接新上任的党委书记去上班。

下楼后，小彭接过尹志刚的公文包，又替尹志刚打开了车门，两人简单地客气了几句。说实话，尹志刚从来没享受过这等待遇，但见小彭动作自然而娴熟，那就“入乡随俗”吧。

小彭很专心地开车，时不时拿眼睛偷瞥尹志刚。

此时的尹志刚，也是思绪万千，突然就想起一首诗来：

昆仑之高有积雪，蓬莱之远常遗寒。

不能手提天下往，何忍身去游其间？

他不记得这诗是谁写的，为什么突然就想到了这首诗，真的很怪！有时候人的思维本来就很怪，会闪出一些奇怪的念头，特别像他今天这样的情况，“不能手提天下往，何忍身去游其间”呢？他去城关镇不是“游”，而是豪情满怀要去“为官一任，造福一方”的。

县政府和镇政府只相距一箭之遥，所以，县委组织部的领导送尹志刚赴任，也不像送其他乡镇的领导赴任一样，开好几辆车。组织部领导的车比尹志刚迟到几分钟，因为组织部部长去省里开会了，这次来的是组织部常务副部长凌风，凌风是尹志刚在党校青干班的同学，早已熟悉得像哥们。

到城关镇的时候，按程序开了一个简短的欢迎和送别大会。全体干部到场，先由凌风宣读县委的决定，对前任党委书记周虎诚作了肯定性评价，然后对尹志刚做了一下简单介绍。尹志刚又作了表态性发言，主要谈了对组织安排表示服从和感谢，又郑重向城关镇全体干部表态道：“接过城关镇发展的接力棒，我既感到责任重大，又对履职尽责充满信心，有幸能为城关镇的繁荣稳定奉献自己的绵薄之力，让我倍感荣幸，倍加珍惜，唯有夙夜在公，用心工作，不敢有丝毫懈怠和放松……”

接下来，前任党委书记周虎诚也讲了话，离别之际，更是心存感念，依依不舍。他深情地说：“这几年，是我人生中一段宝贵的岁月、难忘的历程，我怀念在城关镇工作生活的三年美好时光，永远铭记大家给我的宝贵教益，始终珍藏与同志们的深情厚谊。”最后，周虎诚祝福城关镇在新任党委书记尹志刚的带领下越来越红火，长江后浪推前浪，青出于蓝而胜于蓝。

这个会的关键，是传达组织意图，让大家认识新领导，送别老领导。会议开得很简短，不到一个小时，就在热烈的掌声中结束了。

散会后时间还早，不到吃午饭的时间，凌风带着几个人要回部里。走之前，凌风对尹志刚说：“老同学，客套话就不讲了，这顿饭先记在这里，下次补上！”见尹志刚满脸不悦的样子，凌风进一步解释道：“你知道的，这段时间正是人事调整的特殊时期，部里每个人都忙得晕头转向，脚跟打屁股，搞不清藤！”“搞不清藤”是资水土话，藤是深山老林的一种植物，根茎细长，柔软而坚韧，这里的意思是指事情多得理不清思绪，形容非常之忙。

尹志刚说：“人是铁饭是钢，一顿不吃饿得慌。搞不清藤，也要吃饭嘛！”见凌风执意要走，就说，“那这样吧，有空的时候打个电话来，我随时奉陪！”

尹志刚又转向周虎诚，说：“周局长，那我们一起吃个工作餐吧？”一个会议下来，周虎诚的身份立即由主人变成了客人。组织部的人走了，周虎诚自然也不会留此吃饭，连连摆手说：“下次吧，下次吧！”

尹志刚不便强留，握着手，笑着说：“那好吧！记得这里是娘家，以后一定要多回娘家看看！”

送走了凌风和周虎诚一行，尹志刚在党政综合办主任小廖的带领下，来到自己的办公室。

办公室的门是虚掩着的，尹志刚进门，就看见一个衣着褴褛、年约八旬的老人正坐在办公室沙发上，看样子已经等他很久了。来不及跟老人打招呼，小廖早吆喝开了：“何四岸，年前给你送去了八百元慰问金，怎么刚过完年又来了？”

尹志刚不明内情，见小廖的口气里带着几分敌意，便用余光扫了小廖一眼，小廖知趣地住了嘴。

尹志刚宽大的办公桌上正泡着一杯热气腾腾的茶，肯定是小廖在他没到办公室之前泡上的。尹志刚放下公文包，示意小廖给面前的老人也倒上一杯，小廖极不情愿地拿一只纸杯，给何四岸倒了半杯热茶。

这时，尹志刚才客气地问道："老人家，找我有事吗？"

何四岸满脸疑惑地看着尹志刚，不解地问："周虎诚呢？他年前只给我解决了八百元困难救济金，许诺年后再给我解决两千元，他现在去哪了？"何四岸在说话时，随着嘴唇的一张一合，有两团圆圆的唾沫随着他嘴唇的变化，一大一小地收放着。

尹志刚知道眼前的老者不是一个好惹的善茬。尹志刚继续问道："何老，您有什么事可以跟我说，周书记已经调走了。"

何四岸一点不客气，用他那只被岁月雕满皱纹的手，大力地拍着尹志刚的办公桌，不知不觉将一条腿也蜷到了尹志刚对面的皮沙发上，大声说道："讲起我的事，三天三夜也说不完。你们呀，真是猫鼠一窝！想跟我踢皮球？我今天只问个事，那许诺的两千块钱什么时候能兑现？"

说到激动处，何四岸又拍了办公桌一掌，大声道："你们是跑得了和尚跑不了庙。你新来的，我先告诉你，三天后没拿到钱，我立即再卷铺盖到省里去！"说罢，何四岸起身，拄着拐杖就往外走。

何四岸转身往外走的时候，尹志刚这才发现，何四岸那根涂满朱漆的拐杖上，用毛笔写满了许多字，诸如"保家卫国""抗美援朝""卫国英雄"……

小廖急于解释何四岸的事，被尹志刚挥手打断了，对他说："你通知镇党委，人大、政府、政协班子成员，开个碰头会吧。"

小廖转身出去了，尹志刚起身打量了一下这间以前属于周虎诚，现在属于自己的办公室。这间办公室的装修在镇里应该是最好的，一张办公桌老宽老宽，上面摆了一部电话，还有一个地球仪作装饰。资水县的领导办公室都兴摆设这种地球仪，大概是“身居一隅、胸怀天下”的寓意吧。整个办公室就换了一张新的真皮靠背椅，这张椅又宽又大，坐上去很是舒服。新官上任，不坐旧椅，图个吉利。

看来小廖还算细心，这间办公室里什么都没换，就换了一张靠背椅。尹志刚坐上去，轻轻转了一下，发现靠背椅正上方的墙面上，有一幅字，是草书，尹志刚辨认了好久，才知道上面写的字：

人生天地间　忽如远行客

尹志刚把玩了一会儿，觉得这话有点意思，但是消极了一些。人的每个阶段，对人生的理解固然是不同的。周虎诚年届五旬，五十而知天命，对人生看得通透些，但凡看透了，自然就消极些。而尹志刚不同，刚刚而立之年。一个是落日，一个是朝阳。如今尹志刚办公室再挂一幅这样的字，显然不妥了。

这时，小廖进来报告说班子成员都通知到了，随时可以开会。尹志刚指指那幅书法，说：“这幅字撤下来，改天给周局长送过去吧。”

第二章

尹志刚是最后一位赶到四楼会议室的。他到之前，除了城关镇派驻县域重点工程的政协联工委主任刘一夫未到，其他班子成员早已到齐，按职务高低分坐两旁，正中间留着一个空位，这空位的真皮靠背椅明显比其他领导坐的靠背椅要宽大高级那么一点点，无形之中，就为一个单位的一把手、县委书记李志强所说的“班长”，树立了一种绝对权威。

尹志刚一进门，大家就开始热烈鼓掌，尹志刚朝大家轻轻颔首，然后径直走到自己的座位上，抬手轻轻压了压，示意大家停止鼓掌。

总的来说，这次会议的内容比较单一，气氛非常轻松，就是个碰头会。尹志刚向大家又做了自我介绍，说了几句客套话，让大家在今后的工作中，小事讲感情，大事讲原则，多多支持和配合。然后，是镇里的各位班子成员向尹志刚做自我介绍，大多比较简短，但尹志刚记得很认真。

镇长岳峰是县里有名的笔杆子，尹志刚早有耳闻。岳峰本来是县委宣传部一名普通的宣传干事，因为写了一篇理论文章并发表在省委主办的《理论周刊》上，被省委主要领导看到并亲自作批示在全省推介学习，县委书记因此对岳峰另眼相待，调到自己身边搞专职文秘，不到一年时间又破格提拔为县委办副主任，县委书记在提为香江市副市长之前，又把岳峰调到城关镇，担任镇长。一年多时间，岳峰走完了一般人十年都走不完的路程。所以，岳峰在很多场合都喜欢讲这样一句话：“金子在哪里都会发光的”。但他不知道，发光的金子是极少数的，还有许多金子就像石头一样，被埋在地下未被发现。岳峰也很年轻，只比尹志刚大两岁。

人大主席何平凡的年纪相对而言大很多，今年五十一岁了，他是城关镇元老级人物。何平凡的经历比较单一，自工作以来，就一直待在城关镇，从普通干部到党政综合办主任、副镇长、政协联工委主任，一直到今天城关镇的人大主席，一步一个脚印地走过来。他被誉为城关镇一部会说话的活“字典”，有关城关镇的重要事件、人事变更，你根本不必劳神费力去查资料翻档案，只问问他保准就成。有次组织办的干事因一位退离二线的老干部，何年何月解决副科级待遇而查找不到原始资料，急得直跳。连当事人都记不太清楚了，一会儿说是这年一会儿又说是那年，问他到底是哪年时又不敢肯定了。何平凡正好在场，他皱着眉头眯了眯眼睛，扳着手指头一算，说应该是某年的某月，同你一起解决的还有某些人，某人在你之先，某人又在你之后，这样一一道来，完全符合逻辑。但这关乎个人的经济待遇，没有白纸黑字的文字资料佐证，当然不能以摸脑壳为依据。于是，组织干事特地去县委组织部档案室翻阅了原始资料，竟然和何平凡所说的分毫不差。从此，大家送他一个绰号——何档案。

常务副镇长黄金山，是撤区并乡时从城关镇隔壁的乡镇调过来的，撤区并乡前是副乡长，并后就成了一名股级干部，又干了十来年，才当上副镇长。所以，黄金山也是一个干了近三十年农村工作的老干部，对农村工作烂熟于胸，干起工作来思路清晰、有板有眼、一套一套的，别人搞不定的事情，他敢打包票。黄金山也是个优缺点明显的人，优点是这人敢于下深水，善啃硬骨头，对领导交办的任务，都能不打折扣地完成。缺点是他喜欢打牌，生活作风懒散，组织纪律观念淡薄，常常开会迟到。总的来说，还是个优点大于缺点的人，大毛病没有，小毛病不断。所以，后来尹志刚总结，当“班长”也有它的学问和技巧，这些学问和技巧是书本上找不到的，但它确实又是一门很实用的领导艺术。别人说因材施教，当领导就应该“因人施用”，哪样工作需要起用哪样的人，具体问题具体分析，绝对不能按照纸上写的那些条条框框，去照搬照办，假如全部按这些“本本主义”去搞的话，那么工作是绝对干不好的。工作干不好，跟下属的关系也处理不好，长此以往，只能两败俱伤。明白这点以后，尹志刚觉得对黄金山这样的人，只要他在工作上没撂挑子没添乱子，就姑且听之任之，确实过意不去了，来点口头批评。好在黄金山从来不计较那些言语上的得失，就算尹志刚批评他几句，他总是露着被烟熏得又黑又黄的大龅牙，嘿嘿地笑着，过后工作照干，牌也照打。

政法委员孙建国长得有特点，五大三粗，膀大腰圆，说话声如洪钟，带着特别重的乡音，也在乡镇干了大半辈子，先从资水县最偏远的乡镇干起，后面换了几个乡镇，其中包括前车门镇，几经周折才调到城关镇来。

宣传委员何正声是个很有意思的人。何正声在县委组织部待了五年，却一直原地踏步，没有进步。到城关镇来的时候，还是一个普通干部，连副主任科员也没有解决。别人私底下议论纷纷，怀疑他是不是犯了什么错误，其实，他还真没犯什么错误，并且是自己要求来城关镇的，个中缘由至今无人知晓。在城关镇又苦干实干了六年，终于解决了副科级，首先当工会主席，年前班子变动，才当上宣传委员。如此一路走来，可谓是“仕途坎坷”了。何正声这人虽然仕途不顺，却还是县里小有名气的书法家，写得一手好毛笔字。有时候也难免埋三怨四，听那口气，很有点怀才不遇的味道。

其他几位：镇纪委书记李雅茹，是个非常年轻的女同志，人长得很漂亮，是那种男人认为漂亮、女人也认为漂亮的女人。这还不算，她的工作能力也跟人一样漂亮。都说男女搭配，干活不累。现在的班子配置，要求班子里面至少有一名女同志。李雅茹对工作泼辣大胆、热情很高，可谓前途无量。组织委员钟益和工会主席肖征兵两位班子成员，年纪都近五十了，工作有能力有魄力，但在以前的工作中出过差错，受到过组织的处理，所以至今还只是副科级。田源和陈旗是两位副镇长，前者驻开发区某重点工程指挥部，只开会时才来镇里报到，平时完全在开发办签到考勤；陈旗是三年前才从下面乡镇考上来的，按照有关规定，领导班子成员中还必须配备一位三十岁以下的年轻干部，他便是城关镇班子成员中年纪最小的干部，作为组织第二梯队人才培养的。还有人大副主席刘成，也是这次从组织干事位置上提拔上来的。这几位同志因为年轻，以前跟尹志刚没有工作上的交往，所以对他们陌生一点。

会后，岳峰提议大家一起吃顿便饭，一是为尹志刚接风，二是联络感情。这个提议得到了大家一致同意，尹志刚自然也不好拒绝大家一片好意。刚刚在会上大家相互认识了一下，自然算正式场合上的。到了饭桌上，才能真正放得开。

饭桌上不比开会，聊天就随意起来。从一个主题到另一个主题，只要大家感兴趣，就可以畅所欲言。因为都在乡镇工作，自然而然聊到了乡镇干部这个话题，大家一致表示，乡镇工作越来越难干，乡镇干部越来越难当。这时，何平凡顺口说道："乡镇干部可怜呀！反应慢的会被玩死，胆子小的会被吓死，身体差的会被累死，讲话直的会被整死，能干活的会被用死！"

尹志刚听了，不觉一笑，对何平凡说："大家别这么丧气！乡镇工作虽然苦点累点，但我们也可以苦中作乐嘛！"

饭后，小彭送他回家。

尹志刚到家后，就用毛巾擦了擦脸，便倒在床上呼呼睡了过去。

第三章

第二天上班，尹志刚第一件事就是请来孙建国。因为孙建国是政法委员，在镇里分管武装和综合治理，其中包括信访稳定这一块工作。尹志刚亲自起身给孙建国倒了一杯茶，笑着问："信访这块工作感觉怎么样？"

孙建国顿时将脑袋摇得像拨浪鼓，说："简直不是人干的活！"尹志刚被逗笑了，说："劳神费力是真，但还不至于此吧！"

这时，孙建国想起了一个小故事，就说："尹书记，我前几天在手机上看到这样一个事情，今年过春节，几位在北京的打工者想回家过年，苦于买不到火车票，怎么办呢？几个人冥思苦想，其中一位脑洞大开，突然说，'有了！'大家齐声问，'什么办法？'这位老乡说，'我们可以找县里的驻京办！大家一想也是个办法，可以试一下。'于是打电话联系驻京办说，'我们是某某县的进京务工人员，春节了，想回家过春节，但买不到火车票，所以想请你们帮个忙，买几张车票。'电话那头的工作人员说，'这期间火车票很紧张，我们也没办法。'打工者们就说，'你们没办法，那我们明天去国家信访局登记。'驻京办工作人员口气顿时软下来，无奈地说，'别，别，我们想想办法吧。'第二天，驻京办的工作人员真的送来了几张火车票，几个打工者顺利回家过年了。"

尹志刚说："这是《故事会》上的一则笑话吧！"

孙建国很认真地说："就算这是个杂志上的笑话！那我讲一件坊间流传的

事给你听吧。有几个人在餐馆吃完饭要结账，有人说，要是有人给我们这桌饭买单就好了。其中一个上访钉子户说，‘对，让信访局买单！’大家异口同声道，‘你做梦啊？你以为自己是县长是县委书记？’这时，上访户不慌不忙地掏出手机，拍着胸脯说，‘看我的！’然后当着大家的面，立即拨通了县信访局局长的电话，‘领导啊，我跟几个哥们在资水餐馆吃了一顿饭，你知道的，近来手头有点紧张，是不是请你派个人来……’话没说完，电话那边局长就打断了他的话，非常肯定地表示拒绝。上访户这才淡淡地说，‘那就算了吧，不难为你了。’稍稍停了一下，又说，‘顺便给你说一声，我准备明天再上省赴京，向上面反映一下我的问题。’信访局局长顿时像泄了气的皮球，口气立马来了个一百八十度大转弯，‘老兄，别这样啊，这顿饭算我私人请你了。’没过多久，信访局办公室主任立即前来，把账结清了。”

尹志刚听了，觉得好气又好笑，说：“这些事权当笑话听吧。从某个侧面，也反映了当下信访工作所面对的尴尬和困境。现在信访体制没有理顺，让真正想信访的人没找到信访渠道，又让个别人钻了信访体制的漏洞。不管如何，身处基层，直接面对群众，工作还得去做啊。”

尹志刚不想听这些没有任何意义的说笑了，言归正题，问道：“昨天那位何四岸是个什么情况？”

没想到一提起何四岸，孙建国情绪就很激动，连脑门上的青筋都绷起来了，嘴上却是客气着：“尹书记，您刚来城关镇就被何四岸缠上了，这得怪我工作没做到位，我该批评！”孙建国说话的声音越来越大，显得有些恼怒的样子，“这个何老头也太不识好歹……”

“现在不是批评不批评的问题，你先把何四岸的事跟我讲一下，看如何妥善处理并解决问题，这才是关键！”尹志刚打断孙建国的话。

孙建国花了足足两个小时讲何四岸的事。

原来何四岸年轻时确实想去当兵，并且也差点当上了兵，但后来没当成。当兵之前，何四岸喜欢上了村里一个姑娘，心想自己如果去了部队，一待就是好几年，回来的时候只怕那姑娘早成了别人孩子他娘。于是，他动了歪脑筋，不如在去当兵之前，将生米煮成熟饭。在一个风高月黑的晚上，何四岸喝了几斤水酒。何四岸的酒瘾特别大，酒量也好，几斤水酒他一口气就咕噜咕噜喝下大半壶，或许喝高了，酒壮人胆，就趁黑爬进了人家的窗子，将一个黄花大闺女强奸了。事后，兵自然是当不成了，于是去了另外一个该去的地方，待了好几年。而他们那一批当兵的人，全部去了抗美援朝战场。

从监狱出来，何四岸年纪大了，继续光棍一根，务农为生。“文化大革命”期间，何四岸还是被批判的对象。这几年政策越来越好，越来越宽容，特别是这两年来，国家对于那些南下干部，参加过抗日战争、抗美援朝战争的革命功臣，都在生活上给予一定的经济补助，年头年尾各级政府领导亲自上门慰问。这个何四岸，不知哪根神经搭错了地方，把自己坐牢的经历幻想成了当兵的经历，把国家的好政策当成了一根救命稻草，也天天来跟组织要这要那，久而久之，他把自己当成了一名抗美援朝的革命战士了。在现有的政策范围内，对孤寡老人是有五保政策的，政府给他解决了农村低保，每月还特别给予一定的经济救济，甚至还有些补贴是特别照顾他的。本来，政府给他这样的待遇，他完全可以安享晚年。但人心好比蛇吞象，欲壑难填。何四岸认为自己找政府尝到了甜头，便提出了更多更无理的要求，他说跟他一同去报名参军的狗蛋子，现在是师级干部退休，另一个叫小石头的乡邻，现在是军级干部退休，他说，政府这几个钱，是打发叫花子啊？他找镇里要钱不成，就去找县民政局，找县政府，民政局和县政府又将皮球踢到了镇里，镇里的人见他就躲，何四岸竟然直接找省里甚至找北京去了。

每次去上访，何四岸总是一身很特别的打扮。穿一件破烂不堪的旧军装，左胸别两枚伟人铜像章，像章下面别三枚不知哪里弄来，也不知真假的军功章，右臂上戴一个红袖套，上面什么字也没有。何四岸的拐杖上却写满了诸如“保家卫国”“抗美援朝”“卫国英雄”的字，尹志刚上次倒是已经见识过了。何四岸见了陌生人，就口口声声说自己是“毛主席的战士”！

这故事太荒诞了。估计，何四岸是因为年纪大了，神经错乱，说话处事都不着边际了。他是一个不着调的人，但作为基层政府，必须着调，也必须正儿八经地去处理。

有一次，北京召开一个大型运动会，正巧何四岸到北京上访，竟然混进了运动会的场馆内。正在赛事紧张进行时，何四岸突然冲进了场地，他的一身行头立即吸引了不少人的眼光，在国内外众多记者的摄像头下，造成了极大的负面影响。事后，北京打电话到省里，省里直接将电话打到县委书记李志强那里，狠狠地批评了李志强，问题很严重，声称将派调查小组下来，专门调查此事。李志强立即将时任城关镇党委书记的周虎诚叫到办公室，狠狠训他一顿不说，还严厉责成周虎诚带几个人火速赶到北京，亲自将何四岸接回来。

那次，周虎诚带了政法委员孙建国，还有信访办主任邓光荣、信访专干小李，四个人坐飞机连夜赶到北京接何四岸。在此过程中，还发生了几则小趣闻，那几则小趣闻就像小说里写的情节一样离奇有趣，到现在还一直被城关镇的干部们传为笑谈。

原来，周虎诚一行赶到北京后，在一家宾馆好不容易找到了何四岸，当时却怎么也敲不开何四岸的门。何四岸知道是镇党委书记亲自来接他回家时，他顿时来了精神。平常是自己去找领导，找得多了，领导常跟他躲猫猫一样，不是在开会就是出差了，常常照不着领导的面。今天没想到是领导找自己来了，并且是不远千里从资水县到北京找自己来了。他便隔着门跟周虎诚对话，就是不开门。

周虎诚敲了几下门，听见里面有声响，喊道："老何老何！何老！我是老周呀，你开开门，我们来接你回家啊。"因为何四岸常来镇里找周虎诚，他们已经是老熟人了，一提起老周，何四岸就知道是城关镇的党委书记周虎诚。

平时最多是孙建国带队的，这次竟然由周虎诚亲自带队来接访了，看来情况不一样。

"我现在不回家哩。周书记，北京好啊，我还想多待几天，去看天安门，去爬长城，去逛故宫。"何四岸在里面拿腔捏调地应着。

"我知道你来北京不是想看天安门、想爬长城、想逛故宫的。何老，你这样干是不对的。我跟你讲啊，你的问题找到北京了，北京的领导一个电话下来，还不是要我来帮你处理落实吗？你有什么事直接来找我就是嘛，怎么还跑到北京来了呢？”周虎诚讲的是大实话，就算上面给你落实什么政策，最后还不是要城关镇来具体操作和落实？更何况，若上面知道了事件的来龙去脉，按政策也不会给你落实什么，你这不是来胡搅蛮缠，存心给资水县给城关镇脸上抹黑吗？

“周书记，你平时很忙啊。我每次去找你，你不是开会就是出差，反正就是不跟我照面。我到北京来，也是没有法子的法子啊。你看我这把老骨头，还经得起几下折腾呢？”

说实话，周虎诚平时是特意躲着何四岸的，俗话说，惹不起躲得起啊。你何四岸，八十多岁了，平时有的是时间来磨洋工，上访是你的生活你的“事业”。而我周虎诚不是你何四岸一个人的书记，我是城关镇十来万父老乡亲的书记呀！虽然一个镇党委书记级别不高职务不大，但在自己这一亩三分地上，是上管天、下管地，中间还要管空气。退一万步讲，城关镇党委政府对你何四岸不薄，该给你的全给了你，若全镇多几个像你这样的老百姓，这镇政府早就关门了。

周虎诚越想越生气，但不便发作，只好耐着性子劝道：“何老，不管怎样，你总得先打开门，大家坐下来心平气和地谈，才谈得清吧？”

没想到何四岸竟然得寸进尺，讹道：“周书记，我这次来北京花了八百块钱，谁来给我报销呢？”

周虎诚很无奈，只好一口应下来：“我给你报销吧！你先开门！”何四岸像个小商贩一样精明，不放心地说：“不行，除非你先将钱递进来！”

周虎诚皱着眉头说：“你门都没开，我怎么递进来啊？”

“你先把钱从门缝里塞进来，我就开门。告诉你，钱少一分都不行啊。”

没想到何四岸会来这一招，无奈，周虎诚只好叫信访办主任邓光荣从门缝里塞进去八张百元大钞。接了钱，何四岸这才将门打开。见了面，其实也没什么可谈判的，事实就像和尚头上的虱子——明摆着的。此行的目的，就是将何四岸接回去。

到了午饭时间，何四岸对周虎诚说：“该吃饭了吧？”

一行五人来到一家餐馆，周虎诚客气地将菜单递给何四岸，让他先点菜，何四岸大字不识几个，就说：“就炖一只鸡吧！”

不久，一只清炖鸡端了上来，何四岸毫不客气，一筷子夹了一只大鸡腿就往嘴里送，一口咬下去，没撕下来，他气得将手头的拐杖蹾得“咚咚”响，吓得旁边的服务员赶紧跑上前来。

“请问有什么需要服务的？”服务员客气地问。“你看我没牙齿，将鸡炖得这么生，怎么吃呢？快端下去，炖熟了再端上来！”何四岸的普通话讲得不标准，周虎诚只得又翻译一遍，服务员才将鸡端了下去，重新炖去了。

就这样，一路哄着何四岸，好不容易才把他送回家。从此以后，只要何四岸提出的要求，周虎诚一是哄二是讨价还价，此二计不成之后，便是尽最大能力去满足。所以，年前他知道自己将去环保局当局长了，为了在自己履新之前不让何四岸前来胡搅蛮缠，造成不必要的麻烦，竟许下年后再给何四岸两千块钱。年后，那就是尹志刚的事了。当然，这两千块钱也不是大事，关键是给了何四岸两千块钱，这事还不算完，这才是最烦人的。

听了何四岸的故事，尹志刚竟也一筹莫展，一时拿不出什么好主意。答应何四岸的非分要求吧，明摆着他的胃口不是这两千块钱，今后胃口会越来越大，一旦不能满足，就会变本加厉地上省赴京上访，给以后的信访工作带来诸多不便；不答应他的非分要求吧，最多也是上省赴京上访。两种选择，一个结果。但这结果是尹志刚最不愿意看到的，自己初来乍到，千万不能弄出这样的负面新闻来。

在外人眼里，好像领导从来都是威风八面的，哪料也有难言之隐！尹志刚想着何四岸就要来找自己要钱，真不知该如何应付才好。

第四章

政法委员孙建国汇报完何四岸的事刚出门，党政综合办主任小廖拿着一个信封，还带着两个人进来了。小廖介绍说：“尹书记，这两位同志是镇自来水公司的，他们俩特地来找您，反映几个问题。”然后，小廖将手里的信封递给了尹志刚，又给倒了两杯茶，就掩门出去了。

尹志刚有点纳闷，镇自来水公司归镇企管站管，是什么大问题，他们不向企管站反映，直接反映到自己这里来了?

进来的两人你看看我，我看看你，看样子显得有点紧张。尹志刚笑了一下，问道：“两位有什么事，尽管说吧？”

这时，个子稍高的同志先开口了：“尹书记，我们今天来，是代表镇自来水公司全体职工来找您的，我们公司财务管理非常混乱，经理陆天肯定贪污了不少钱，这是我们的材料，请您一定为我们做主！”

尹志刚拆开信封一看，前面几页是情况材料，后面两页上，密密麻麻东扭西歪地签满了公司职工的名字，有的还按了红手印，看来，他们所说的“代表镇自来水公司全体职工”所言不假，尹志刚粗略地扫了一眼材料，主要反映三个问题：

一是陆天将自己老婆招进了镇自来水公司，并且还是正式工。他老婆在此之前是镇副食品公司的下岗职工，下岗时已一次性买断，得到了一笔补偿费，按改制企业文件精神规定，是不能再调整单位的，好处不能占两头，一个人得，那么，这次招到镇自来水公司属违规招人。

二是陆天从供货商处进的水管器材及其配件，比普通市面上的零售价还高，这不合常理。比如一根普通的水管，市面上卖五十二块钱一根，镇自来水公司的进价是七十四块钱一根，其他的阀门、弯头、三通等水管配件，进价也普遍偏高，明眼人一看就知，这是很不正常的，如果情况属实，里面明显存在猫腻。

三是公款大吃大喝。前任经理在职时，镇自来水公司一年的招待费只有八万多，陆天上任不到两年，公司的招待费每年就达三十二万多，还在几家餐馆直接用水费冲抵数万元饭费。

虽然材料上讲的有鼻子有眼的，但这个事也应先调查清楚，尹志刚觉得不能单凭一纸材料就妄下结论。

尹志刚问前来上访的两位职工："这些材料数据你们是怎么获取的？""这些数据大多是从财务室获取的，我们保证百分之百是真实可靠的。"那位个子比较矮的同志抢先回答，然后，他还涨成猪肝色的脸说道："尹书记，假如这事您不管，我们就向县委反映，假如县委不管我们再向市委反映，向都市频道《为百姓说话》栏目反映。"

尹志刚一听，眉头就微微皱了起来，心有不快。动不动要上访要曝光，以此作为筹码，此风气切不可长。心里虽这样想，但嘴上绝不能这样说，因为自己是一镇之主，是他们的父母官。人家有事情来向你反映，让你做主，你自然责无旁贷。

说心里话，尹志刚不想自己刚上台，就处理干部。干部是需要教育和保护的。但若材料上反映的问题都是真实的，也会秉公处理。

这时，那位高个子又补充说："尹书记，陆天在公司还乱搞男女关系。"

尹志刚问道："有证据吗？"

那位高个子显得有些急了，说："这已经是公开的秘密了，公司长得有点姿色的女职工，都逃不过他的魔掌。"

尹志刚又补充道："你们有什么证据吗？"

“这……这怕是没有。”高个子嗫嚅着补充道，“但这在公司已经是公开的秘密了。”

尹志刚严肃地说：“捉贼捉赃，捉奸捉双。没有证据的事，你们不能乱说，是不是？”停了一下，尹志刚知道他们没什么新情况反映了，就说，“你们先回去吧！你们把事情反映到这里，说明是相信我们党委、政府的。当然，这不是一件小事，它关系到你们公司的前途命运，关系到干部的进退荣辱，所以我们处理起来必须慎之又慎，在调查核实清楚、完全了解事实真相的基础上，才能做出相应的处理。我在这里先向你们阐明我的观点，一旦查出情况属实的话，该纪律处分就纪律处分，该移交司法机关的一定移交司法机关，绝不手软，毫不留情。总之一句话，镇党委会给你们一个满意答复的。”

尹志刚看了看两人，又叮嘱道：“但是，我也向你们宣布一条纪律，在事情没查实之前，你们不能在社会上宣扬这件事情，知道吗？”

两个人忙不迭地说：“知道了。”

事情得到了尹志刚肯定的答复，仿佛吃了定心丸，两人有种大功告成的感觉，出门的时候还谢个不停。

送走自来水公司的职工，尹志刚就给纪委书记李雅茹打了个电话，让她来办公室，讨论一下如何处理这件事情。这是尹志刚到城关镇后，第一次给纪委书记李雅茹委派工作。

不到几分钟，李雅茹就敲响了尹志刚办公室的门。李雅茹进门，尹志刚也不跟她客套，将刚才的材料转给了她，说：“这是镇自来水公司员工送来的一份举报材料，你先看看，没有难处的话，早点拿个处理方案吧。”尹志刚的话，半是商量半是命令。

其实，尹志刚也是有心考验一下自己属下的工作能力，李雅茹毕竟是个年轻的女干部，没有多少基层工作经验，乡镇工作不比其他工作，光凭热情是干不好工作的，还得有工作方法和经验。而那些工作方法，一是靠自己平时的悟性，在工作中将那些写不进书本的“知识”悟出来；二是靠工作经验，在乡镇工作久了，自然而然也就有了工作方法。比如说人大主席何平凡、常务副镇长黄金山，就对乡镇工作很在行。尹志刚更加清楚，自己刚来，正是识人用人的时候，在任何一个单位当一把手，都要学会用人。用对了人，坏事可以办好，干起事来就事半功倍；用错了人，好事可以办坏，干起事来就事倍功半。

李雅茹接过尹志刚手中的材料，欣然领命而去。尹志刚抬手看了一下表，离下班还有半个多小时。于是打电话叫来党政综合办主任小廖，让他拿前任党政班子的分工表给自己看一下。

小廖从打字室重新拿来了一份分工表，尹志刚看后觉得这样的分工还是按需分工，扬人长避人短，基本合理。然后，尹志刚又将昨晚的一个想法，跟小廖交代了一下："小廖，早就听说你是县里有名的笔杆子，所以，你考上乡镇公务员时，按规定是应该分到下面去锻炼几年的，周书记就是看中你的笔头功夫，才特地到组织部将你要了过来。这样吧，我刚到城关镇，对这里的情况和人事都还不是很熟悉，你帮我理理思绪，写个材料让我熟悉一下吧？"

小廖天天为镇里写材料，但那些是总结材料、汇报材料、讲话稿之类的东西，还从来没写过这样的"熟悉"材料，一时似懂非懂，仿佛还没真正领会尹志刚的真实意图，就问："尹书记，你这材料是拿来做什么用的？"

"这材料不做什么用的，你想怎么写就怎么写，力求真实和直接，把你眼里的人和事，按你的想法写出来就成。"尹志刚以为小廖有其他顾虑，又特意加了一句："这材料是作为我在今后工作安排时做参考用的，绝不会让第三个人知道，不管哪个干部的正面负面内容，孰是孰非，你都不要介意，只管大胆写。"

小廖终于明白了四五分，迟疑着准备出门，一只脚刚迈向门外，尹志刚又想起了一件事，继续交代道："明天上午我去县里参加一个会，若何四岸来镇里找我，你不要告诉他我在县里开会，让他过两天再来，万一不成的话，就说我下午见他，让他在镇里等我，你中午给他安排个盒饭吧。"

小廖又折回办公室，看尹志刚还有什么事要吩咐。尹志刚起身伸了个长长的懒腰。交代完工作，时间早就超过下班时间了。

尹志刚说："我们去河边散散步，等会我请你吃钵子饭，如何？"小廖自然是欣喜，忙点头应允。

河边就是香江的岸边，在城关镇的规划图上叫沿河路，城关镇的人你问他沿河路在哪里，他不一定会知道，但你若问情人街在哪里，他肯定一下就告诉你具体方位了，因为大家都叫沿河路为“情人街”。城关镇没什么好去处，只这香江河边有一条长堤，堤下面还有一条隐蔽的小径，不知好多年前，堤岸上被人种了许多柳树，这些柳树看样子有些年代了，树干有脸盆那么粗，每棵树都长着一副很沧桑的模样，仿佛经历和见证了不少沧桑世事。一年四季，这里柳枝轻拂，垂柳依依。最早的时候，城关镇谈情说爱的人都喜欢到情人街来，在这里手牵手散步，从相识到相知，然后躲在长堤下面的小径上拥抱、亲吻，最后走向婚姻的殿堂。

尹志刚和小廖来到情人街，发现来这里散步的人，除了相依相偎的恋人，还有许多年纪大的老人，也有一些年轻的母亲带着咿呀学语的孩子，这些老人和小孩子们在这里享受天伦之乐。因为散步的人多，连那些做散货生意的小摊小贩也将流动货摊摆到这里来了，一派热闹非凡的景象。

乞丐也来赶热闹了。这是一个四肢残缺三肢的年轻人，靠仅存的右手推着一块承载身体的小滑板，在地上艰难地移动。这个仅存右手的人，字却写得非常工整，他慢慢地移动，慢慢地拿粉笔在地上写字，一排七个字，都是顺口溜，大意是诉说自己的悲惨遭遇，祝福那些施舍钱财的人一生幸福平安。字已经写了一长溜，但他那只铝皮碗里还没有几个钱。因为现在街上这类情况比较多，大家见怪不怪，依然步履匆匆，真正施舍钱财的人少之又少。

尹志刚突然想起了一些人，明明自己丰衣足食，却还贪得无厌，最后闹得锒铛入狱。而眼前这个人，终日为三餐所忧，却也要艰难地讨生活。这算不算是人性的一种悲哀呢?

经过残疾人的时候，小廖飞快地从口袋里掏出二十块钱，扔进了那只铝皮碗里。残疾人见后，立即朝小廖叩了几个响头。小廖是避着尹志刚施舍的，但还是被尹志刚看见了。

尹志刚表扬小廖说：“小伙子不错，挺有爱心的。”

小廖笑着说：“这是在还愿。因为早晨从这里经过的时候，就看见这位残疾人在这里乞讨，很可怜的样子，我就暗自许愿，假如今天我的股票涨了，我一定施舍二十块钱给他，没想到今天真的涨了，还涨了三四个点。虽然是在心里许的愿，但也要还呀。”

尹志刚听了，呵呵一笑，问：“你股票赚钱了？”

小廖摇着头说：“仅仅今天涨了三四个点。整体来说，还套了二十多个点，去了几个月的工资。”

尹志刚深有同感。因为以前在团委工作，那时，他也炒过一段时间的股票。真是奇了怪了，不论大盘是涨还是跌，自己的股票总是一个劲地往下走。不管买哪只股票，这只股票的庄家仿佛就坐在自己的对面，你买进时它跌，或绵绵细雨，让你煎熬难受，或狂风暴雨，一泻千里，让你忍痛割肉，等你刚刚割肉出局，第二天它就涨了，甚至涨停。这样几个回合下来，尹志刚的钱就在股市里蒸发了一大半。但尹志刚不想自己的这段经历让小廖知道，就告诫说：“股票是庄家们的游戏，我们这些小散户还是远离一点的好。”

两人边说边走进了一家钵子饭馆。尹志刚很喜欢来这里吃钵子饭，以前方便的时候，常常一个人来。中国人喜欢把一顿饭搞得像一场盛会。尹志刚觉得那样累。还不如来吃个钵子饭。吃钵子饭多好！吃钵子饭没有大饭局上的觥筹交错和虚情假意，来了就吃，吃了就走，多简单多惬意的事情呀。特别是那砂钵子蒸的米饭，吃起来格外香，尹志刚很喜欢这样的感觉。

饭桌上，两人不知怎么又说上了官场。按尹志刚的理解，一般是未入官场的人喜欢说这话题，而真正官场上的人，对此讳莫如深。小廖却对此津津乐道，在尹志刚看来，这小伙子还未入流！

小廖大发感慨，说：“现在许多人仇官、仇富，特别在网上，骂我们公务员的人可多了，特别是乡镇公务员，都说公务员是特权阶层，是既得利益者。公务员简直成了众矢之的。我就不明白，我们到底特权在哪里，利益又在哪里？”

尹志刚敷衍道：“也不能全怪老百姓，这跟舆论导向有关，跟老百姓根深蒂固的‘官本位’潜意识有关，跟公务员这个热门行业有关。”特别是近年来的反腐风暴，让一些贪官污吏的丑行得以大白于天下，让人无不瞠目结舌，拍手称快，层出不穷的腐败事件，给公务员队伍带来恶劣影响，而正是这些腐败分子使得整个公务员队伍的形象被污名化，使得广大基层公务员无辜承受巨大的社会舆论压力，乡镇公务员沦为社会舆论弱势群体。

小廖说："现在网络上一提公务员，就骂是贪官污吏，我可觉得比窦娥还冤。你说我们乡镇公务员，平均年收入五万多一点，收入算高吗？现在一个农民打一天零工，工资没有两百多块钱都不干的！"

尹志刚又无奈一笑，说："网友们以偏概全了。公务员队伍整体是好的，但确实存在极少数人，败坏了公务员队伍的整体形象，像那些'房叔''表叔''微笑哥'，社会舆论影响极坏。"尹志刚咽下一口饭，又叹道，"真是一粒老鼠屎，打坏一锅汤呀！"尹志刚突然想到了某市刚落马的那位"四光书记"，他"土地卖光、项目上光、财政资金花光、看上的女人玩光"，心里不免恨得牙痒痒的。

小廖又愤慨地说："这样的贪污腐败，我也深恶痛绝。公务员队伍里干事有责任心的还是绝大多数，那些腐败的蛀虫是极少数，搞得绝大多数人在替他们背黑锅。"

尹志刚一直面带微笑地听小廖的长篇宏论，小廖说完了，尹志刚才调侃说："有句话叫'穷则独善其身，达则兼济天下'。这里我改几个字，'民则独善其身，官则达济天下'，送给你吧！"

小廖似懂非懂的样子，朝尹志刚点了点头，一看就是"表面看似风光，内心其实彷徨，容颜本来未老，心却已经沧桑"的模样。

这时，钵子饭吃完了，两人抹了抹嘴巴，各自满意散去。

第五章

精准扶贫工作，按要求每年市里检查四次，每个季度一检查、一排名。省里、市里对这项工作看得很重。本来城关镇和资水县与其他乡镇相比，扶贫任务相对较轻。但在第一季度的扶贫检查中，城关镇海棠村因为一个叫何进水的贫困户为了自己儿子的婚事，想提前摘掉贫困户的帽子，而弄出了“丑事”“怪事”，在全县影响极坏。

本来海棠村贫困户的评议会，何进水作为群众代表，参加了会议。不仅参加了会议，在评选贫困户时，他还给自己投了一票。那天给自己投一票，何进水想来就气，以为评上贫困户，能有什么好处可以捞。前一天，海棠村支部书记陈大嘴通知何进水翌日上午九点钟到村部开会。至于开什么会，开会的议程重不重要，陈大嘴没说；为什么要何进水去参会，也没说。所以，何进水没太把开会的事放心上。

何进水是个屠户。全家人的生计，靠他每天杀猪卖肉所得。虽说村里开会，也会发一百块钱的误工补助，但这会不是天天有，杀猪关系到全家人穿衣吃饭，对何进水来说，是个大事。翌日清早，何进水去邻村杀了一头猪，在集市上将肉卖完，才赶到村部开会。何进水赶到村部的时候，会议已经接近尾声。村支部书记陈大嘴坐在主席台上，挥着手势，唾沫四射，说：“……评上贫困户，按人头算，每年政府会有帮扶资金，刚才已经讲了，大家也都同意了，那么，接下来，开始投票！”何进水在票上看到了自己名字，毫不犹豫就打了勾。为何如此果断？因为何进水听陈大嘴说，评上贫困户，政府每年会有帮扶资金，就算今后脱贫了，不脱责任、不脱政策、不脱帮扶、不脱监管，多好的事呀！

会后，何进水才知道并不是那么回事。在何进水参会之前，大家经过热烈讨论，已经达成一致意见：政府这笔帮扶资金，只以贫困户的名义领下来，然后，统一归口到村里，用于公益基础设施建设，比如说，修路、架水、治渠、整塘……

何进水顶了一个“贫困户”的帽子，却没捞到好处，让老婆骂了个狗血喷头。

为摘掉贫困户的帽子，何进水找了陈大嘴几次，可这帽子如生了根一般，愣是没摘掉。陈大嘴说：“早知道你这么介意贫困户这个称号，在投票之前，你应该提出来呀！”何进水当初没提出来，是有私心，因为想领到政府那点扶贫款。这会儿不同意，一是村里扶贫款用于公益设施建设，自己没捞一毛钱好处；二是“贫困户”的帽子多少影响家庭声誉，老婆坚决不同意戴这顶“帽子”。所以，何进水摘帽的想法，是异常强烈和坚定的。陈大嘴却说：“村里已经按程序操作，并将结果报镇里去了。”在这件事上，陈大嘴一直觉得自己理直气壮。贫困户的评选，帮扶资金的使用，大家在会上一致讨论通过的，没有暗箱操作或者“一言堂”。陈大嘴是一个直爽人，不喜欢曲曲折折、兜兜转转，如果可以变更的话，不用何进水找来找去，早帮他改过来了。

一番折腾下来之后，何进水泄了气，反正自己是个屠户，凭手艺吃饭，不缺这俩钱。可后面这贫困户的帽子，竟然影响到儿子的婚姻大事了。何进水的儿子何有志职高毕业，在邻县资北县一家电子玩具厂当技术员。媒婆介绍的女孩也是职高毕业，在资北县一家移动公司门市部卖手机。这么说来，真是门当户对。但这事不成的原因，经姑娘家了解后，得知何进水是贫困户，才坚决不同意的。人往高处走，水往低处流。谁愿意将自己的闺女往贫困户家里嫁呢？何进水本来不想为这贫困户的帽子再折腾，按这情况看，不折腾都不行了。

找陈大嘴解决无果，何进水决定去镇里找领导解决这个问题。他打听了好几个部门，好几位干部，才知道海棠村扶贫工作归副镇长陈旗管。海棠村的驻村干部叫刘德胜，何进水越过刘德胜直接找陈旗，因为他觉得当官的说话管用些。何进水找陈旗，算找对了人。何进水找到陈旗的时候，陈旗正在房子里跟政法委员孙建国喝茶、聊天。何进水敲开门的时候，陈旗一脸不耐烦，问："找谁？"何进水说："你是陈镇长吗？"陈旗又问："有事？"何进水确定这人就是可以管自己这事的陈旗之后，赶紧说："是关于评贫困户的事！只是，陈镇长，这事有点复杂，可能要多耽误你一点时间。"

陈旗问："你是哪个村的？"何进水答："海棠村的。"陈旗说："你找了陈大嘴和刘德胜吗？"刘德胜虽然是事业编制的镇干部，无职无权，但在城关镇摸爬滚打数十年，没吃过猪肉，也见过猪跑，处理一些鸡毛蒜皮的邻里纠纷，颇有经验。何进水说："我已经找陈大嘴三次了，但没找过刘干部。"陈旗眉头一皱："那你为什么不找刘德胜？"何进水也皱了眉，苦着脸说："陈镇长，我这事有点复杂，其实也不复杂！"陈旗说道："那你先等着，我跟孙委员正商量工作。"说着，就转身进屋，将门关上了。何进水只好退到走廊上，等陈旗把工作商量完。

因为何进水一直等在走廊上，孙建国将杯里的茶一饮而尽，说："你忙，我先走了。"何进水赶紧进了办公室，陈旗一本正经地问道："你说说，什么情况？"何进水说："陈镇长，是这么个事，上次我们村里把我评为贫困户，我觉得这评得不公平，我并不贫困，所以，想请镇里帮我把这贫困户帽子给摘掉。"

陈旗明白了何进水的意思，复述了一遍："你的意思是，你不贫困，但村里帮你评了贫困户，现在，你要退出贫困系统，是不是？"何进水赶紧说："陈镇长，正是正是……正是这意思！"

为慎重起见，陈旗拿起桌上的手机，拨通了陈大嘴电话："陈书记，你村里一个叫何进水的人，评贫困户是怎么回事？"陈大嘴在电话里回道："陈镇长，我们村里评选贫困户，都是严格按镇党委要求，组织村里五十多名党员、组长、群众代表严格按程序、按要求投票产生的呀！"陈旗说："那何进水找我反映，他家里不贫困，也被评为贫困户了？”陈大嘴说：“陈镇长，这个问题我还真得跟您反映一下，也是普遍存在的共性问题。如果我村只评十户贫困户，那我们评村里那些老弱病残对象，绝对公平公正，没有异议！现在问题是，镇里给村里多分了贫困户指标，这样评起来，就不太好把握标准了，毕竟这个贫与富，是隐性的。”

陈旗觉得陈大嘴讲得在理。一是这个贫困户的评选是按程序开展的；二是指标是镇里分下去的，村里必须按指标进行评选；三是很难做到绝对公平公正。正因为指标分得有点多，评起来有点拿捏不准，也是正常不过的。

陈大嘴又补充道：“陈镇长，村里开会那天，这何进水也作为群众代表，参加了会议，他自己还给自己投了一票呢！”

挂了电话，陈旗挺了挺腰板，理直气壮地说道：“老何，你村里的贫困户评选完全是按程序操作的，你也亲自参加了，听说，还给自己投了一票，是不是有这回事？”

何进水嗫嚅而尴尬。

陈旗又说：“老何，这是集体投票决定的，我个人否决集体决定，肯定不好，是不是？换句话说，给你评上贫困户，你就是贫困户了吗？养猪的，不如贩猪的；贩猪的，不如杀猪的。老何，你每天白刀子进，红刀子出，赚的是暴利啊！”

没想到陈旗和陈大嘴一个鼻孔出气，说出的话也是一个腔调，真是官官相护呀！何进水知道，自己当初那点小私心，还有因为评上贫困户，造成自己儿子谈不上对象，这事情影响很大，让他下定决心不当贫困户，但在反映问题的时候，不能将这些问题搬上台面来。所以，显得百口莫辩、理屈词穷。

陈旗只想早点打发走何进水，近乎下逐客令：“老何，如果没有另外的事，你先回去吧，我还跟别人约了事要处理。”

从陈旗办公室出来，何进水的脑壳好久都没转过弯来，陈大嘴说得在理，陈旗说得似乎也在理。那人家都在理，就显得自己不在理了。何进水在镇政府大院的空地上，足足杵了十几分钟，才将思绪捋顺一点。

走了程序，投了票，没错；自己给自己投了一票，也没错。但我不想当这个贫困户，不能当这个贫困户，这才是问题的根本。难道这贫困户的帽子一旦戴上，就生了根，比观世音菩萨给孙悟空戴的紧箍咒还牢，拔都拔不掉了？

所有人都认为何进水评上贫困户，不是个什么大事，他这么执着，近乎顽固，皆是小题大做。只有何进水、何进水老婆以及他儿子知道，这不是小事，是大事，并且是个天大的事。当了这个贫困户，影响自己的名声，影响儿子娶媳妇，如今非得把这贫困户的帽子摘掉，如果不摘掉，何进水名声事小，可他儿子的婚姻事大。儿子今年二十六岁，在农村已经算个“老伢子”了。

第六章

何进水站在镇政府院里捋思路的时候，碰到了初中同学曾巧倩。曾巧倩当初还是何进水的同桌，现在留着长头发，记得读书那时，剪的是短头发，打扮得像个假小子。何进水和曾巧倩的性格蛮合得来，读书的时候，还朦朦胧胧暗生过情愫。

曾巧倩乍看没认出何进水，再看时才认出，确实是老同学。于是，很高兴地招呼："进水，来镇里办什么事？"何进水转过身，原来是曾巧倩。是的，曾巧倩初中毕业后，就顶了父亲的职。曾巧倩刚顶职那几年，何进水和曾巧倩还常有联系，只是后面曾巧倩当了镇干部，何进水当了屠户，两人慢慢地联系少了。曾巧倩父亲退休之前，在镇政府食堂煮饭，所以，曾巧倩顶职之初，也在食堂上班，说明白点，就是为镇政府几十号干部烧火做饭。烧了几个月的饭，每天烟熏火燎，弄得口干舌燥的，曾巧倩实在不想再烧了。于是，贼精贼精的曾巧倩要起了小聪明，每次烧菜的时候，不是咸了就是淡了，煮的饭，不是干了就是稀了，弄得干部们情绪很大。于是，镇长找曾巧倩谈话，问她是不是换个岗位？曾巧倩一脸无辜地表示，自己顶职就是来煮饭的，饭煮不好，该批评，但谁也不是天生就是煮饭的料，不会煮，可以学，慢慢学嘛！最后，镇长应广大干部职工的强烈要求，没让她慢慢学，天生我才必有用，直接将她调到了镇计生办，经过许多年的磨炼，现在任镇计生办主任。

何进水知道曾巧倩是个有点子的人，赶紧说："巧倩，正好有点事找你帮我拿主意呢！”曾巧倩说：“什么事？”于是，何进水将他怎么被评为贫困户，又为什么不当贫困户的事，前前后后，详详细细，跟曾巧倩说了一遍。最关键的是，将那些不能上台面的深层次原因，也坦白地说了，因为被评为贫困户，连儿子的婚事，都给搅黄了。

曾巧倩沉吟片刻，说：“我觉得你去县扶贫办反映，要说到关键点上。精准扶贫，关键在精准。而你被评为贫困户，三个字形容——不精准！”曾巧倩又进一步解释原因说：“你每天杀一头猪，赚几百块钱，是不是？你这么高收入还被评为贫困户，这贫困户评得精准吗？”真是一语点醒梦中人，何进水瞬间有了醍醐灌顶、拨云见日的感觉。他高兴地拍着双手，说：“是的是的，不精准！”

在县扶贫办，副主任刘有财接待了何进水。本来刘有财并没有分管扶贫信访这块工作，但何进水到扶贫办的时候，正是中午休息时间，分管扶贫信访工作的那位副主任早下班了。

刘有财在接待何进水之前，正在办公室准备市里一季度扶贫交叉检查工作。因为这次扶贫交叉检查，关系到县里一季度扶贫工作在全市的排名。这个交叉检查，设计得相当科学。就是 A 县检查 B 县，B 县检查 C 县，C 县检查 D 县，D 县检查 E 县……然后 ABCDE 一起排名，这样，检查务必从严从细，拿着放大镜寻找不足和问题，否则，你不把别人检查下去，别人会把你检查下去。

所以，县里主要领导相当重视，给县扶贫办下了硬性任务：必须排在前三名，这是底线；保二争一，这是目标。

为了圆满完成县主要领导下达的任务，虽然是中午休息时间，刘有财也加班加点在办公室对照市里的一季度检查方案，紧扣要义，逐条逐项，制订具体实施细则及迎检方案。

刘有财年纪不大，今年刚四十出头，但看上去像一个六十多岁的小老头。腰弯得像一只老虾米，头发霜打了一样白，衣服搭配也不太协调。之前，刘有财的头发是黑的，腰虽也有点驼，但哪驼得这么厉害！

正在刘有财全神贯注做迎检方案的时候，何进水进门了。刘有财抬头，问：“你有事吗？”何进水说：“同志，我要向你反映个问题！”刘有财问：“什么问题？”何进水说：“我村里的贫困户评选，不精准！”刘有财一听是有关扶贫方面的问题，赶紧停下手头工作，将靠背椅转了九十度，正面朝何进水。

于是，何进水将村里评贫困户的事，择要跟刘有财讲了一遍，着重强调了两个方面的意思：一是自己的职业不是单纯意义上的农民，是屠户，每天杀一头猪卖，旺季淡季扯平，一天赚三五百块钱不成问题；二是自己本来也不想为这贫困户的事折腾，但现在这贫困户的帽子，影响到儿子的婚姻大事，这是天大的事，不折腾不行。

刘有财听了何进水的事情，手指一掐，嘴里念念有词：每天算三百，三三得九；每天算五百，三五一十五……刘有财突然大腿一拍，说：“你的收入比我工资高多了！”何进水笑着说：“同志，我说不精准吧？”刘有财睁大眼睛说：“不精准，绝对不精准！”

这个“不精准”的论断，是老同学曾巧倩下的，没想到扶贫办副主任刘有财也如此认同，看来，真正找到问题症结所在了。何进水赶紧试探性问：“同志，那我这贫困户的帽子，可以摘了吧？”刘有财皱着眉头，摇头道：“摘帽这事，有难度啊！”何进水傻眼了，既然不精准，为什么不能摘呢？

刘有财解释道：“现在每个村的贫困户已经建档立卡，录入到国家扶贫系统里面去了，这扶贫信息和每个人的身份证信息一样，已经锁定，不是想改就改的。”何进水脸都白了，如此看来，这贫困户帽子，真的就是孙悟空头上那个紧箍咒了！

刘有财又说：“这个扶贫系统偶尔也会打开，可以修改信息，也只有这个时候，才可以把你从扶贫系统中删除。不过，更改扶贫系统信息，可能会引起上面的关注，已经录入的贫困户怎么又删了？是不是某某地方扶贫工作不扎实、评比不精准？这个扶贫系统是由国务院扶贫办监控的，扶贫信息随意变更，你想，这是一件多大的事呀！”

何进水以为看到了一点希望，但瞬间希望就破灭了。

第七章

县扶贫办的迎检文件下发到城关镇，镇党委非常重视，专门就这次扶贫交叉检查召开了一次党政联席会，研究迎检方案。

在党政联席会上，尹志刚先谈了这次扶贫检查的重要意义，开宗明义，说：“今天的会议，一是基础工作安排，包括资料、向导、后勤等；二是信访稳定，这次市检，关系到县里在市里的排名，如果抽到我镇的某个村，绝不能出现信访问题，不能出丑事、怪事，务必做到未雨绸缪，滴水不漏，为县争光！”

按尹志刚的指示，镇长岳峰抛了一个初步方案，临时成立四个工作小组，分别为：资料组、向导组、后勤组、维稳组。扶贫工作纷繁复杂、点多面广，按以往迎检经验，维稳组工作尤为重要，分管全镇信访稳定工作的政法委员孙建国，在会上认真梳理了十几个不稳定因素。其中，有两个不稳定因素比较严重。

一个是油菜村蔡疙瘩的老屋场地纠纷。关于这个纠纷，好几次蔡疙瘩扬言要出人命案了。这不是危言耸听，好多村民之间的矛盾纠纷，看似芝麻小事，最后却搞出了西瓜大事，当然，也有好多西瓜大事，最后变成芝麻小事的。蔡疙瘩的屋场地纠纷，在别人看来是鸡毛蒜皮的芝麻小事，在蔡疙瘩这里却是西瓜大事。事情直白点说，就是蔡疙瘩和邻居因为一块老屋场地纷争，蔡疙瘩的儿子一气之下将邻居家几棵柑橘树砍了，如果事情这么简单，倒也好断是非。问题焦点是邻居家的几棵柑橘树所占的地，蔡疙瘩说是他十几年前换隔壁王老五家的，邻居却说蔡疙瘩换的是另一块地，这块种柑橘树的地是自家的。

孙建国带综治办干部，多次登门调解。问蔡疙瘩为什么自家的地让邻居种了柑橘树，蔡疙瘩说没有其他原因，就是因为以前两家关系好，让他种了柑橘树。蔡疙瘩认为孙建国对他所言有怀疑，就指天指地说："你们不信？不信可以去问王老五，好不好？"

蔡疙瘩的邻居却不屑一顾，对孙建国说："柑橘树我不栽自家地里，去栽蔡疙瘩地里？你们用脚指头想也可以想到会不会有这事啊！"

于是，孙建国去找王老五了解情况。油菜村蔡姓是大姓，蔡疙瘩姓蔡，蔡疙瘩的邻居也姓蔡。而王老五是入赘来油菜村的，姓王，独门独姓。王老五平时爱酗酒，酗酒之前，脑壳清醒的时候，王老五怕得罪两家人，什么都不说，不敢说，酗酒之后，脑壳不清醒了，就乱说，一会儿说那块地是十几年前换给蔡疙瘩的，一会儿又说那块地是换给蔡疙瘩邻居的，反正一句话，变来变去，没个定数。所以，这事几轮调处下来，一直没有结果。

蔡疙瘩多次上省进京上访。不管上访到哪一级，最后问题都批转到了城关镇，让城关镇孙建国来处理。因为这块地的所有权问题没有定论，所以，蔡疙瘩这个问题也一直没有定论。蔡疙瘩现在见不得干部，一见到干部，不管这干部是管什么工作的，反正就会将自己的遭遇从头到尾，跟别人诉说一遍。

这次扶贫检查，肯定不允许蔡疙瘩这样的人出现，虽然他反映的问题不是扶贫领域的，但他如果像条蚂蟥一样，非得缠着检查干部说长道短一番，到时影响扶贫检查工作，怎么办？

另一个是海棠村的"神雕侠侣"。"神雕侠侣"是何年何月何人所取，里面的含义又是什么，皆不得而知。"神雕侠侣"是一对夫妇，也是一对老上访户，男的姓汪，女的姓莫。上访的起因，是十几年前，他们读初中的儿子在村里一家地下网吧上网，当天夜里暴风骤雨，他儿子从网吧走出后，从此杳无音信。这事当时报了案，十几年过去了，生不见人，死不见尸，是悬案。公安局的人破不了案，城关镇的干部更加破不了案。十几年来，"神雕侠侣"一边寻访儿子下落，一边向各级各部门上访。事情很简单，但简单的事情多年来没有一个结果。所以，“神雕侠侣”也跟蔡疙瘩一样，见不得干部，见了干部就像一块双面胶。

尹志刚对孙建国摸排出来的不稳定因素，非常认同，特别是蔡疙瘩和“神雕侠侣”，要求成立专门工作组盯死看牢，不出纰漏。然后，又问：“细节决定成败。其他领导还有没有不稳定因素，特别是潜伏的，目前没有爆发出来，随时有可能爆发的？”

副镇长陈旗一下想到了何进水，但一下又打消了报告的念头。像何进水这样来反映问题的群众，每天有好几起。其中有咨询政策的、有要求低保的、有反映邻里矛盾的、有举报干部贪墨不法的……何进水反映的虽然是扶贫领域的事情，但当时何进水还没将问题提高到“精准”的程度上，村里是按程序操作的，立得住脚。正在陈旗犹豫不决时，镇党委书记尹志刚清了清嗓子，宣布散会。

第八章

市扶贫交叉检查抽中海棠村，这是买彩票中头奖的手气，是很多人没想到的：县扶贫办副主任刘有财没想到，镇党委书记尹志刚没想到，海棠村联村领导陈旗没想到，屠户及“不精准”贫困户何进水更没想到。

那天，何进水卖完肉回家，看到村里突然多了很多干部，有检查组的，有县扶贫办的，有镇里的，还有村里的。何进水开始也没在意，扶贫检查和卖肉，那是八竿子打不着的事。但突然想到自己要摘贫困户帽子的事，才多留了个心眼，经打听，竟然是市里的扶贫检查。真是踏破铁鞋无觅处，得来全不费工夫！何进水找了村里，找了镇里，还找了县里，正寻思着要不要去找市里，这下可好，不用自己去找，人家倒先找上门来了。

当何进水双手举着一条横幅，扑通一声跪在村部大门口的时候，所有人都一时没反应过来是怎么回事。等孙建国意识到这是一个突然冒出来的新的“不稳定”因素之后，检查组的曾组长也反应过来了。

横幅上写着一句话：我不是贫困户！

孙建国正要上前抢横幅，并拖走何进水的时候，检查组曾组长大声制止了他：“先不要带走！”然后转向何进水：“你有问题反映？”孙建国及其他镇干部、县扶贫办干部，一时猝不及防，手足无措。

曾组长将何进水带到村部办公室，关上门，问：“你不是贫困户？”何进水说：“我是贫困户！”又说：“我不是贫困户！”曾组长一时被弄糊涂了，问："你到底是不是贫困户？"这时，何进水才捋了捋思路，说："领导，按我的条件，不应该是贫困户，可村里非得将我评为贫困户，我恳求领导为民做主，帮我把贫困户这帽子给摘了。"

曾组长亲自起身，给何进水倒了一杯水，说："莫急莫急，慢慢说！"何进水说："领导，我家里五口人，大儿子职高毕业，在资北县一家电子厂当实习工，爱人在家里喂猪养鸡，还有两个小孩在学校读书。我是杀猪的，每天杀一头猪卖……"曾组长说："你家里住房安全吗？"何进水说："家里的老房子虽然是土坯房，还是很安全的。本来今年想砌新房，请风水先生看了，说今年风水不空，不宜动土。"曾组长问："家庭收入呢？"何进水说："我每天卖一头猪，旺季淡季扯平，一天赚三五百块钱不成问题！"曾组长掰着手指头算了算，眉头越锁越紧，说："按'一超过、两不愁、三保障'的标准，你应该不是贫困户啊！"何进水说："领导，我不是贫困户！这贫困户的帽子，一定帮我摘了！"曾组长没说摘，也没说不摘，只是发出了和曾巧倩、刘有财一样的感叹，说："你村里贫困户评选工作，不精准呀！"

扶贫不精准，是扶贫工作不扎实、不精细。在此之前，县委书记李志强多次强调，这次市扶贫交叉检查，不能出半点差池，要确保排名前三，争取保二进一。可城关镇海棠村出了差池，在检查过程中，有贫困户打横幅标语，原因是贫困户评选不精准。因为海棠村是代表资水县迎检的，检查的结果，代表了资水县扶贫工作水平。这样的水平，不仅影响城关镇的扶贫工作，也影响资水县扶贫工作在全市的排名。

县委李志强书记在会上连问了几个"为什么"："连一个镇计生办女干部都看得出的问题，为什么我们的村干部没看出来？为什么我们的驻村干部没看出来？为什么我们的联村领导没看出来？为什么我们扶贫办的干部没看出来？"

李志强要求县纪委严肃问责。

从国家扶贫系统删除何进水贫困户的通知，和县纪委的问责文件，是同一天下到城关镇的。县扶贫办副主任刘有财和城关镇副镇长陈旗，被给予党内警告处分；驻村干部刘德胜和海棠村支部书记陈大嘴，被给予党内严重警告处分。

县扶贫办副主任刘有财觉得很冤，因为自己一是没有参加海棠村的贫困户评选会议；二是早就意识到评选何进水为贫困户不精准，但这个改正措施和责任不在自己这里，而在镇、村两级；三是这些错误和自己没有直接关联，而错误后果要由自己买单。可纪委的同志不这么认为。你是扶贫办的干部，还是领导干部，人家找你反映问题，你麻木不仁，没有及时纠正问题，没有向城关镇反映问题，造成扶贫检查出了纰漏，你当然有责任。

副镇长陈旗也觉得很委屈。对于何进水反映的问题，陈旗当时了解了情况，村里是严格按镇党委要求评选的，程序上并无差错。作为一名组织培养的年轻干部，因为何进水的事背了一个党内警告处分，影响期限一年。在公务员晋升这条独木桥上，就算正常提拔重用，都让人感觉前有堵截、后有追兵，如今背上一个处分，势必落下那些堵截和追兵一大截了。

陈旗还明白了一个道理，群众工作是橡皮圈，不是钢圈。换言之，上面的方针政策是钢圈，这些钢圈到乡里实施时，必须让钢圈变成橡皮圈的形式实施。如果当时自己重视了，想办法将何进水踢出贫困系统，或者承诺帮他摘掉贫困户帽子，事情或许不会闹到这个地步。

驻村干部刘德胜也背了一处分，大发感叹："谁是'窦娥'？我就是'窦娥'；谁是'小白菜'？我就是'小白菜'！"因为何进水向陈大嘴反映问题无果后，直接跳过刘德胜，向联村领导陈旗和县扶贫办副主任刘有财反映问题去了。所以，当县纪委的调查人员来调查刘德胜的时候，他还莫名其妙一头雾水，但县纪委的调查人员认为，刘德胜作为驻村干部，是第一责任人，对这件事负主要责任。

陈大嘴表现得简单而粗暴，大骂何进水是"刁民"，他参加了会议，还给自己投了一票，事后出尔反尔，上访闹事，这不是"刁民"是什么？

何进水却如愿以偿，终于摘掉了贫困户的帽子！

第九章

县委召开会议，安排部署一项新工作。

前些日子，县委书记李志强率领一班人到广西考察工作，发现广西搞了一项非常有特色、并富有意义的工作——乡风文明建设和城乡清洁工程。回来后，深受启发，决定在资水县也大力开展这项工作，并把这项工作提升到德政工程、民心工程的高度，举全县之力，全方位实施。

县委总的指导思想是按照中央提出的“生产发展、生活富裕、乡风文明、村容整洁、管理民主”的新农村建设总体要求，本着“政府引导，部门配合，村民自治，逐步提高”的原则，在全县大力开展形式多样、扎实有效的精神文化活动，提高农民文明素质和农村文明程度，培养有理想、有道德、有文化、有纪律的社会主义新型农民。总体目标是二十年后，全县各行政村、居民区基本实现社会风尚良好、环境整洁优美、文化生活丰富、医疗条件改善、人民安居乐业的目标；形成男女平等、尊老爱幼、扶贫济困、礼尚宽容的人际关系；树立崇尚科学、破除迷信、诚实守法、勤劳俭朴、厚养薄葬、讲究卫生、新事新办的新风尚。

会上，李志强痛心疾首地说：“城区居民种种陋习亟待破除，比如说乱丢果皮纸屑、随地吐痰；比如说人死后大做法事，没日没夜地敲锣打鼓，鞭炮阵阵，哀乐声声，严重扰乱街坊邻居正常工作和生活秩序；比如说人死后不火葬而大兴土木，抬棺游行，在县城主要街道上一游就是个把小时，严重阻碍交通和行人的正常通行。如此种种陋习，都和广大群众的日常生活密切相关，不仅扰乱人民群众正常的生活秩序，还破坏城区卫生，实在令人深恶痛绝！这次县委、县政府下定决心，就是要和陈规陋习做一场彻底的革命斗争！”

李志强想起了前不久在广西考察时的所见所闻，又敲了敲桌子，强调说：“为什么广西的卫生就能够搞得那样干净，他们的群众就能有那样高的环保意识？我觉得，这是长期以来持之以恒科学发展和管理的结果。”

李志强说了很多，最后喝了一口茶，反复强调道：“这项民心工程的最终目标，就是要革除陋习，树立新风。”

散会后，尹志刚跟一同前去参加会议的何平凡走路回城关镇。尹志刚跟何平凡说：“这项工作抓起来有难度，但真正抓好落实了，对老百姓来说又是一桩大好事。你看，这街上脏得不成样子了，门面商铺的垃圾不往垃圾桶倒，就直接往街边倒，简直把街道当一个垃圾场了。”尹志刚边说边指着一家早餐店门口的一堆垃圾，蚊蝇嗡嗡，臭气熏天，街上的行人无可奈何，只得掩鼻绕行。

何平凡也深有同感，感叹道：“乡风文明，这是一个多么美好的愿景。但真要实施起来，肯定还有一个漫长的过程。因为不良的生活习惯是长期以来形成的，在老百姓的思想观念里根深蒂固，不是一朝一夕说改就能改的。这关乎老百姓思想观念的转变，居民素质的整体提升，正确生活习惯的培养。但我相信，只要县委政府下定决心，就没什么干不好的事情。我就怕这只是一时在兴头上，大张旗鼓地铺开局面，最后又是虎头蛇尾，那就没意思了。”

何平凡所说的“虎头蛇尾”，指的是前几年，资水县轰轰烈烈搞了个物流基地，说是充分发挥近城优势，扬言要把香江市的物流生意转到资水县来。资水县本来就是一根交通盲肠，根本没什么物流生意，这种不遵循市场规律的行为，从一开始就注定失败的结局，事实也证明这是个错误的决定，经过全县上下一番折腾，最后不了了之。为了搞物流基地，当时新砌了几栋房子，前任县委书记还亲笔题写了“资水物流城”的招牌，几年后，就有了荒凉气象，字也残缺了，“物”字掉了一个偏旁，成了“资水勿流城”。

尹志刚则信心满满地说："此工作非彼工作也！搞乡风文明，从当前和长远来说，都是顺乎民心合乎民意的。"何平凡却还是摇着头。

尹志刚问道："这么没信心？刚部署这项工作，你就泼冷水了。前几年有则新闻，河南某市一夜之间平掉了两百多万座坟头，平祖坟是过去搞的事，放到现在，不也照样搞下去了。这足以证明政府的执行力还是非常强大的，只要下定决心办的事情，没有办不成的。"

何平凡笑了一下，说："乡风文明建设的主要内容是殡葬改革，这跟平坟头的难度有得一拼，都是跟死人作斗争。殡葬改革是改土葬为火葬，将灵堂扎进殡仪馆。这是一块最难啃的硬骨头。祖祖辈辈都实行土葬的，一下要推行火化了，年轻人的思想容易转变过来，那些老年人哪会一下转得过来呢？"

尹志刚觉得何平凡讲得有道理，连连点头称是，感叹道："这是几千年流传下来的陈规陋习，不是一朝一夕、一蹴而就的。所以，县委李书记强调，这将是一场惊心动魄的革命斗争！"

回到城关镇，尹志刚安排小廖起草了一份《关于推进乡风文明建设和城乡清洁工程的工作方案》，方案明确了工作思路和工作要点，以及实施步骤，确定人大主席何平凡和纪委书记李雅茹为主管领导，还从镇里的年轻干部中，组建了一支殡葬改革突击队。殡葬改革工作难度最大，要动真格，强制将不愿意火化的遗体送往火葬场去实施火化。

在确定主管领导时，尹志刚是经过深思熟虑的，人大主席何平凡是个老同志，遇事沉稳老练，干工作有套路，不会轻易犯激进冒险主义错误。而纪委书记李雅茹人年轻，干工作积极性高，又是个女同志，干这样的工作，女同志往往有一些男同志所不具备的优势。

这样一老一少组合，尹志刚认为是比较完美的搭配。只是在找何平凡谈话时，遇到了一点阻力。因为这项工作不是年初计划安排的，所以，何平凡认为自己是个老同志，在工作上绝对不能"多吃多占"，尹志刚将自己的想法跟他做了说明，并许诺在经济上给予重点倾斜后，何平凡才勉强接下军令状。

尹志刚突然又记起何四岸的事，忙问小廖何四岸这几天来过没有？小廖说，到现在还没见何四岸的影子呢。何四岸这几天没来找自己，尹志刚从心底松了一口气。尽管他知道何四岸迟早会来的，还希望他早来不如迟来，迟来不如不来。

记得有一次，尹志刚跟周虎诚一起吃饭，尹志刚问周虎诚："老兄在城关镇当党委书记，最大的体会是什么呢？"周虎诚停下手中的碗筷，颇有感触又意味深长地讲了四个字："辛苦、寂寞！"

"辛苦"二字还好理解，但"寂寞"二字就让人不甚明白。看着尹志刚一脸不解，周虎诚解释说："虽说是小小一个乡镇，但事无巨细，都关系百姓福祉，要想把这些事情干好，'辛苦'二字自不必说。至于'寂寞'，因为你常会碰到各种稀奇古怪错综复杂的事情，常常会碰到一些无解的方程式、思考题，你不懂的时候，无处可问，唯一的办法，就是靠掂量、靠感悟。长此以往，你就会觉得有一种无边的寂寞，沉沉地笼罩着你的心头。"

初次听周虎诚讲这些话时，还以为他装深沉卖关子。但现在尹志刚有些明白了，比如贫困户何进水的事，比如上访户何四岸的事，你去问谁呢？你的下属都眼巴巴地等你开一剂良方出来，一用就药到病除，不仅能解决眼前的难题，最好还能标本兼治，从此何四岸不再来镇里找谁了。可是，自己绞尽脑汁也开不出这样的方子，当然也不能把这道思考题交给领导或下属，你除了自己问自己外，真是别无选择。

就在尹志刚感慨万千的时候，孙建国跑来对尹志刚说："畔城村发生一起严重的交通事故，一辆汽车跟一辆摩托车相撞，摩托车司机当场身亡。"

尹志刚心里一惊，忙问道："交警队跟派出所的人去了没有？"孙建国说："都及时赶到了现场，事故正在调查处理当中。"

尹志刚这才放了心，就说："行，处理交通事故，那是他们的分内事。你重点要关注是不是有不稳定因素发生。"

孙建国还想说什么，尹志刚有些不悦的样子，起身准备倒茶，孙建国见状赶紧说："尹书记，那您忙，我去了。"

尹志刚想：大事小事都向领导汇报，表面看是服从意识强，其实是一种懒政庸政和不担当的表现！处理交通事故是交警队的事，该怎么处理就怎么处理，你什么事都报告给我了，自己不拿点主意，出了什么事，就可以推得一干二净的。

第十章

接下来几天，县委又组织县直机关和各乡镇一把手，开了几次会，内容都是关于乡风文明建设和城乡清洁工程的。

会开得多了，一些干部戏言，端着茶杯开着会，一天就过去了，再一开，一年过去了。

尹志刚清楚，领导开会就是工作，但镇村两级不同，开了会就要具体部署落实。县里的会上定下了工作思路和奖惩措施，还定下了殡葬改革的具体实施时间，城关镇十八个村、社区范围内的所有居民，从四月一日起全部开始实行火葬，不许土葬。县委、县政府的通告刚张贴出去，顿时就如在平静的湖面上扔下一颗重型炸弹，在城关镇上下引起了轩然大波。

尹志刚算了一下时间，离殡葬改革正式实施时间还有半个月，这段时间主要是做一些宣传工作，让村民都知道这项新政策即将实施。关于宣传的事，尹志刚交给了宣传委员何正声，让他给村民召开院落会议，宣讲殡葬改革新政策，张贴宣传标语，通过广播和流动宣传车等形式，让殡葬改革在城关镇家喻户晓。

趁着这半个月的空闲时间，尹志刚想去城关镇比较边远的刘家坪村调研一下，因为他在翻阅材料时，看到一份刘家坪村书记刘志成写的一份关于该村修路的报告。要想富，先修路。尹志刚觉得，为官一任，就该造福一方。如何造福呢？那么修路、架桥，便是最直接为民造福了。但修路架桥需要钱，越是偏远的地方，群众越穷，修路架桥的成本越大。而县城附近的村，比如畔城村、东城村、西城村，村里的第三产业搞得红红火火，村民比较富裕，正所谓近水楼台先得月，这是天时地利所占的优势，比不得的。所以城关镇召开村干部会时，明显地感觉来参加会议的是两个类别的人，本来是没排座位随便大家坐的，但真正坐起来，会议室的左边坐的都是富裕村的干部，会议室右边坐的都是边远村的干部，衣着打扮、神情举止，一看就有很大的差别。老话说得好："衣是皮毛，钱是胆啊！"

尹志刚让小廖给刘家坪村书记刘志成打个电话，然后，带着主管农村片的常务副镇长黄金山、党政综合办主任小廖，还有司机小彭，一路出城，先水泥路再柏油路，最后泥巴路，颠簸着向刘家坪村驶去。

三月的田野，空气清新，一场细润的油雨刚停，路面有点湿滑。车子开到海棠村时，便再也无路可走，在黄金山的带领下，四人下车走路，走了约四十分钟，才到刘家坪村书记刘志成家。

刘志成家住村东，靠近海棠村，是一幢半新不旧的红砖房。刚进家门时，刘志成正拿一块抹布在擦拭堂屋内的桌椅板凳，刘志成的老婆在屋檐下，正在给一只新杀的公鸡褪毛，几只黄狗围着那只公鸡转个不停。见尹志刚一行进了屋，刘志成一边招呼就座，一边拿四只瓷碗，各倒了一大碗热茶，刘志成连声说："尹书记好，黄镇长好，大家辛苦了，快坐快坐！"

趁刘志成忙活的时候，尹志刚抬头在房间内四处打量了一下，用家徒四壁来形容，一点也不为过。尹志刚想起现在社会上对村干部"三个代表"的评价：一是村里家庭最富裕的代表，二是村里家族势力最大的代表，三是村里个人能力最强的代表。刘志成肯定不是这三个方面的代表。但他作为一个村支书，家里都这么贫穷，其他普通老百姓家里，就更不用说了。也就是从那一刻起，尹志刚在内心暗自下定决心，一定要为刘家坪村修一条进村水泥路！

尹志刚招呼刘志成也坐下，边喝茶边向刘志成了解村里的基本情况。刘志成找出一个油腻腻的小本子，汇报说："刘家坪村有十一个村民小组，一千零八十二人，其中党员十七人。因为地处城关镇最边缘，加之交通不方便，所以刘家坪村目前是城关镇最穷的村，村集体收入几乎没有，村民的主要收入来源，是靠外出打工赚钱，村里除了老人就是孩子。”说到这里，刘志成揉了一下鼻子，说：“前不久，村里过世了一位老人，因为村里的年轻人都外出打工了，后来抬柩时，跑到隔壁的海棠村叫人，才把抬柩的人请齐整。”

刘志成有一个儿子，两个女儿，儿子排行老二，上一个姐姐下一个妹妹，如今姐姐妹妹都嫁到外面去了，只剩下这个老大不小的儿子，一直没能娶上媳妇。刘志成说：“村里没娶媳妇的老小伙子，算起来有四五十人之多，再这样下去，只怕有一天刘家坪村会变成光棍村。”

尹志刚问：“这些老小伙子一般多大年纪？”

刘志成说：“最小的三十岁左右，最大的六十出头了。”

尹志刚一下想到一个关于“要女人”的小视频。有个扶贫干部去贫困户家里走访，按“缺啥补啥”的扶贫工作要求，问扶贫对象，你家里还缺啥呢？比如说资金、技术、种子、化肥、猪崽，甚至小鸡、小鸭……贫困户摸着脑袋想了想，最后扯着公鸭嗓子很直白地说：“俺啥也不缺，要说缺的话，只缺个婆娘！”看到这个小视频时，后面已经有几千条评论，都是一副幸灾乐祸事不关己的心态。只有尹志刚觉得这近乎笑话的小视频，一点也不好笑。不仅不好笑，甚至还觉得心情无比沉重和难过。

难道农村适龄男青年娶不上老婆，让人觉得好笑吗？这种含泪的笑点，是不是我们这个美好时代长着一处不协调的伤疤呢？

尹志刚又问：“村里修路的事，筹划得怎么样了？”

刘志成盼望尹志刚来村里，修路是最主要的目的，所以，在心里早有了算盘，扳着指头对尹志刚说道：“从海棠村到刘家坪村有三千米路程，按省里的标准修一条村级公路，每公里造价需要三十二万，三千米路总计需要九十六万块钱。上面的‘村村通’工程每千米拨款二十二万，三千米路就是六十六万，所以，目前还剩下三十万块钱的缺口。”

“这三十万的缺口，你们村里能够筹到多少？”尹志刚又问道。

“这三十万缺口，我们村里千方百计，顶多能筹集十八万，村里一千多号人，人均一百元集资，就是十万的样子；村里有十二个在外工作的，我们准备按人均一千元的标准上门化缘；村里在外打工情况比较好的有十来个，初步意向可以筹到四万块钱。剩下的几万块钱，因为这些年国家政策好，每年有粮补直补资金，我们也准备一并扣下来，用来修路。”

“粮补直补资金是绝对不能克扣的，上面早已三令五申。就算用来修路，一是要经过各家各户同意，二是最好先将资金发下去，然后再集上来。”一直坐在旁边喝茶抽烟的黄金山，因为主管农业，一提到粮补直补资金，便插了一句话。

“先发下去，再集上来？更何况，现在村里的老百姓大部分都出去打工了，粮补直补资金想发也没人领，想集也没处去收。”刘志成解释说：“打工的人全国各地都有，这个主意，其实就是在外打工的村民们主动提出来的。大家都盼着修路啊！”刘志成说完沉重地叹息一声。

尹志刚听了刘志成的话，也觉得不无道理。现在最关键的是，修路还有十二万的缺口资金，这才是最迫切最实质的关键问题。尹志刚在心底算了一下，镇财政的裤带子勒一勒，也务必给刘家坪村挤出五万块钱来，剩下就只有七万了，然后去市里化缘，不是市交通局还有个同学在那上班吗？虽然人家还不是局里主要领导，但多少也是个中层骨干了，搞个几万块钱，应该问题不大。这样一算，尹志刚就对刘志成说：“志成书记，你修路的积极性这么高，我很感动。作为镇党委书记，我没有道理不为你分忧解难。这么说吧，剩下的十二万，我想办法帮你解决！等资金到位，你就着手动工吧！”

刘家坪村修路，村民呼吁了好多年，刘志成也谋划了好多年，但谋来划去，就是少钱。真是“有钱男子汉，无钱汉子难”。所以，这么多年过去了，山还是那座山，梁还是那道梁，刘家坪山河依旧，面貌未改。没想到尹志刚一来，就答应帮刘家坪村解决十二万元的资金缺口，刘志成真有点不相信自己的耳朵，等反应过来，竟拿起衣袖管抹起了眼角，喃喃地说着：“尹书记，您真是刘家坪村的大恩人啊！您知道刘家坪这条路，村民盼了多少年吗？您知道村民是多么盼望修通这条路吗？就是因为刘家坪村没通路，这些年来，村里许多农特产品运不出山，烂在自家的地窖里，换不了一分钱，而农药化肥，也靠肩挑手提才能运回村里，花了十分力气，得到的仅是五分回报……刘家坪村还有这么多人打光棍，也就是因为没有这条路，外面的姑娘不愿意嫁到这里来啊。”

尹志刚伸手握着刘志成的手，深表赞同，同时，又传递着一种无声的力量。这种力量，是刘志成从未感受到的。

这时，一桌饭菜早摆上桌头，除了刚才那只土鸡，还有干笋子、腌白菜、土豆丝、西红柿蛋汤，满满一桌子，都是海碗，连盛饭的碗筷，都没地方可摆了。然后，还斟了几碗自酿的米酒。这种米酒资水人叫“水酒”，在资水甚至香江市都小有名气，城里许多饭店都打着刘家坪村水酒的招牌招揽生意。这种水酒是用糯米蒸出来的，除了糯米和自制的饼药，不掺杂其他任何东西，所以在制作过程中，非常讲究工艺技术。如果没掌握制作要领的话，蒸出来的水酒又酸又涩。而刘家坪村蒸出来的水酒，又甜又老，入口柔，后劲大，喝的时候感觉像喝饮料，喝到肚里后，就成了刚烈的老口子。

这时，有几个闻讯赶来的村民，也被刘志成邀上桌来，陪尹志刚一行喝酒。纯朴的村民话不多，只知道一轮一轮地敬酒，敬酒时先干为敬，满满一海碗酒，咕噜咕噜，喉结一上一下，就喝下了，然后，就看着你喝，假如你不喝，那他筷子也不动，酒也不喝，还说你瞧不起乡里人。没办法，尹志刚只好硬起头皮，也一碗一碗地将酒往肚子里灌，几圈下来，肚子里早翻江倒海起来，脑袋也渐渐变沉重了，身子却轻飘飘的，感觉像在坐飞机……

从“飞机”上下来时，尹志刚已躺在自己的床上。他老婆胡一枝还未回家，尹志刚猜她又是上哪儿打麻将去了。老娘在自己的额头上敷着一条热毛巾。窗外的月光清幽似水，尹志刚想起白天在刘家坪的情景，想起老婆胡一枝这些年来的所作所为，想起自己母亲一大把年纪了，还这样细心周到地侍候自己……尹志刚想起了自己的过去、现在和未来，思绪像一根根无头绳，杂乱无章地相互缠绕、相互撕扯……大有“醒时明月，醉后清风，浮生一梦醉，谁是百年人？”之慨叹，不知过了多久，又沉沉地枕着一弯月光，睡了过去。

第十一章

尹志刚被吵醒时，已是深夜一点半。他老婆胡一枝刚打牌归来，闹得声音很大，把尹志刚给闹醒了。

“这么晚才回来，你就不能轻点？”尹志刚没好气地责怪道。“对不起，我今天输了钱，我倒是想轻点，但手脚不听话。”胡一枝针锋相对，也没好气地回答。人和人之间的关系真是个很奇妙的东西。比如说尹志刚在镇里，组织给了他一顶“帽子”，这顶“帽子”叫人看不见摸不着，但它的威力不小，在镇里尹志刚可以一言九鼎，干部对他敬重有加；在家里，法律上规定他和胡一枝是完全平等的，那么双方之间就可以你一刀来我一枪去，对着干，你拿她也无可奈何。

“你输了钱关我什么事，又不是我要你去打的。你白天可以睡觉，人家可是忙活了一天呀！”前几年，胡一枝从县房地产开发公司下岗后，一直待业在家，重活干不下，轻活找不着，高不成低不就，所以干脆天天待业在家，以打牌度日。

“你白天忙着喝酒吧？闹得满屋都是酒气，真让人恶心！”胡一枝的嗅觉很灵敏，一下就知道尹志刚又喝高了，“我白天可以睡觉，你有本事就不要让我白天睡觉啊，你堂堂一个镇党委书记，下面管着这么多人，连自己老婆的事都管不了吗？”

尹志刚每次劝胡一枝不要沉溺于麻将时，胡一枝就要他给她安排工作。

工作是说安排就安排的吗？尹志刚非常清楚，自己老婆一没技术二没文凭，可眼光比谁都高。端盘子洗碗的活，她自然看不上；那些高新尖技术岗位，又干不了。既然不安排工作，那她就不愿意天天守在家里，就得去找点事做，就得去找点精神支柱支撑，按胡一枝的话说，谁愿意踩着青春的尾巴在家守空房呢？

尹志刚知道惹不起她，只得闭上眼，将被子往上一蒙，随她去发挥算了。但越想睡越睡不着，那条瞌睡虫越爬越远。跟胡一枝结婚六年来，平静舒心的日子没过上几天，多的是相互争斗、相互挖苦、相互撕扯，从相识到结婚，往事如烟，重上心头。

跟胡一枝相识十年，那时，尹志刚大学毕业，由省委组织部选调到资水县，起初在前车门镇任党委秘书。其实尹志刚老家并不是资水县的，是资水县搭界的资东县一个偏僻乡下的。刚分来时，人生地不熟，离老家又远，回家不便，所以内心无比孤独寂寞。由于一次很偶然的机缘巧合，尹志刚在县某酒店吃饭时，认识了胡一枝。

胡一枝也是外地招工来资水县房地产开发公司的，两颗孤独的心灵在异乡相遇，就像一块湿润的土壤正适合怀春的种子发芽生根。没出一个月，两个人就从相识到相恋。然后，在一次醉酒后，早早地偷尝了禁果。事后，胡一枝哭着说："你是我生命中的第一个男人，你得负责，你得娶我！"

那也是尹志刚的第一次，是婚前，是酒后。

那时的尹志刚很年轻很天真，认为获得了人家的第一次，就一定要相守终身。后来，当尹志刚慢慢明白了男女之间的一些事理之后，他有些痛苦，有些犹豫，有些后悔。

但这世上没有后悔药。

如今想来，尹志刚觉得那是过早种下的一枚苦果。那时的恋爱，尹志刚把它当成了一剂解救寂寞的良方，在年少不更事的年纪，父母没在自己身旁，没人及时给一些合理的参考建议，根本就不懂得恋爱婚姻的真正含义是什么？后面，尹志刚慢慢地发现了两人之间的差距，这种差距是工作环境上的，是家庭背景上的，是学识修养上的，是从外表看不到的，潜藏得很深，让人不会轻易发觉，等你发觉时，方知一切为时已晚！

那是一道深深的鸿沟，让人难以逾越。

尹志刚跟胡一枝是奉子成婚。现在尹志刚已经从内心深处极力排斥这段婚姻了，但世俗和现实的残酷，最终让他低下了高贵的头颅。在婚姻上，尹志刚投降了，被打败了！于是，他一次又一次地给自己找借口，一次又一次地为婚姻的意义和存续而辩解。

何谓“门当户对”？尹志刚觉得，婚姻上的门当户对，是最合理最科学的诠释。这种门当户对，不仅是双方容貌上的，还是家庭背景上的，更是内在的学识和修养上的，它们甚至包括兴趣爱好、生活情调、学识品位、人生追求。尹志刚越来越觉得，假如让一个流浪汉和一个富家女结合在一起，他们应该是不会幸福的；假如让一个博士生和一个只有小学文化的人结合在一起，他们应该也是不会幸福的；假如让一个艺术家和一个鱼贩子结合在一起，他们同样是不会幸福的……

尹志刚越来越感觉到自己和胡一枝，就是那样一种非常不幸的组合，他们两个人完全是两条道上的人，却因命运的捉弄而走到了一起。

记得有一次，他们结婚两三年的时候，尹志刚写了两篇小随笔发在县报上，一篇是《放牧男人》，里面写道：“放牧男人，原本就是相信自己。睿智的女人都有这种信心，都懂得怎样放牧自己的男人。男人是花心的，这话不假。但一个花心的男人在一个睿智而宽容的女人面前，他是渺小而脆弱的。男人的生活重心是事业。倘若男人的事业成功了，他的整个身心沉浸在成功的荣耀里，那么，那一点点蠢蠢欲动的花心，也会被完全淹没在喜悦的海洋。放牧男人，是男人之幸，也是女人之幸。放牧男人，是幸福家庭的一块基石。诚然，放牧男人，也是一门深奥的学问。女人放牧男人的最高境界，就像在广阔的草原放一只风筝，你牵着那根长长的绳线幸福地对天空叫喊着，飞吧，飞吧，你飞得再高再远，也一切都掌握在我的手心！”

另一篇是《圈养女人》，尹志刚这样写道：“圈养女人，不需要绳索的捆绑，不需要任何精神的和物质的栅栏；圈养女人，是一个女人的明智，找到了一份舒适的爱情，就全身心地投入，在圈养自己的同时，也圈养了你心仪的男人；圈养女人，更是一个男人的福气，让那个你爱的女人全心全意爱你，无怨无悔地为你圈养吧。当然，圈养女人，绝对不是男人一厢情愿的事。倘若男人刻意去圈养一个女人，那是男人的愚蠢，女人的不幸。可这世界上，真有一些这样的男人，用金钱和权力构筑栅栏，去圈养一个身在曹营心在汉的女人。一天，两天……其实女人的心早已羽化成蝶，从你的身边飞走了。”

这本来是尹志刚一时的情绪宣泄，胡一枝平素也不喜欢看书读报的，却不知从哪里看到了这两篇文章，特地回来质问尹志刚：“你看写的什么东西？什么男人要放牧，女人要圈养。你想花心去花好了，还要让全县人民都知道你要去花心吗？”

尹志刚解释说：“你说什么呀？这不就是写篇文章吗？”“我知道是写文章。但文章是一个人的思想表达，你心里怎么想的，笔头才会这样去写，对吧？”胡一枝看着尹志刚，一副法官审案的态势，又愤愤道：“男人是花心的！这是你的口号，也是你的真情流露吧？真是狼子野心，狼子野心啊！”

尹志刚知道胡一枝将此事上纲上线了，就默不作声，不再跟她争执。这么多年过去了，尹志刚的事业是成功的，但他的婚姻很失败。

正在尹志刚满脑胡思乱想的时候，手机“嘀嘀”响了起来，一下将尹志刚拉回现实。

自从到城关镇担任党委书记以后，尹志刚的手机必须二十四小时开机，以备不时之需。电话是镇长岳峰打来的。到城关镇后，岳峰还从未主动向自己报告工作方面的事情，岳峰比尹志刚早来镇里，对镇里的人和事更加熟悉，加之人品能力非常不错，所以，尹志刚从来不主动干涉政府方面的事。

“尹书记，实在不好意思，这么晚还打电话给你！”岳峰的声音比较急促，肯定是遇到什么急事了。

“岳镇长，咱们两兄弟客气什么，有什么事吗？”尹志刚迫不及待想知道。

“是这样的，今天夜里李铁前跟朱小丽的丑事，被李铁前的老婆捉了现行。现在，李铁前的老婆在镇里大吵大闹，看样子一下收不了场！”岳峰说道。

李铁前跟朱小丽都是镇经管站的干部，本来李铁前是经管站的站长，但自从他承包了县里一座小煤窑后，煤价天天涨，财源滚滚来，于是，干脆就把这职务给辞了，每天上班也不守规矩了，九点报到点个卯，不到十点就开溜了。朱小丽是刚从技术职院招来的，人长得漂亮，瓜子脸柳叶眉，水嫩嫩的脸蛋，仿佛一把就能拧出水来。但女人都有个致命的缺点，特别是少不更事的女孩子，特爱虚荣，没几个能抵得住金钱和权力的诱惑。不知什么时候，李铁前跟朱小丽纠缠到一起。真是若要人不知，除非己莫为。这下可好，被自己的妻子发现。

“现在镇里的干部多不多？家丑不可外扬。你先稳住局面，不要让这事张扬出去。”好在城关镇，除值班人员外，绝大多数干部都不住在镇里。李铁前这厮竟然在办公室干这样的丑事，真拿他没治了！

“现在镇里没几个干部。出了事，李铁前第一个电话打给我，他老婆要死要活的，闹得很凶！”岳峰的口气有点埋怨。

这深更半夜的，有点情绪也可以理解。不过在尹志刚看来，李铁前跟岳峰的关系肯定不错，不然，李铁前第一个电话怎么没打给自己呢？当然也庆幸没打电话给自己，还真不想当这样的“消防队员”。

“你尽量控制一下李铁前老婆的情绪。毕竟这不是个好事，闹大了，张扬出去，对李铁前不好，对她同样也不好啊！你让李铁前自己将老婆领回去，自己生的火，自己去熄，这样的事还得靠他自己处理的，如果需要单位出面，我再出面吧！”尹志刚叮嘱岳峰道。

岳峰“嗯”了一声，就挂了电话。

胡一枝也上了床，仿佛对刚刚的事情很感兴趣，于是就变得温柔起来，问：“是不是你们镇里出了桃色新闻啊？”

尹志刚对她早已有戒心，更不想跟她说这样的事情，只敷衍道：“工作上的事，早点休息吧！”

“哼！”本来身体还倚向尹志刚的，听了他的话，胡一枝就气急败坏地转过身去。尹志刚也顺势转过背来，两人背靠背，中间仿佛隔了一座山，一夜无话。

第十二章

第二天，尹志刚到办公室时，风平浪静，仿佛昨夜什么事也没发生。看来岳峰还是按自己的意思，把火给捂熄了。

就在尹志刚长吁一口气时，办公室的门砰的一声被撞开了，何四岸闯了进来。几天不见，何四岸的脸色更加阴沉了几分，人也消瘦了一圈。在尹志刚对面，何四岸是同样的坐姿，一只脚连鞋也没脱就窝在沙发上，他的拐杖干脆放到尹志刚的办公桌上，厉声厉气地问："我的钱准备好了没有？"

"老何，你上次不是说好三天之后就来吗？"尹志刚有几分不悦地问。

何四岸剧烈地咳嗽了几声，喘着粗气，说："这几天感冒了，躺在床上下不了地呢！"

"哎哟，我说何老呀，你一定要注意保重身体啊！"尹志刚接过话头，很利索地掏出钱包，从里面数出仅有的四百块钱，还特地将钱包口朝何四岸晃了几下，里面除了几张小面额人民币，再无百元大钞了，意思就是倾囊而尽。

何四岸看了一眼，并没伸手接钱，责怪道："你真把我当叫花子打发啊！既然这样，我只好向市里、省里、北京的领导去要吧！"说着，竟然一扬拐杖准备往外走。

尹志刚赶紧解释道："老何，这不是镇里的钱，我看你感冒了，先从我这里拿四百块钱，去看看病。"尹志刚深深叹了口气，一副很难为情的样子，道，"何老，不瞒你说，现在镇里的财政非常紧张，周书记走的时候，账面上没剩一分钱，反而留个两百多万的窟窿让我去补。”

这是大实话，周虎诚走的时候，镇财政还欠了两百多万的外债。尹志刚到城关镇来有一段时间了，对镇里的情况有所了解。因为城关镇有地域优势，城关镇也算半个机关，都想调到这里来。有的干部在下面干了大半辈子，升迁早已无望，组织出于关爱偏远乡镇的干部，就将人家调到城关镇，来此退休。

所以，城关镇干部有个“三多三少”的现象：干部职工多、老同志多、女同志多；年轻干部少，干事的少，干部待遇少。

当然，俗话说“新官不理旧事”，周虎诚走的时候，县审计局来搞了离任审计，审计过关之后，这些经济账就得到了上面的认可。尹志刚把这个“家底”向何四岸抖出来，也是迫不得已。

何四岸听了尹志刚的话，才知道自己眼前的钱竟然是尹志刚私人的钱，心里或许有了一些感动，说话的声音就低了几个分贝：“尹书记，我到这里来也不是要你私人掏腰包。既然你这么客气，那我先拿这四百块钱去看病吧！这次看病花了不少钱，医药费你们总得报销吧？”正在何四岸说得唾沫四射的时候，孙建国从门口将脑袋往里一探，又飞快地缩了回去。

尹志刚装着在听何四岸的话，其实什么也听不进去。何四岸又东扯西扯缠了一会儿，才拿着尹志刚的钱，谢也没说一声，就出门了。

听着何四岸的拐杖声在门外的走廊上越离越远，孙建国不知又从哪里钻了出来，进门就说：“尹书记，大事不好！镇政府大门被畔城村的村民堵住了。”

尹志刚一听，只觉胸口一闷，脸就黑了下来，忙问道：“这是怎么回事？”

孙建国说：“就是因为畔城村那起交通事故。对于交警队判处的赔款，死者家属嫌少，就将事情闹到镇里来了。”

尹志刚问：“赔了多少钱？”孙建国说：“不到九万。”

尹志刚听到这个数字，不禁皱了皱眉，说：“才九万？”

孙建国又说：“按责任划分，死者负主要责任。赔偿金额跟责任划分有关的。这九万就是按国家政策满打满算的，只有这么多。”

尹志刚又问：“死者家里还有些什么人？”

孙建国说："死者上有年过七旬的父母，下有一儿一女，女儿十四岁，儿子十一岁，另外，妻子在镇属企业玻璃厂上班，叫王秀丽。"

尹志刚明白自己此时下去，场面只会越来越乱，略作思忖，就对孙建国说："你去叫王秀丽上来，我跟她谈谈。"

不一会儿，孙建国就领着一老一少两位女人上来了。尹志刚一看，这两位女人应该就是死者的母亲和妻子了。年老的女人因为伤心过度，喉咙早已嘶哑，说不出话来，只"咿咿呀呀"了几声，身子一歪，就扑在尹志刚办公桌前的皮沙发上。

大家赶紧掐人中，捶背心，好不容易才让她缓过神来。尹志刚亲自起身倒了两杯热茶，边递茶边对王秀丽说："对于你家突遭不幸，我们深表同情，并表示深切的慰问！"

尹志刚又关切地说："人死不能复生，我们谁也不想这样的事发生，既然不幸的事发生了，现在，我们要面对的，是如何合情合理合法来处理好这件事情，是不是？"

王秀丽摇了摇头，用手擦了一把鼻涕，表情痛苦地说："赔再多的钱，也买不回命。我什么也不要，只要我丈夫还活着。"

尹志刚知道，一般这些人命关天的事情，最开始时，受害者家属都只要人，不要钱，但人死不能复生，还是要劝慰他们拿到合理的赔偿金，从痛苦中走出来，继续生活。

"我们深表同情，但人死不能复生啊！"尹志刚叹了口气。

王秀丽突然大声说："那我也去撞死他，再赔他九万块钱，好不好？"听了王秀丽过激的话，尹志刚严肃地指出："他和你家无冤无仇，撞死你男人，是个意外，属于交通事故。你现在去撞死他，就是故意杀人，是刑事案件了，那是要赔命的。据我了解，通过交警队的现场勘探和调查取证，这明摆着是一起交通意外事故，你心里应该也非常清楚，肇事者和你丈夫素昧平生，人家不可能故意去撞死你丈夫吧，是不是？"

尹志刚所说都是事实，王秀丽也不得不认同。王秀丽说那话，也不过是一时在气头上。

等王秀丽心情平复一点，尹志刚接着做思想工作，说：“这件事已经发生了，我们也知道你家里的实际困难，你男人是家里的顶梁柱，如今顶梁柱倒了，就是天塌下来了。我开始说了，我们还是要面对现实，怎样去把这件事圆满处理好，把今后的日子安排好吧。”

尹志刚说到了问题的实质，王秀丽叹息道：“家里的顶梁柱倒了，如今，上有老，下有小，这个家靠我一个弱女子，今后还如何维持下去呀？”说着又哭哭啼啼起来。

真是撞死一个，害了一家！但这起交通事故之所以只赔九万块钱，是因为死者不按交通规则过马路闯红灯，而肇事车辆是正常行驶，一时刹不住，才撞到人。真哀其不幸，怒其不争。但死者为大，再说这些也没用了。

尹志刚只好安抚道：“像你这种情况，家庭突然发生重大变故，家里确实存在实际困难，是符合民政救助条件的，你可以按程序申请整户低保，这样，你一家人的基本生活有了保障。但今天你带这么多人堵政府的门，这是极不理智的，是违法行为，我真不想你家雪上加霜，再遭到政府的合法惩处。”

其实王秀丽带着一家人来镇政府，也是为了消消气。说到底，这事要怪也只能怪自己男人不遵守交通规则，怪那没长眼的司机。听了尹志刚一席话，王秀丽心里的气平了很多，哭了一阵后，就领着一家人回去了。后来，事情的处理还算顺利。那肇事司机多出了两万块钱给王秀丽，经镇民政办审核，王秀丽一家又吃上了整户低保。这事算圆满处理了，这是后话。

王秀丽一行走后，孙建国也尾随而出，办公室一时又安静下来。尹志刚越来越理解李志强书记当初讲那些话的真正含义了。乡镇党委书记是一个高危职业，就像高空踩钢丝绳，一不小心就会掉下来。

尹志刚正胡思乱想的时候，小廖不知什么时候神秘兮兮进来了。手里拿着几页材料，平时是打印稿，这次的材料却是手写的。

“尹书记，您上次交代我的材料，可让我消耗不少脑细胞啊！”小廖讲的，就是上次尹志刚要他写的那份“你知、我知，绝不让第三人知”的材料。

“哦，辛苦你了！那我看一下，你先出去吧！”没等小廖多加表功，尹志刚接过材料，就下了逐客令。

小廖折出门口，又反过头来向尹志刚报告了一件事。昨天下午接到县委组织部关于开展“三百干部下基层”精准扶贫工作的通知，要求城关镇派三名干部到全县最边远的西源村去参加扶贫。通知要求，下派的干部务必在扶贫村吃住三个月，小廖说完就匆匆下楼去了。

尹志刚翻开小廖送来的材料，一页页往下看，还真看到了许多不为人知的秘密，别的因为无法验证，暂且不提，就说昨夜经管站李铁前和朱小丽的那桩丑事，小廖材料里就写下了这么几句：“李铁前是个暴发户，开煤矿赚了不少钱，男人的腰包一鼓，就喜欢干些寻花问柳的事，李铁前手下的朱小丽，爱慕虚荣，他们两个的关系有些不正常……”

就这一点，小廖的眼光还是很精准的，这样的眼光，精准的同时，又不得不让人提防几分。

最让尹志刚注意的一段话，讲的是尹志刚还没来城关镇之前，大家都知道周虎诚将调到县环保局担任局长，于是，许多镇村干部叫岳峰镇长为“岳书记”了，没想到后来，县委并没有重用岳峰为书记，而是让更年轻的尹志刚来当了“班长”。这当然是组织上的安排，尹志刚和岳峰都只能服从组织安排。岳峰在城关镇工作将近三年了，按以前的惯例来说，这个城关镇的党委书记非他莫属，如果人家心里因此产生点什么想法，也是很正常的。

尹志刚把材料收好，又想起刚才小廖说的“三百干部下基层”的事。尹志刚寻思着派哪几名干部去西源村呢。

刚刚看了小廖写的材料，仔细想了一下，决定在班子会上提议，派武装部副部长刘成功，经管站李铁前，还有一个刚分来的退伍兵小戴，让他们三人去吧。刘成功年届五十，再过几年就要退二线了，最重要的是他熟悉农村工作。小戴是刚参加工作的新兵蛋子，去农村见识一下也未尝不可。年轻干部分配工作前，都要先下乡锻炼至少五年，才可以调回县城，所以小戴能够直接分至城关镇，背后极不寻常的。至于李铁前，就不用说了。这段时间，他离大家越远越好。时间是最好的艺术师，会让一切愉快和不愉快的事，都慢慢变成淡薄的记忆。

整个上午，看似碌碌无为，却决定了好几桩很重要的事情，尹志刚感觉心情惬意。一时又想起了刘家坪修路的事，趁着这个中午空闲，就赶紧翻出了同学录，找到市交通局老同学陶昭阳的电话，打了过去。

“喂喂，昭阳啊！”

很显然陶昭阳没听出尹志刚的声音来，在电话里问道：“你哪位啊？”“老同学，我志刚啊！”“哦哦，志刚啊！还记得我这个老同学呀？”一听是尹志刚，陶昭阳一下就变得热乎起来。“我倒是时时记得你。只怕你这市领导，居庙堂之高，离江湖之远，早不记得我这乡干部啦！”“你不是在县团委吗？什么时候又成乡干部了？”陶昭阳问。

“早已经是乡干部啦，只是没及时跟你这位市领导汇报，真是罪过呀！”

尹志刚和陶昭阳是高中同班同学，读书时感情非常不错，只是后面一个学了文科，一个学了理科，尹志刚考上了本省一所工科大学，而陶昭阳考上了外省的大学，大学毕业后走上不同的工作岗位，平时各忙各的工作，联系渐渐就少了。偶尔外地的高中同学回来，才在一起聚聚。

尹志刚知道争取资金的事在电话里是说不清的，就约陶昭阳找个地方吃饭，没想到陶昭阳爽快地答应了这个饭局。老同学之间吃饭，一来可以叙叙旧情，二来可以帮刘家坪村谈谈修路的事，真是一举两得。

尹志刚赶紧收拾了一下东西，临出门时突然又想到了李雅茹，就掏出电话摁了号码，李雅茹略一沉吟就答应了。陶昭阳先尹志刚赶到约定的饭店，老同学相见，分外亲切。

点好了菜，尹志刚问陶昭阳：“来一瓶白的还是红的？”在学校时，陶昭阳的酒量就很不错，经过这么多年的锻炼，只怕酒量更加了得。

陶昭阳客气地说：“老同学在一起，本来应该来白的，但有女士在场，还是来瓶红的吧。”

尹志刚笑道：“老同学，你是知道我酒量的。今天舍命陪君子，还是来瓶白的吧？”

陶昭阳连连道：“红的红的！”稍后又解释说，“年纪一大，身体各项指标不是偏高就是偏低，体检报告不堪入目，什么胃溃疡、酒精肝、十二指肠溃疡都喝出来啦！”

“别把酒说得跟老鼠药一样啊！”尹志刚心里巴不得来瓶红的，于是道，“好，为了市领导的身体健康，那就来瓶红的吧。”

饭桌上，两人叙了很久的同学情，最后，尹志刚才跟陶昭阳说刘家坪村修路的事。陶昭阳爽然答应：“老同学的事，我尽力而为！”

话说到这份上，再啰嗦就显得生分了。吃了饭，尹志刚问陶昭阳还搞点其他活动吗，比如说喝茶散步聊天，甚至还肉麻地说到了看电影。陶昭阳道：“今天就到这吧，来日方长。”

尹志刚道：“什么来日方长，就修路这件事，恨不得只争朝夕呢！”

第十三章

四月一日，是正式实施乡风文明建设的第一天。

镇里组织各位干部开了个临战前的动员会。第一次实施殡葬改革，凡是城区死了人，都不许实行土葬，对不按乡风文明规定和村规民约办事的村民，必须强制执行火葬。

土葬的观念在老百姓脑壳里存在了几千年，这么一下就想转变过来，实在不是件容易的事。就像一辆行驶在高速路上的大货车，突然调头容易翻车。所以，乡风文明正式实施，整个城关镇都飘扬着一股磨刀霍霍的声音。谁会第一个撞枪口，第一枪又会在哪里开响呢？这是一场看不见硝烟的战争。

据民政部门统计，整个城区每年死亡人口大概是七百人左右，平均一天两个。乡风文明实施的前面三天，城关镇上下风平浪静，没接到死亡信息的报告。直到第四天下午，人大主席何平凡的手机响了，是平滩社区信息员打来的，信息员向何平凡报告，该社区死了一位黄姓老人，今年八十六岁。接到信息后，何平凡立即向尹志刚报告情况。

殡葬改革终于要打响第一枪了！尹志刚深知，“第一枪”对殡葬改革工作尤其重要，关系到今后工作开展得成功与否。

尹志刚和何平凡商量后，决定“先礼后兵”。先由李雅茹率领思想工作动员队的几名女干部，前去宣传殡葬改革的意义和政策，最好能够做通其家属的思想工作，让死者家属主动实施火化。

李雅茹领着镇计生办主任曾巧倩、民政办干事杨颖，还有平滩社区的两名计生专干，一行五人去了黄家。李雅茹以城关镇政府的名义，买了一个花圈，还用信封包了礼金。但没有燃放鞭炮，也没有送几刀纸钱。李雅茹首先领着几个人，来到死者灵前，恭恭敬敬三鞠躬。这时，乡邻都围上来了，大家都觉得新奇，一是镇干部亲自来送花圈，二是这乡风文明刚拉开帷幕，不知如何操作实施，大家都想探个究竟。

按社区干部的指引，李雅茹找到死者的长子，一位胖胖墩墩的中年汉子，正披麻戴孝，接待前来悼念的亲戚朋友。李雅茹走上前，自我介绍："我们今天来，一是对你母亲的不幸辞世表示哀悼和慰问，二是来向你宣讲殡葬改革、乡风文明新政策，请你支持和配合我们做好这项工作！"

这位汉子一听殡葬改革，立即警觉起来，问："什么殡葬改革乡风文明？我们这里世世代代都乡风淳朴，民风井然，从来没出现过打抢做贼的人！"

李雅茹解释说："这次全县实施的乡风文明殡葬改革，是要老百姓改变旧风俗，树立新文明。具体一点，就是老人百年去世之后，要丧事从简操办，遗体实行火化，不准再土葬……"

孝子听了，顿时来了脾气，冲着李雅茹嚷道："你不要跟我说什么乡风文明，我们祖祖辈辈都是实行土葬，为什么到我老娘这里，就要实行火葬了？"还边说边指着屋内的棺材，说："我老娘的这副棺材，都置办三十多年了！"

听到要求老人去火葬，其他的子女和亲戚也围了上来，对李雅茹一行谩骂不止，有些激动的群众，竟然将手指到工作队员脸上去了。

"不管什么事情，都得有人带头啊，是不是？这乡风文明，提倡厚养薄葬，生前一回孝，胜过灵前百声号……"李雅茹本来想好了一套说辞，动之以情，晓之以理，但场面太混乱了。

混乱之中，李雅茹一行在社区干部的帮助下，才得以脱身。后面才知道，刚才的推推搡搡，让两位女干部手臂上挂了彩。

事情比想象中更复杂。李雅茹一行回到镇里，就向尹志刚和何平凡汇报了刚才的情形。尹志刚顿时感觉事情比想象中的还要严重，所受的阻力和抵制也更大，不光牵涉死者亲属，甚至连邻居街坊都搅了进来，这事弄不好，很容易引起群体性恶性事件。

想到这些，尹志刚立即拨打了李志强的电话，在电话里将情况如实作汇报。

李志强听了尹志刚的汇报，略作沉吟，强调了三点：“一是这项政策是县委政府慎重研究后决策部署的，不管阻力有多大，都必须不折不扣地执行下去；二是在执行过程中要具体问题具体分析，采取灵活有效的方法，尽量避免冲突，但也不要怕冲突；三是有什么紧急情况，立即向县委报告，县委决不撂担子。”

得到李志强的指示，尹志刚立即召集党政、人大、政协班子人员开会。会上，尹志刚谈了几点想法，得到大家一致同意。首先，积极宣传殡葬改革精神。土葬、火葬，都是一种习俗。其次，继续上门做思想工作。通过发动社区干部、党员组长、死者的亲戚朋友前去做思想工作。最后，坚决打响“第一炮”。如果死者家属坚持土葬，不肯火葬，就请示县委、县政府，充分调动公安、城管、民政等相关职能部门力量，坚决强制执行。

会上，何平凡也谈了自己的观点：“能够做通死者家属的思想工作，是最理想的。按目前的情况看，估计很难。我们不打无把握之仗。所以，我建议还是研究一个强制执行的具体方案。”

尹志刚也觉得有道理，支持道：“那请你先制定一个强制执行的初步方案吧。”

何平凡说：“我个人觉得一是要将公安、城管、民政及全镇的年轻干部都召集起来，组建一支殡葬改革执法队伍；二是要注意工作方法，在强制执行过程中，我们一定要做到打不还手骂不还口；三是在进社区的路上要布置力量，防止不法者切断后路，阻碍交通；四是要速战速决，队伍进场后，不能拖拉，要速战速决。”何平凡抽了一口烟，接着说，“这还只是个初步意见，具体还得成立几个工作组，比如执行组、稳控组、劝导组、后勤组，将各组工作细化，一个钉子一个眼，责任到人，各司其职，不能打乱仗，更不能打败仗。”

尹志刚觉得这几点意见比较周全，但他还有一点没有明白，就问何平凡道："具体执行时，如何避免跟死者家属发生肢体冲突，这是很重要的一点。"

何平凡诡异一笑，说："这我倒有个不成熟的想法，不知可行不可行？"

"快说！"尹志刚急了。"在执行过程中，我们的稳控组负责控制死者亲属，执行组负责强制措施——拖尸。"何平凡掸了掸手头的烟灰，补充道，"控制死者亲属我们可以采取二对一的方式，二男对一男，二女对一女，我们人员比他们多，两个人控制一个，只要控制住了场面，将尸体运上殡葬车，队伍就立即撤退。"

尹志刚觉得这个办法可行，点了点头，又交代了几句，无非是要行动迅速，撤退及时，确保各组干部自身安全等等。最后，尹志刚还是建议由李雅茹率队前去做一次宣传思想工作。尹志刚玩笑道："宣传思想工作是我党取得革命胜利的三大法宝之一嘛！"

会后，李雅茹又带领几个女干部前去跟老百姓讲道理。这次，李雅茹注意了工作方法，先召集死者家里能做得了主、说话算数的两位后人，还请了社区组长，几位资历较高的党员，在一起开了个简短的座谈会。开始死者亲属不愿意来，但通过社区干部的努力，好不容易将他们请来了。

人到齐后，李雅茹首先发言："各位乡亲父老，这次乡风文明殡葬改革，是县委、县政府顺应时代，精心安排，科学部署的，意义重大。首先，实行遗体火化，改土葬为火葬，可以减少殡葬用地，节约自然资源，有利于促进经济可持续发展；其次，清理限定城区范围内的散葬坟，集中到公墓、骨灰堂安置，有利于加强生态环境保护，改善投资环境；其三，破除丧葬旧俗和封建迷信，实行葬法与葬礼的改革，采取不占地或少占地的骨灰处理方式，有利于树立科学、文明、健康的生活方式，简化丧事，减轻群众办丧负担，提高人们的生活质量和水平……"

未等李雅茹发言完毕，死者一位家属就插言道："好了好了，这些大道理你少讲了，我们一不拿国家工资，二不占集体土地，三不要政府出钱。最重要的一点，我们资水县从古至今，只有入土为安的说法，没有锉骨扬灰的风俗。”

另一位死者家属也插嘴道：“我老娘年纪虽大，但身子骨本来很好的，就是因为你们的宣传车天天在门口宣传，说人死后一定要实行火化，不准土葬，我看是你们把我老娘吓死的！”

这时，社区组长将手压了压，讲了自己几个观点：“一是国家法律明文规定，没拿国家工资的城镇居民，死后只提倡火葬，并没有硬性规定一定要实行火化，这个乡风文明是个好事，大家也支持，但从土葬到火葬，应该循序渐进，一步步来，不能搞一刀切，搞一刀切大家的思想一下转不过弯来；二是社区的老人都早已置办了棺椁，假如人死后都实行火化，那这些棺椁怎么处理，是个问题；三是老人去世后不许摆在自己厅堂，一定要去殡仪馆的厅堂，听说那里的厅堂一天的租金就要数百上千的，这笔钱谁负责？”

社区组长的话说得在理，表面上没有反对殡葬改革，但从内心来讲，还是不支持殡葬改革这么冒进的。从土葬到火葬，老百姓的思维跳跃有点大。因为这是项新布置的工作，实施之前没有考虑周全，也没有这方面的经验可供借鉴，一时，社区组长的话竟将李雅茹一行噎住了，众人哑口无言。

见此情景，死者的后人以为自己得理了，又闹腾起来。座谈会不欢而散。

李雅茹回来如实跟尹志刚报告，尹志刚觉得这些问题都值得很好地商榷，并有待改进。但目前的主要问题，还是要将老人送去火化。经报请县委同意后，尹志刚决定强制执行。

那天，强制执行的场面非常宏大。

尹志刚率领六十余名镇干部，还有二十余名现场执勤的警察和城管，几名火葬场工作人员，一行浩浩荡荡开进了死者家中。随着尹志刚一声令下，众人各就各位，先将死者亲属按二比一的比例控制住，然后，火葬场的工作人员立即开棺运尸，一时哭闹声、谩骂声、鞭炮声四起，整个现场人声鼎沸，看热闹的群众围了一层又一层。

在执行任务之前，尹志刚就再三强调，行动务必干脆利落，时间拖一分，不稳定因素就增加一分。所以，队伍从进社区到行动结束，整个过程不到半个小时，警车开道，带着车队，迅速向火葬场驶去。

尹志刚看着遗体被送到火葬场门口，才长长地松了一口气。

可尹志刚回到镇里还没喝一口热茶，就接到何平凡的紧急电话，何平凡在电话中告诉尹志刚，执行队伍刚散去，死者家属又组织数十位亲属到殡仪馆，强行将尸体抢了回去。

刚挂电话，李雅茹又打电话报告，接到平滩社区信息员的报告，该社区又去世了一位老人，这位老人年纪更大，九十二岁，家有六个儿子三个女儿，五世同堂。

挂了电话，尹志刚的头一下就像谷箩一样大了，心里有点发麻的感觉。尹志刚知道，这两件事情得一件件来解决。看样子，后面这颗钉子更难拔！不过，在拔这颗钉子之前，前一颗钉子一定要拔得干净利落，否则，这项县委部署的中心工作，就再也无法顺利开展下去。

鉴于工作的复杂性，尹志刚又拨通了李志强的电话，将情况做了详细汇报。李志强在电话里强调“坚决强制执行”外，还说了几句“万事开端难，开弓没有回头箭”之类的安慰话。

尹志刚立即组织干部，兵分两路：一路自己亲自率队，继续前往黄家执行殡葬改革任务；另一路由李雅茹牵头，前往刚接到信息的死者家中，做思想工作。面对这么复杂的工作，无论如何，都应该“先礼后兵”，这是原则。

这次，公安局总共调动了五十余名民警和辅警，在强制执行过程中，拘捕了暴力抗法的死者亲属四人，才把当时混乱的场面控制住。将死者运到殡仪馆后，尹志刚下令当即予以强制火化。

待遗体火化后，尹志刚一行才返程。当车子回到镇政府门口时，被密密麻麻的群众挡住了大门。真是一波未平，一波又起。

第十四章

经打听后才知道，原来，死者的孙女不知什么时候爬到镇政府大楼的楼顶，扬言要跳楼。

下面的群众议论纷纷。说这孙女是她奶奶一把屎一把尿带大的，所以，对奶奶的感情很深。奶奶去世，本来已经十分悲痛，这会儿又被一把火烧掉了，感情上更加承受不了，一时冲动，才做出这样过激的行为。围观的群众中有几位老者，想着自己死后也会被强制送去火葬场，然后一把火烧掉，吓得抹着眼睛“呜呜”大哭起来。

楼下，留守在镇里的岳峰、常务副镇长黄金山，还有几位镇干部正在对楼顶上面喊话，消防战士也赶来了，一边铺气垫，一边研究营救方案，警灯闪烁，一个个显得手忙脚乱的。

尹志刚定了定神，立即打电话给平滩社区驻点干部李国兴，让他赶紧去请小姑娘最亲近最信任的家人，前来帮忙做思想工作。然后，尹志刚挤到人群的最前面，仰头向上面喊道：“小姑娘，你快下来，有什么事，你下来我们可以商量！”

见上面没反应，又喊道：“小姑娘，你奶奶年纪大了，生老病死，自然规律，可你还很年轻，怎么能干这种傻事呢？如果你奶奶知道你现在这样子，会死不瞑目的。”

尹志刚一提到她奶奶的事，上面的女孩更加激动。因为是第一次碰到这样的事，所以尹志刚也想不出更好的说辞来说服她下楼。

好在不到十分钟，小姑娘的男朋友接到消息后，火急火燎地赶了过来。一见自己的女朋友在楼顶上，处境十分危险，他二话没说，就冲上了楼顶。下面的人继续喊话，小姑娘的男朋友看准时机，一把冲过去，将人抱了下来。

下楼后，派出所的民警和辅警立即将她带走问话。

尹志刚想想都后怕，假如刚才小姑娘真的烈着性子，从上面一纵而下，这事怎么收场呢？

尹志刚惊魂未定来到办公室，李雅茹也跟了进来。

李雅茹跟尹志刚报告去另一死者家里做思想工作的相关情况。李雅茹说，这名死者的家族势力更加庞大，她们去做思想工作时，连门都没让进。从邻居处打听到，死者家里准备了石灰、爆竹、碎石，如果镇干部敢去强制执行，他们就用这些东西进行“自卫”。

尹志刚让李雅茹打电话给社区干部，了解两个情况：一是看这死者的亲属内有没有在政府机关工作的，假如有的话，可以从这方面入手去做工作；二是了解死者家里的真实意图，知己知彼，对症下药。

在电话中，李雅茹得知死者的小儿子在县畜牧水产中心上班，并且是班子成员，叫刘怀山。另外，还打探到一个新情况，死者家里敲锣打鼓，哀乐阵阵，法事做得热热闹闹，却没见棺材摆在厅堂。后来经进一步打探得知，原来死者家属将老人尸体藏到屋后的地窖里去了。

得知这些情况后，尹志刚立即向李志强报告，电话中，尹志刚请求县委给畜牧水产中心主任打电话，向刘怀山宣传殡葬改革精神，施加压力。李志强表示抓工作要学会牵牛鼻子。什么是“牛鼻子”？刘怀山这里就是整个工作的牛鼻子。

事情很快有了转机。下班之际，李雅茹就打电话前来报告好消息。在刘怀山的配合下，死者家属终于将尸体从地窖里转移出来，同意火化。不过，前提条件是尸体送到火葬场后，让镇干部守一夜灵，第二天等死者在外地打工的晚辈返程见上一面后，才肯火化。

这个要求貌似合乎情理，其实非常过分。资水县有这样的陈规陋习，守灵是死者晚辈们的事。换言之，守灵的人，只能是死者的后人。怎么让镇干部去守灵呢？镇干部也只帮自己的先人守灵啊！但眼下不是正在开展文明乡风、殡葬改革吗？既然土葬可以变火葬，那么让镇干部守灵为什么不能改呢？

为了消除大家思想上的顾虑，尹志刚决定身先士卒，亲自带头去守灵。刚过清明，深夜依然寒意浓浓。镇干部们围在一起，烧一堆旺旺的柴火，说一些不咸不淡的闲话。九十二岁的老人去世，也算一桩“白喜事”了。整个葬礼，基本听不到晚辈的哭声，大家该吃就吃，该喝就喝，该乐一样乐。

当晚，尹志刚独坐一隅，月夜清风，他想起之前看过国学大师张中行的一本哲学书，想起书里关于“生”与“死”的一些话，触景生情，感触良多。

一是“生死事大”。对于死者来说，双眼一闭两腿一蹬，一了百了，被送到殡仪馆的高温火化炉中，变成了一撮骨灰。这是一个生离死别的时刻，对于活着的人，自然是阴阳两隔痛苦万分，而对于死者，世间所有的一切，与他还有何干？想想平日里花大力气拼来的名呀、利呀，砌的高楼，买的豪车，一件也不能带走。穷也好，富也罢，随着一缕白烟袅袅升空，一切都复归平静。而那些活着的人，照样在为名为利奔波劳碌。

二是“小民要活”。国学大师张中行活到九十七岁，在他生命的最后时刻，有记者采访他：“您躺在病床上想得最多的是什么？”张中行答：“我是一个平民百姓，小民何求，就是活着。”作为“未名四老”之一的张先生，曾写过一本书叫《顺生论》，他在书中说，人类乐生，把可以“利生”的一切看作善；人类畏死，把可以“避死”的一切也看作善。由此看来，“活着”是一件多么美好的事情！

三是“好好活着”。一个人被送到殡仪馆，表示他的人生已经走到了尽头，生命打上了休止符。站在生的对面——死，反过来看看我们这些活着的人，路摆在面前，我们还得继续往前走。“逝者如斯，竟成千古，人如可作，重订三生。”但这只是假设，而实质呢？人生是一次单向旅行，不能打草稿的，有去无回。英国作家雪莱说："过去的已属于死神，未来的却属于你自己。"是的，过去的只是借鉴，现在的才是根本，未来的尚未明确。那么，如何才能走好人生的每一步呢？抛开那些繁缛的说辞，答案只有四个字，那就是"好好活着"吧。

这一晚，尹志刚觉得心风自来，澄净悠然，只有在这样的地方，才能有这些深刻的感触。仔细想来，人这一辈子有三个地方是非去不可的：一是医院；二是监狱；三就是殡仪馆。"去医院"才知道身体健康是多么重要，假如把身体比作1，其他的金钱、权势、美色、名誉、豪宅、名车……都是0，假如没有了前面的那个"1"，后面的0再多，也没了意义。"去监狱"才知道自由珍贵，匈牙利爱国诗人裴多菲是这样赞美自由的："生命诚可贵，爱情价更高，若为自由故，两者皆可抛。"有一次明太祖朱元璋问群臣，这世上什么样的人活得最幸福？有一位叫万钢的老臣说，畏法度的人才最幸福。而"去殡仪馆"，便会让人活得超然洒脱。现在是市场经济，大家都变成了经济动物。但每天争名逐利，未免活得太肤浅了。这些道理并不深奥，但哪个人面对着那点名呀、利呀，可以做到心如止水，不为所动的？只有去了殡仪馆，面对着曾经的同事、朋友、亲戚，他们或辉煌或坎坷或平庸或劳碌的一辈子，殊途同归，都以一样的程序和礼节送进了火化炉，你或许才会醍醐灌顶大彻大悟，才能轻松地卸下背上所谓名利这些沉重的心理包袱……

这两件丧事之后，又出现过一次转尸事件。有位老人去世后，被子女转到隔壁乡镇的女儿家，准备在女儿家找个地方实施土葬。殡葬改革工作小组在县委的支持下，组织人马赴隔壁镇阻止，实行火化。

三次大行动，被城关镇干部称为殡葬改革"三大战役"。之后，城关镇的殡葬改革工作推行起来，顺畅多了。

这天，李雅茹来尹志刚办公室汇报工作，最后，尹志刚说："殡葬改革和乡风文明工作，真是辛苦你们了！"

"尹书记，这是我的本职工作，应该做的。"李雅茹说。

尹志刚感叹道："乡镇工作没什么头绪可言。自从来城关镇后，越来越觉得自己像个消防队员，哪里起火扑哪里；也像个浆纸工，哪里漏风补哪里。"最后，大叹一声："我们总算啃下了殡葬改革这块硬骨头！"

第十五章

乡风文明这项工作，慢慢走上了正轨，主管领导何平凡和李雅茹能应对自如。这天下午，尹志刚想起前段日子两件事还没收尾。一件是刘家坪村修村路的事，一件是反映镇自来水公司经理陆天贪污公款和生活作风的事，至今没有结果。

尹志刚先打了个电话给刘家坪村支部书记刘志成，问他那十八万块钱筹得怎么样了？刘志成在电话中跟尹志刚汇报："尹书记，关于修路的事，我们特地成立了'海（海棠村）刘（刘家坪村）公路领导小组'，由我任小组长，村里的会计和党员组长任小组成员，还给您挂了个顾问。"

"我顾不顾问无所谓。公路的进展情况怎么样了？"尹志刚问。

"我们分工明确，领导小组下面成立了筹资组、监工组、协调综合组。筹资组已经派三路人马，一路上广东、上海、贵州找老乡化缘去了，打电话回来说，事情进展很顺利；另一组在家按人均一百元集资，这组人进展要慢点，在家的村民思想上都愿意出钱，但有几户是心有余而力不足，一时拿不出钱来，还有相当一部分人因为外出打工，一时难以联系到本人；还有一组负责粮补直补资金扣留，这组的工作比较琐碎繁杂，这么算下来，月底我们能筹措到十五万的样子。"刘志成在电话里详细跟尹志刚汇报。"既然这样，那可以让施工队先进场，早点动工吧。我许诺的十二万块钱，这两天再跟市交通局的领导打听一下进展情况，争取早点落实到位，不拖你的后腿。"尹志刚把同学说成市交通局领导，是故意的。

“尹书记，我们早就开工了，本来准备搞个开工典礼的，但为了节约开支，就没搞，准备到竣工的时候，请您来亲自剪彩吧！”

“那些虚名堂，我极不主张。开工就是好事，我提醒你们，既要保证施工进度，更要抓好施工质量和施工安全！”尹志刚正想挂电话，突然又想起了一件事，“志成，你们那粮补直补资金，是如何操作的？”

“尹书记，这笔资金，原则上是不能直接扣除的。但我们以电话、微信的方式，跟村民通了气，大家非常乐意直接扣除。修路是公益事业，如果没这笔钱，大家还得从自己袋子里掏。所以，没一个人有异议的。”

刘志成回答得斩钉截铁，尹志刚虽然觉得这样操作，有悖于上级文件精神，但也只能默许了。确实，在乡镇干工作，只要不把公家的钱往自己口袋里装，有点风险的事，经常会碰到的。如果一点风险都不冒，想四平八稳，那就不适合在乡镇工作，更不适合干乡镇党政一把手。所以，副镇长陈旗早就总结了一个理论：上面的政策是钢圈，乡镇工作是橡皮圈。如果乡镇工作也像钢圈一样，不走形、不变样，没一点弹性和回旋余地，那乡镇工作无法正常开展。

挂了刘志成的电话，尹志刚又拨通了李雅茹的电话。“李书记，上次自来水公司那事，进展怎么样了？”“尹书记，那事我早去调查过了。这几天因为乡风文明工作，耽搁向您汇报了。”

尹志刚没半点怪罪的意思，李雅茹前两天因为殡葬改革，累得到医院吊了几天水，于是就说：“这样吧，你来我办公室，我当面向你了解一下情况！”

不一会儿，李雅茹就到尹志刚的办公室，手里拿着一份厚厚的材料。“自来水公司职工反映的问题，经调查，基本属实，只是那些数据略有夸大。”李雅茹边说边将材料递给了尹志刚，接着汇报相关调查情况。尹志刚接过材料，粗略翻了一遍，觉得李雅茹这人办事很得力，材料上有理有据，写得很详细。“谈谈你的处理意见吧。”尹志刚合上材料问道。

李雅茹说：“尹书记，这个事提起来千斤，放下去四两，可轻可重，看您是个什么意见。”

尹志刚一时拿不准主意，很矛盾。一方面不想自己刚到城关镇，就端干部的饭碗，因为端饭碗容易，但端了之后，有时候就会后患无穷；另一方面，既然人家将问题反映上来了，无风不起浪，总要给人家一个交代。

正在尹志刚犹豫的时候，李雅茹的手机响了，正是陆天打来的。李雅茹接了电话："陆经理，有事吗？""李书记，我想请尹书记吃个饭，能帮忙邀请一下吗？"

"这个……这个……"李雅茹一时拿不定主意，用征询的眼光看着尹志刚。

见李雅茹没有答应，陆天有点急了，解释道："我没有别的意思，就是想找个机会，当面跟尹书记解释一下，仅此而已。"

"那你等一下，我打个电话问一下尹书记吧。"

挂了电话，李雅茹看着尹志刚，无奈地说："真是说曹操，曹操就到！"

尹志刚笑了，说："他能主动来了结事情，是个好事。只是饭就不必吃了，要他来我办公室，或找个合适的地方，一边喝茶，一边谈事吧。"

于是，李雅茹接通了陆天的电话，说："陆经理，饭就不吃了，你来尹书记办公室，或找个喝茶的地方坐一下吧！"

陆天说："那我们到资水大酒店二楼的茶缘吧！"

尹志刚亲自驾车，带上李雅茹。从城关镇政府去资水大酒店，要经过资水最繁华的商业街，正值下班时间，长长的车流蠕动得比蜗牛还慢。

好不容易到了资水大酒店。正在大厅等候的陆天赶紧上前几步，双手紧紧握着尹志刚的手，很夸张地说："尹书记，我胆子小，不敢去您办公室。"

尹志刚心想，你胆子小，就不会去干些那样的事了。

早预订好了茶室，陆天径直引他们来到"情缘阁"，里面还有两女一男，尹志刚都不认识，那三人站起来向尹志刚打招呼，尹志刚只轻轻点一下头。

尹志刚被邀请在上首就座，李雅茹坐在尹志刚的右边，然后，大家依次坐下。陆天问尹志刚喝什么茶？尹志刚说随便吧。陆天说喝红茶养胃，那就来泡普洱吧？又问生普还是熟普？尹志刚说对喝茶没什么讲究。陆天就说，那来壶生普吧。

喝茶不比喝酒，没有繁文缛节。续上茶之后，陆天开始跟尹志刚谈正事了："尹书记，当初我当这个经理，是真想替公司做点事的，没想到公司内部太复杂，做一点事这么难。人家总认为你做点事，就是为了从中捞钱，想起来真没意思！"

陆天说这些话，尹志刚一时摸不准他的意思。尹志刚起初以为，今天陆天请他们来，是想打探一下对这事的处理意见。

陆天又说："尹书记，我正好有个朋友在广东那边混得不错，他以前多次邀请我过去帮他的忙，以前我一直有些犹豫，公司经理这职务，多少也是个'一把手'嘛，下面有几十号人，感觉就像一块鸡肋，食之无味，弃之可惜。但经这么一闹腾，现在想清楚了，不如干脆去那边跟朋友干，看能否干出点名堂来。"

尹志刚端起茶杯，小心咂了小口，问道："这是个大事，你跟家里商量了吗？"

陆天指了指旁边一个女人，很肯定地说："已经和老婆商量好的！"尹志刚说："本来还想劝你几句，既然已经决定了，那就祝福你吧！外面的天地更广阔，机会很多，你有管理企业的基础和经验，在那边肯定能干出一片自己的天地来！"

陆天喝了一口茶，又说："尹书记，我是决定豁出去了，但我爱人和儿子还留在资水，我一个人出去闯荡，家里还得有一个稳定的后方，所以我有个不情之请，还请尹书记多关照啊！"

尹志刚顿了一下，问道："什么事？"

陆天说："我辞职了，我老婆招工的事，请尹书记多多关照。"

尹志刚略微沉思，说："企业招工，只要按要求走了程序，就不存在关不关照的事了。"陆天老婆招工的事，是在前任周虎诚手里办的。当时按程序开了党政班子会研究，会上，除人大主席何平凡投了反对票，其他同志都投赞成票。

陆天一时感慨万千，竟将“此处不留爷，自有留爷处”的话都讲了出来。镇自来水公司的经理，虽然没有行政级别，但手底下有几十号人，旱涝保收，多少也算个“一把手”。俗话说，宁当鸡头，不做凤尾。这次陆天辞职，并不是真心实意，而是迫不得已。尹志刚知道他开始发牢骚了，就说：“我们今天到此为止吧！”

回家的路上，尹志刚的电话响了，是市交通局陶昭阳打来的，陶昭阳在电话里告诉尹志刚，刘家坪村修路的事有了眉目，市局分管城乡通畅工程的局领导答应为刘家坪村解决修路缺口资金八万元。这真是一个好消息！尹志刚心想，自己再从镇财政挤四万块钱，十二万块钱的窟窿，总算有着落了，也算是为刘家坪村办了一桩实事吧。

第十六章

上半年的信访稳定工作，形势不容乐观。县里已经开了好几个会。李志强在会上再三强调，稳定压倒一切，没有稳定就没有发展，没有稳定就没有“乌纱帽”，没有稳定就没有一切。每次县里开信访稳定工作会议的时候，李志强都会谈到城关镇海棠村贫困户何进水在扶贫检查时，拉横幅上访的事。这虽然不是个大事，但影响极大，防范极难。

城关镇由政法委员孙建国主管信访稳定这一块。孙建国是个“老信访”了，但因为管的年头多了，人也渐露疲态。

这天，孙建国刚从县里开会回来，将最新的信访稳定会议精神，向尹志刚作了汇报，都是老调重弹。说着说着，孙建国就跟尹志刚发起了感叹：“如今的老百姓，维权意识越来越强，稍有不如意的事，就去上访。有些乡镇领导就采取绥靖政策，实行姑息主义，对于‘专业’上访户，只要不去上访，就每月对上访户给予一定的经济补偿。这样虽能得到短暂的苟延，却无形之中让上访户尝到了甜头，助长了重访缠访等不良风气，给往后的信访工作带来了不少困难。”

尹志刚苦笑了一下，就想起前几日在网上看到的一则新闻，对孙建国说：“这只能证明，基层政府对信访稳定工作还没找到一套行之有效的处理办法，老办法不能用，新办法不管用，显得有些黔驴技穷啊！建国，我们个别领导去‘贿赂’上访户不算什么，我前几天看到一则网络新闻，那才叫离谱呢！”

“什么新闻？”孙建国非常好奇。

尹志刚说：“某法院苦于上访者天天在北京上访，为早日息访，不惜触碰司法公正的底线，与上访者签订了一份死刑保证书。意思是只要被害人不到上面去上访，法院跟你签一份协议，保证到时判处犯罪嫌疑人死刑。息访协议签订后，因事实不清、证据不足，最后判不了犯罪嫌疑人的死刑，结果弄得骑虎难下，让人啼笑皆非。”

孙建国惊讶地张着嘴，说：“这项工作弄成现在这样子，跟上面的导向和下面的操作还是有关系的。上面的信访机构接待上访者，自己不会亲自处理矛盾纠纷，只会往下面批转批复；因为上面有批复，基层政府更加重视，为了解决上访者的诉求，不惜打政策擦边球，甚至违纪操作，让上访者尝到甜头得到实惠，长此以往，不仅没有息访，反而形成了恶性循环。我就想不通，从上至下，这么多明白人，为什么不理顺信访体制，比如说弄一个‘信访终结机制’出来呢？”

尹志刚一副愿闻其详的样子。

孙建国接着说：“凡是对那些重复上访户，可以由政府多个部门，比如说政法、公安、检察、法院、信访、乡镇等职能部门，还可以包括人大、政协、纪检等监督部门，组成一个‘信访终结机制’审理委员会，对某次信访事件做一个终结审理。凡是政府某部门的责任，由该部门予以纠正并落实；凡是上访者本人的责任，由上访者负起该负的责任。这也是设计一个容错机制。终结审理之后，上访者如果再次非法上访，政府就予以重拳打击。”

尹志刚听了，觉得颇有新意，但转念一想，连下面都想到了这点，难道上面没想到这一点吗？不由得微微摇了一下头，说：“这想法真不错，但我们人微言轻呀。”

孙建国又深有感触地说：“讲实话，现在的新闻媒体和社会舆论，对乡镇一级的报道评价也不是十分客观公正的，他们的矛头多指乡干部，天平偏向老百姓。在他们的潜意识里，永远只有政府鱼肉百姓，哪有老百姓敲诈政府的？假如全是这样，那自古以来，又何来‘刁民’一说呢？”

这话一说，尹志刚感觉说得有点过分了。但这是两个人之间聊天，可以信口开河。尹志刚知道孙建国管这项工作以来，有很多的苦楚没地方倾诉，今天难得有这样一个机会，不如顺着他的意思，让他好好发点牢骚吧。

这时，尹志刚的电话响了，是县信访局打来的，说何四岸正在市委大门口上访，让镇里赶紧派人去将人接回来。

挂了电话，虽说内心一百个不乐意，但又不得不立即派人去将何四岸接回来。尹志刚朝孙建国苦笑了一下，说：“你看，真是怕什么来什么！”

孙建国心不甘情不愿地去市委接人了。

第十七章

县乡一级的换届选举，年前已尘埃落定，按县委安排，五月初将进行村级换届选举，时间为一个月，至六月初全部换届完毕。

这一个月，换届选举是一项中心工作，也是一项严肃的政治任务，出不得半点差池，和乡风文明一起，两手抓，两手都要硬。

尹志刚一手拿着县委的换届文件，一手端一杯热茶，正在思索如何严谨有序地开展村级换届选举工作，既确保程序合法，又能圆满实现组织意图。这时，综合办小廖急匆匆地跑来了，进门便说："尹书记，报告一个好事！"

尹志刚皱了一下眉头，说："你稳重点好不好？"

小廖神秘兮兮地说："听说，何四岸前几天已经'光荣'了！"何四岸死了！

听到这样一个"好事"，尹志刚的脸顿时沉下来。说心里话，每当何四岸到上面去上访，害得城关镇平白无故挨批评的时候，尹志刚恨得他牙痒痒的。但听到何四岸死了的消息时，还是没有半点轻松的感觉。何四岸死了，还有李四岸、张四岸、王四岸出现，说到底，这是信访机制理顺和建立的问题。

想到这里，尹志刚很严肃地对小廖说："死人的事，算什么好事？""别人死了，肯定不是好事……"小廖嘴里嘟囔着。

尹志刚不愿跟他多谈这个问题，就说："好了，这事我知道了！"小廖乘兴而来，败兴而去。

尹志刚的思绪一下被这突如其来的"好事"打乱了。每年，镇里用于信访维稳的工作经费，有几十万，何四岸去一趟北京或者省城，镇里就要安排一个工作队前去接访，来回的车费、住宿、吃喝等一应开支，就是好几万，这笔账是没办法省的。这下何四岸死了，希望李四岸、张四岸们，迟点出现吧！

尹志刚正待在办公室东想西想的时候，这时电话响了，是组织委员钟益打来的。钟益在电话里对尹志刚说："尹书记，今天我过生日，晚上在资水大酒店请大家喝一杯，请你一定赏脸光临。"

这是城关镇班子成员多年来的默契。凡是班子成员过生日，都自掏腰包，请大家吃一顿。尹志刚觉得这样挺好的，虽然在一起上班，但平时各忙各的，聚一起的机会不多。生日是一个很好的平台，借助这个平台把班子成员聚一起，把盏叙话，联络感情。

挂了电话，尹志刚抬腕看表，已经到了下班时间，于是收拾一下，就往资水大酒店赶去。

同志们吃饭比开会积极很多，尹志刚赶到时，其他班子成员早已到齐。

今天的主角是钟益。到包厢时，钟益请尹志刚坐首席，尹志刚坚决不同意，说今天的首席是买单的位置。钟益笑了，推辞几下，就坐了上去。然后大家依次入席。待大家坐定，钟益就端起酒杯发话了："今天，是我二十五公岁的生日，感谢各位兄弟姐妹拨冗光临！"

一公岁等于两周岁。

何平凡笑着说："钟委员是五十岁的年纪，三十岁的心脏，二十岁的思想，真是越活越年轻啊。"

除了吃饭更多的是说话。大家都是镇干部，共同话题自然就围绕着乡镇干部和乡镇工作说开来。

这几天，尹志刚接连在一些媒体上看到有关乡镇工作或乡镇干部的新闻，当然，大多是负面新闻，就算是正面报道，网友们也是给予负面的评论居多。尹志刚对此早就深有感触，于是感慨万千，说："当今社会，为什么这么多人戴一副有色眼镜看我们乡镇干部呢？"

岳峰笑着说："凡是基层政府跟老百姓之间有什么事，媒体和吃瓜群众总是不分青红皂白，总是将矛头指向乡镇干部，这确实对我们不公平。心平气和地讲，这是在还历史老账，过去的乡镇干部在计划生育、催收农民粮款方面手段简单、方法粗暴，在老百姓的心目中形成了定势思维。当然，社会舆论导向也是个问题，现在众多新闻媒体对镇、村这一块的报道是比较苛刻的，一味地迎合时下大多数人仇富、仇官的扭曲心态。”

何平凡听了，微微颔首，共鸣道：“那年的贵州瓮安、云南孟连事件后，老百姓骂我们不为人民服务，只为领导服务。殊不知，我们为人民服务是本职，为领导服务还不够级别呢！”

钟益愤愤不平道：“国家法律规定，公务员是人民的公仆，手中的权力是人民赋予的。所以我觉得，造成今天这样的局面，不应该把板子打在我们乡镇干部身上，而应该找更深层次的原因。”

尹志刚觉得刚才钟益讲的话有点意思。乡镇工作很复杂很繁重，乡镇干部是万金油，哪里需要哪里涂。比如说综合治理、信访稳定、精准扶贫、环境保护、安全生产、产业发展，等等，上面千条线，下面一根针，哪一样都要考核评比，考核不过关，评比落后，就被“一票否决”。

大家都很尽兴，同时还开了一场有关乡镇工作的理论研讨会。

在回家的路上，尹志刚又想到刚来城关镇时，县委书记李志强打的那个比方，有时候领导就如一个杂技演员，端的是瓷饭碗，干的是风险活。你技术不过硬，功夫没到家，你从钢丝上跌了下来，没人会怜悯你，人家只会说你没有金刚钻，别揽瓷器活。

这次，县委召开村级换届选举动员大会，县委李志强书记又说了一句这样的话：“换届选举，是项政治任务。何谓政治任务呢？概括起来就是一个意思，政治是不讲道理的，交代你的任务，你按组织的意图完成了，就是讲政治，不按组织意图完成，就是不讲政治。”

尹志刚记得有一次，市里发了几张普查的表格下来，让驻村干部填写。其中有几项这样的内容，让驻村干部摸清本村外出人口的去向、具体地址、联系电话、就业单位、职业等，还要填写家庭年收入是多少。这些很私密的问题，连他们的父母和兄弟姐妹都不清楚，作为一个驻村干部，怎么摸得上来呢？并且，还要求百分之百的准确真实。这项工作由主管农村片工作的常务副镇长黄金山负责，许多干部提出了疑问。

“黄镇长，别人在外面的收入，我们怎么能打听得到呢？”“黄镇长，别人在哪个地方打工，比如广州、深圳、上海……这些大地方还问得到，但那详细地址，怎么能打听得清楚呢？现在外出人员跟家人联系，不像以前靠写书信，现在每个人都有微信、QQ，或者打个电话，想说什么就说什么，既直接又便捷，所以，这个详细地址、哪栋哪楼、门牌号，怕是难问得到呀？”

…………

驻村干部纷纷询问分管领导黄金山，黄金山被问得哑口无言，就跑来请教尹志刚。驻村干部问分管领导，分管领导问党委书记，这没毛病，谁叫你官大，官大的肯定本事强。

尹志刚一看市里发下来的表格，确实设计得脱离实际，很不科学。

尹志刚也很无奈，于是对黄金山说：“你尽量按上面的要求填写吧！不会填的，再开会商量。”

黄金山于是对驻村干部说：“尽可能地填写。”

第十八章

根据镇党委政府的安排部署，城关镇安排武装部副部长刘成功、经管站李铁前和小戴三人参加县委统一部署的“三百干部下基层”活动，去资水县最边远的西源村精准扶贫。城关镇相对于资水县其他乡镇，扶贫任务相对较轻，所以，派干部去其他任务重的偏远乡镇参加扶贫工作，也是县委从全县大局出发，统筹考虑的。

这么讲吧，香江市在全省经济总量排队时总是靠后，甚至是垫底的，资水县在香江市排位也靠后，而西源村又是资水县最落后的地方，这样算来，就是贫困市里的贫困县、贫困县里的贫困村，所谓的“三最”贫困村了。可以想象，那该是一个什么样的穷地方。

从资水县到省城只要两个半小时，但从城关镇到西源村，却要四个小时左右。三个人上午八点钟出发，经过一路颠簸，直到晌午时分，才赶到村里。在村主任家里匆匆扒了几口饭，在村主任的带领下，首先在全村走了一遭。李铁前突然想到四句话，用在这里贴切不过，那就是“交通基本靠走，通信基本靠吼，取暖基本靠抖，治安基本靠狗”。

在此之前，有县里的领导前来扶贫。村主任说：“县里的领导来了就走，连饭也不愿意在村里吃。”当然，走后留下了一大笔扶贫款。扶贫的县领导在村里走了一圈，指着村东的一片荆棘山头，说将那山头的荆棘砍了，可以种一片金银花，然后对陪同前来的林业局局长说：“金银花苗木就由你免费提供，这片金银花我们并不能一栽了事，你还要负责技术指导，让每株金银花都能茁壮成长，见到成效。”随后，领导还给村民算了一笔细账，按眼下行情，每株金银花的收益在一块五左右，一亩地可以种四千株金银花，这样每亩地的收益就是六千元，加上县里每株五毛钱的财政补贴，一亩地的收成就是八千元。领导一边扳着手指一边细算道，这可比种红薯、马铃薯等其他经济农作物，收成翻了好几倍，不出三年，西源村脱贫致富即可实现，到时不是达到“一超过，两不愁，三保障”的底线标准了，肯定要达到小康水平。

可惜的是，事后未能如领导所愿。因为两年之前，这位领导调走了，又来了一位新领导。新领导也带一帮人来到西源村，左转转右看看，还扒了几块庄稼地里的土疙瘩，端详半晌后，很有经验很专业地指出，村里的土质，最适合种植西瓜。

他看了大家一眼，又解释说，这种土质种出的西瓜，叫沙田瓜，那种卖价最高，吃起来又甜又沙的西瓜。

当时正值酷暑，西瓜市价每市斤达到三元多。然后，他也跟老百姓算了一笔账，说来年种西瓜比种水稻收成至少要翻三倍。在领导的指示下，第二年，大伙纷纷将稻田种上了西瓜。那年西瓜果然大获丰收。不仅西瓜大获丰收，并且种出来的西瓜也正如领导所说的，又甜又沙。未曾想到的是，丰收的西瓜并没有给村民带来丰厚的收益。那年夏天，西瓜因为供过于求，价钱卖得很贱，价贱伤农，许多农民的瓜最后都烂在了地里。大家看到烂在地里的西瓜，欲哭无泪。这时有人突然想起，这西瓜不是领导让咱们种的嘛！于是，大家纷纷要去找领导，可这位领导也早已高升，从正处到副厅，调去邻市当副市长了。

有了这两次失败的经历，从此以后，凡是上面领导来村里扶贫，村主任学乖了，只要是领导给村里指出的“致富经”，村主任都是左耳进右耳出，毕竟铁打的官场流水的领导，人家的经念错了，可以一走了之，而你这个村干部，祖祖辈辈生活在这里，跑得了和尚，跑不了庙。于是就有了矛盾，村里喜欢现金扶贫，这东西是硬通货，给两百可以买两百块钱的东西，给一万可以办一万的事情。可是上面的领导不这么认为，扶贫不仅要“扶志”，还要“扶智”。

授人以鱼，不如授人以渔。直接给资金，看不见摸不着，等同于“授鱼”；搞了产业，这东西看得见摸得着，才有政绩，是“授人以渔”。于是，县委大张旗鼓地部署了这次“三百干部下基层”的活动。这次活动，县委要求干部吃住在村，和老百姓同吃、同住、同劳动，帮助他们出谋划策，带领他们走上一条康庄的致富大道。

刘成功仗着自己年纪大，很快就“船到码头车到站”，在西源村没待上三天，就一个人偷偷摸摸跑回去了。他理由十足地跟李铁前说：“不如我们一起回去吧。反正精准扶贫，人家要的是扶贫资金，有了资金，人家不用我们指导，也会发展产业，搞基础设施建设，再说指导也是瞎指导，外行指导内行，我们几个镇干部天天守在这里，人家还得每天三餐伺候咱们，不如回去好了，只要资金到位了，到时‘三百干部下基层活动’一结束，人家保证立马给你签字盖章，写一个满意的结论，万事大吉。”

听了刘成功的话，李铁前连连称是，并说：“你干脆带小戴一起回去吧。这里有什么事，我顶着。”小戴刚从部队退伍回来，谈了一个女朋友，眼下正是打得火热的时候，真是一日不见如隔三秋，听了李铁前的话，自是欢呼雀跃。

其实，李铁前这会想待在村里，是有他自己的小算盘。

送走了刘成功和小戴，李铁前立马在村里租了一间房，然后驾着私家车来回两趟，就将房子布置一新，俨然像二十世纪八十年代电影里的一间新房，锅碗瓢勺、油盐酱醋，样样布置齐全。然后，就将朱小丽接到了西源村，过起了两个人的小日子。

朱小丽休假在西源村跟李铁前住了一个星期，直到假期结束，才恋恋不舍地回到城关镇上班。

第十九章

为了搞好村级换届选举这项重要工作，尹志刚利用空余时间，仔细研究了相关法律法规，认真学习了县民政局、县委组织部和纪委下发的文件资料，熟稔地掌握了各个阶段的操作步骤和选举流程。

这天，何平凡来尹志刚办公室汇报刘家坪村的换届选举工作情况。刘家坪是城关镇较偏僻的一个村，相对于靠近城区的自然村，村集体经济底子薄弱，基础设施落后，村里留不住年轻人，大多在外务工，留在村里的不是老人就是小孩，对村级换届选举工作，不是十分关注。这样的村在整个资水县，很具代表性。但城关镇又有其复杂的一面，城区及其郊区经济相对活跃，大家对这个村级换届选举，非常重视。

何平凡说："刘家坪村的村民委员会换届选举，开始进行得很顺利。经过海选之后，原班子成员都成了正式候选人，其他获得提名的候选人得票数相差很远，按照以往的经验，只是陪衬了。于是，这些陪衬的候选人主动要求退出选举。最后的结果是，无人陪原班子人员参加最后的选举。这样问题来了，按照民政部门相关要求，村级换届选举必须是差额选举，没有差额怎么办呢？没办法，我只好让原班子自己找个'差额'来，走完正式选举程序。"

尹志刚说："尽管刘家坪村的换届选举比较顺利，但我对全镇的换届选举工作，并不是十分乐观。"

何平凡心里当然清楚，说："近年来，全镇经济快速发展，上级党委、政府对基层组织建设越来越重视，村干部的待遇随之水涨船高，越是富裕的村和社区，换届选举越容易出差错。候选人之间的竞争手段各式各样，有请吃饭的，有发东西的，也有开空头支票的。经济实力成为衡量人气的一个重要手段，甚至比人缘更重要。有的候选人给了选民一些实惠，有的直接给现金，还有的村民收到两个候选人的东西，于是在二进一的选票上，都画了圈。至于全部画叉的原因，则是他们俩谁也没对我‘表示’过，所以都不同意。更有一部分人，怕得罪候选人双方，干脆不去选举。这么一来，选举冷场，候选人得票不能过半数，选举不成功。”

“拉票贿选”是明令禁止的，尹志刚觉得绝不能提倡。如果出了问题，各负其责，包括自己在内谁也不能逃避。

所以，听了何平凡一席话，尹志刚既没说对，也没说错，何平凡不知尹志刚是什么态度，就换届选举的事，没再说什么。

坐了一会儿，何平凡突然问尹志刚：“知不知道李雅茹的事？”“李雅茹什么事？”尹志刚真没听说李雅茹有什么事。

何平凡说：“李雅茹被打了呀！”

尹志刚“啊”了一声，赶紧问：“被谁打了？怎么回事？”“她男人啊。”何平凡有些气恼地说，“她男人不务正业，经常在外拈花惹草，回家还要拿她出气。”“这次是怎么回事？”经何平凡这样一提醒，尹志刚感觉这几天确实没看到李雅茹。

何平凡说：“我也是听计生办曾主任回来说的，她去李雅茹家看了。事情大概是这样的，那天李雅茹清早准备来上班，她男人先她出门，忘了带包，让李雅茹帮他带下楼。李雅茹拿了他皮包，无意间发现里面有一盒东西，以为是香烟，拿出来一看，竟然是一盒避孕套，于是李雅茹又翻了一下皮包，发现里面还有一瓶女式香水，李雅茹自己从来没用过这个牌子的香水，于是急匆匆跑下去问男人。她男人未作任何解释，觉得她不应该随便翻自己的皮包，就大发脾气，先是言语冲突，再是肢体冲突，女人哪是男人的对手？”

“报警了吗？就找了妇联？”尹志刚突然想起有次在茶馆的时候，李雅茹跟他埋怨了自己男人，起初以为只是夫妻感情不和谐，并没想到会发生这么严重的家庭暴力。

“报警有什么用，这是夫妻吵架，没有造成严重后果的话，基本没用，找妇联也没用，妇联的人去了，还不是好言相劝，调解几句。”

“那伤得不重吧？”尹志刚急切问道。“她说觉得脑袋有点晕眩，曾主任带她去医院看了，检查后，医生说不碍事。李雅茹这人死要面子，不让她往外说这些事。”

毕竟是家事，家丑不可外扬。尹志刚听了，点了点头，表示装着什么也不知道好了。

尹志刚看看手表，又到了下班时间。何平凡正要出门，这时，尹志刚的手机响了，一看是黄金山打来的，尹志刚忙叫住了何平凡，然后摁了手机，接完电话后，尹志刚将黄金山在电话中报告的事情，跟何平凡说了，最后道：“这下，真来事了！”

雨家坳村换届选举，出了问题。在村级换届选举中，雨家坳村第一轮村委会成员选举中，村支部书记“草妹子”名落孙山，第一轮海选只得了二百四十票。村里有选民三千多人，只得二百四十票，这显然是不正常的。

这个“草妹子”，真名叫韩得富，长得五大三粗，肥头肥耳的，“草妹子”是他的外号。为什么一个五大三粗的大男人，被起了个很女性化的绰号，就不得而知了。

雨家坳村位于县城开发区东南一隅，村内新办企业多，所以，村集体经济富裕，大家对村主任这个位置眼红心热很久了。黄金山向尹志刚汇报情况时，着重分析了一下原因。因为村里有一座山，产权归集体所有，县里搞开发时，“草妹子”与村委会几个党员和小组长商量，将山卖给了开发商，得了三百四十八万块钱。这钱应该为村集体所有，要么为村里办公益事业，要么直接分给村民，但“草妹子”拿这笔钱将村委会办公室装饰一新，又花高价为村里配了一辆公车，就这样将卖山的钱挥霍一空。事情传出去，引起大家一片抗议，有几个年老的村民还特地来镇里找黄金山，向镇里反映情况，要求镇里出面处理这事。现在的问题是，这“草妹子”并没有把这钱私吞了，而是装修了村委会办公楼，并以村里的名义，购置了一辆小车，钱虽然是花得有些奢侈，但终归不是中饱私囊。黄金山除了批评他一顿外，也不好采取什么组织措施。但这事在群众中间，造成了极坏的影响。于是，才造成换届选举这样的局面。

按现在的村级选举程序，先是选出村委会成员，票数最多的，只要在一定年限内没违反计划生育和其他违纪违法情形，原则上就是村主任，村主任若是共产党员，那么原则上镇党委就应该任命其为村支部书记。这样书记和主任一肩挑，有利于村里工作开展。当然，村支部书记是由镇党委任命的，假如村里海选出来的村主任组织不信任，或者还不是党员的，镇党委也可以从支委会成员中直接任命支部书记，对于村情复杂的地方，还可以委派驻村干部或其他具有党员身份的人，兼任村支部书记。

一句话，村主任是选出来的，村支部书记是由支委会成员选举，由镇党委任命的。

尹志刚在电话里再三叮嘱黄金山，这次村级换届选举，我们坚持一条原则，就是严格按选举程序合理合法进行，选出谁就是谁，遵从民意。雨家坳村在选举程序上是严格符合程序的，村委会选举没出什么差错，只是选举的结果出人意料，韩得富落选村主任了。

此后几日，尹志刚一直为换届选举的事担心着。果然不出所料，和雨家坳村隔壁的畔城村，在第二轮选举中，闹出了一场“武斗”。

畔城村也位于县城开发区边缘。村里有孙姓和韩姓两大家族。在上一次村级选举中，由于两姓人口和实力，在村里势均力敌，选举斗争很激烈，选了孙姓的人当村干部，韩姓人不服，选了韩姓人当村干部，孙姓人叫冤起哄，反正是谁也不服谁。后来，前任镇党委书记周虎诚想了个办法，除了村主任按票数来定，村支部书记就由镇驻点干部何建国兼任，孙姓和韩姓都没坐到一把手的位置，才将事态平息。

这次换届选举，孙姓家族和韩姓家族又搞得风起云涌，最后竟然真刀真枪干了起来。事情的起因很简单，孙姓和韩姓各有一个领头人，也就是族长一级的人物，都想在这次换届选举中当选，既然二选一，就有竞争，有手段，有摩擦，有纷争，最后，竟动起手来。

第二十章

这天，尹志刚从县委开会回家，老娘从沙发上拿着一个信封递给他，还指了指门口的一个礼品袋，说是刚刚有人送来的。尹志刚急忙打开信封，里面是整整齐齐两沓崭新的两万元人民币。门口的袋子里是四条香烟，两瓶飞天茅台。

“妈，这些东西谁送来的？”尹志刚有些蹊跷地问。“是一个长得很高大的男人送来的，大概四十来岁的年纪，我说你没在家，让他把东西带回去，他执意不肯，扔下东西就匆匆下楼了，我追也追不上。”

“他说什么没有？”“他说他是雨什么坳的？我耳朵不中听，没听清楚。”

尹志刚明白了，两万块钱和烟酒，是雨家坳村韩得富送来的。这个五大三粗的家伙，办事不经过大脑，喜欢用脚指头思考！尹志刚在心里轻叹口气，就掏出电话，想给他打个电话，让他过来把东西拿回去。但一想，又不想让他再到家里来，干脆明天到办公室再“公事公办”好了。尹志刚的手机还没放回袋子，就“嘀嘀”响起来，拿起一看，是大姐尹志芳打来的。

“弟，姐有个事请你帮忙！”尹志芳声音有些急促。

自尹志刚到城关镇担任党委书记以来，尹志芳从没找他帮过任何忙，反倒自己有时候要姐帮这帮那的，想起来真过意不去。

“姐，自家人客气个啥呀？有什么事你就直说吧。”换成别人求他有个什么事，不管办得成办不成，尹志刚从没这么爽快过。

“我上次跟你说办个塑料厂，厂房租好了，现在机子也全部安装好了，只等接水通电就可开工。电没什么问题，可是水管还没接好。”

“接水管只要到自来水公司办好手续，交清开户费，公司就会负责替你安装好吧？”尹志刚不解地问。

事是这么个事，可现在情况不同，尹志芳说：“从主管上开口，接到塑料厂，要经过人家厂区，我找那人商量了，并且答应给予一定的经济补偿，人家开始是咬着不肯，现在去找，连面都见不着了！”

“你是让我出面帮你协调一下关系吗？”尹志刚明白姐着急的心情，投资了四百多万的塑料厂，因为缺水而不能生产，每天损失不少。可这个厂偏偏选址在雨家坳，若是平时，尹志刚跟“草妹子”打声招呼，他也不敢不听，偏偏这个关键时候，人家正要找你帮忙，自己却先去麻烦人家了，真是“哪壶不开提哪壶”啊！

人非草木，孰能无情？略微思考了一下，尹志刚将韩得富的电话号码告诉了尹志芳，让她自己给韩得富打个电话去做正常沟通。

最后，尹志刚还特意交代尹志芳，不要跟他说出姐弟关系的事。尹志芳在电话里顿了一下，说一声“知道了”，就挂了电话。

第二天尹志刚来到办公室，首先给韩得富打了个电话，让他来办公室一趟。韩得富接了电话，连声说：“尹书记，我先去村里协调个事，已经约好人的，等会处理完事情就立马来您办公室，行吗？”

“好的！”尹志刚知道韩得富所说的是个什么事。

刚挂了电话，黄金山进来了。他是来跟尹志刚汇报畔城村选举情况的。畔城村自从换届选举拉开帷幕后，形势不容乐观，甚至可以用“局面紧张”四个字来形容。

“尹书记，昨天畔城村换届选举，真让人感觉憋屈啊！”黄金山进门没头没脑，说了这么一句话。

“昨天的情况我基本清楚了，还是那个老问题嘛，怎么能说是憋屈呢？”

"选举只是其一，还有更憋屈的事呀。"

黄金山低着头，哭丧着脸，乍看上去，却像在笑。其实他是长成这个样子，严肃时是这个样，开玩笑的时候更是这副样，因为他那几颗龅牙长得老长，而上嘴唇又生得短，所以老遮不住那几颗老长的龅牙。经常露出来半截门牙，让人看了，总觉得他是在笑。这模样在严肃的场合总是显得格外不协调，有同事背后调侃说，老黄这辈子位置坐不正，当不上"一把手"，跟这几颗龅牙是有很大关系的。

"有事直说吧！"尹志刚不清楚黄金山遇到了什么憋屈的事。"昨天，畔城村的'武斗'要不是我们镇干部在场阻止的话，只怕情况会更加糟糕。在事情刚有苗头时，我就打了派出所电话，后面一直到事情结束，都不见派出所的人赶来。尹书记，这样的事已经不是一次两次了。"

说起派出所，尹志刚就来脾气。

前几天，镇里派人大秘书给派出所送人大代表评议通知书，竟然被派出所所长胡子洪当场撕碎，还这样跟人大秘书说："年年评议，有什么用？还不是来评烟评酒的！"

"你看你看，这哪还有一点民警的素质，哪还有点党性修养？说话的口气，纯粹是个流氓！"尹志刚用手指戳着桌子，显得非常气愤。

这次黄金山虽然那两粒门牙还是裸露半截，但让人感觉不到半点笑的样子了，因为嘴巴也是张开的，呈横摆的鸭蛋形，显得十分错愕的样子。

镇人大秘书是一位女同志，刚从学校毕业分来不久，平时工作上很少碰到这样的事。她回来跟人大主席何平凡汇报，何平凡立即将情况跟尹志刚如实报告，还特地说："尹书记，我是个老人大了，还从没遇到过这样的事情！这是对人大的藐视，也是对党委、政府的不尊重啊！"一个派出所所长的尾巴翘到天上去了，那怎么得了！尹志刚觉得这事性质严重，一定得好好处理，但这几天忙于换届选举工作，将这事耽搁了。

想是这般想，但真正处理起来，又很棘手。现在的派出所，名义上归县公安局和所在地党委、政府双重领导，但派出所的财权、物权、人事任免权都归县公安局管，所以，才会出现这样不正常的情况：一个镇属部门负责人——派出所所长，在党委政府面前竟然敢说“有个屌用”，太无法无天了。

尹志刚交代黄金山：“畔城村这个马蜂窝已经捅烂了，我们镇党委一定得把握个度，一切选举都按法定程序来，只有把握这条底线，不管他们闹到哪里、怎么闹，主动权都掌握在我们手里。”其实这句话尹志刚不知说过多少次，但思来想去，也只能这样讲。一旦乱了程序，就成了非法选举，那是个很严重的事。

黄金山明白了尹志刚的意思，笑着从尹志刚办公桌上，拿了盒烟装在自己衣袋里，动作娴熟自然，一看就是个“惯犯”。

尹志刚笑着说：“你这条烟虫，真不得了！”又忙从抽屉里拿出两包烟，说：“这里还有两包，拿去抽吧！”

黄金山双手接过，笑着说：“吸烟有害健康啊！吸烟这些不健康的事，我们做下属的应该多为领导分担嘛！”然后转身出门了。

尹志刚正在思索如何“对付”胡子洪的时候，手机响了，是尹志芳打来的，尹志芳在电话里告诉尹志刚：“弟，昨天那事摆平了。真要感谢雨家坳村的韩书记，直接从别人厂区埋管进来，为我省了两万多块钱的材料费和人工费呀！”

尹志刚说：“办好了就行。”

尹志芳又说：“人家帮了这么大的忙，要不要请人家吃顿饭呢？请你来作陪。”

尹志刚赶紧说：“姐，这个就不必了。”“怎么不必了？”尹志芳认为自己的厂在人家的地头上，以后求人的地方肯定多，俗话说“强龙压不过地头蛇”呀！

尹志刚很坚定地说：“你们正常沟通，这件事我不能参与。”

刚挂掉尹志芳的电话，没想到韩得富就喘着粗气进了办公室，还没落座，就连声说：“对不起，对不起！让尹书记久等了！”

韩得富是一个很有意思的人。

怎么说他有意思呢？形容起来还真有点困难，就打个比方吧，他属于那种大智若愚，其实用大智若愚也不很贴切，他这人平时憨厚，但绝对属于小事糊涂大事清醒的那类，更有意思的是，韩得富是那种让人见了都想开他玩笑、说几句笑话的人，但你开了他玩笑，他不仅不恼你，还会让你从中获得愉悦感。这点就不简单了，一般人做不到这点。

尹志刚非常清楚他的性格，但从来不开他的玩笑。所以，在尹志刚面前，韩得富就会变得收敛许多。

尹志刚见了韩得富，也不提他姐的事，板着脸孔严肃地问："昨天是你到我家？"

"我想向您汇报一下思想，可您昨天没在家，我到那坐一会儿就走了。"韩得富边说边"嘿嘿"地笑着。

尹志刚从公文包里掏出那个信封，递给韩得富说："这些你都拿回去，你在哪里学的，跟我搞起这些名堂来了？"尹志刚不想搞得场面太严肃，随后又掏了根烟递给韩得富，自己也叼了一根，韩得富立即递上了火。

韩得富这样的人，你想跟他发脾气，都让你发不起来。

尹志刚心里舒展了一点，问道："你有什么事只管说，搞这些歪门邪道干什么呢？"

这时，韩得富说心里话了："尹书记，您帮不帮我放一边，这点小意思略表心意，真的没别的意思。"韩得富说完之后，就发现自己这话说得没一点水平。想继续当雨家坳村支部书记，这不是和尚头上的虱子——明摆着的嘛。

"好了好了，你的事，我会考虑的。东西你拿回去，这事到此为止吧。"尹志刚不想在办公室老纠缠这个事，说话的口气毋庸置疑。

见尹志刚态度坚决，韩得富只得识趣地收回了信封和烟酒，灰溜溜地出门了。其实，对于雨家坳村韩得富的事情，尹志刚心里早有算盘。

第二十一章

这几天，因为李雅茹的家事问题，尹志刚一直没跟她联系，李雅茹终究还是打电话来了，在电话中对尹志刚说："尹书记，方便吗？如果方便的话，可否找个地方坐坐？"

尹志刚装着什么也不知道，故意问："今天怎会有如此雅兴？"李雅茹在电话里干巴巴地"嘿"了两声，有点尴尬的感觉。"在哪里？"尹志刚又问道。"香江市城南公园对面的绿水茶寮。"

尹志刚很爽快地答道："我就来。"

资水县毗邻香江市，前几年，新修了一条十六车道的宽敞大道，将两个城市紧紧地拴在了一块。本来香江和资水就离得近，自从这条路修通后，从资水县城驱车去香江市，只要二十来分钟。距离近，有利有弊。最大的弊端是，城关镇的第三产业成了一条短腿，怎么使力也搞不上去。前几届县委、县政府，提出要将城关镇打造成香江市的"后花园"，思来想去，就很有胆魄地在资水县的开发新区划了一条街，搞休闲娱乐"一条龙"，可是，店铺开起来以后，慢慢就变味了，挂了不少洗面、按摩、洗脚的牌子。

这是好多年之前的事了。

后来，换了县委领导。新县委书记在常委会上说出了自己的想法：一是"后花园"这提法小家子气，见不得大世面，成不了大气候；二是洗面、按摩、洗脚店太多，一些说不清楚的事情也就多了起来，难道靠一条这样的街道，就能带动第三产业发展吗？何况，这里发生了好几起恶性刑事案件。

于是，县委书记指示公安局局长，组织人马去查了几次，这条街道很快就衰落了。如今，偶尔有几家店面的霓虹还在像鬼火一样闪烁，但洗脚城、按摩院档次没搞上去，别说香江市那些有钱有闲的人不再来了，就连资水县的消费者，平时吃个饭、洗个脚，或者是买件衣服，都去了香江市。

大概二十来分钟，尹志刚就到了绿水茶寮，来到一间名叫“情缘”的小包间。

刚坐下，有服务员来问喝什么茶。尹志刚问有什么茶。

服务员介绍说：“有西湖龙井、洞庭碧螺春 、黄山毛峰、信阳毛尖……”

说实话，尹志刚对喝茶没什么讲究，对茶文化也没有研究，但对我国的十大名茶还是有所耳闻的，就不信这么一间小茶屋，十大名茶通通齐全了。真是无商不奸，明明是香江市茶园里的普通绿茶，不说成是庐山云雾就不好下手狠宰顾客上帝一样。当然，来这里的人就是做好挨宰准备的。想到这些，尹志刚不耐烦地摆了摆手，示意服务员停止介绍，就说：“随便来一壶吧。”

服务员有点为难的样子，看了看李雅茹，李雅茹说：“那来壶西湖龙井吧。”

待服务员下去，尹志刚才仔细打量了一下眼前的李雅茹。几天未见，感觉她明显憔悴了几分，颓废了些许，原本很有工作激情的一个女人，这会儿一副楚楚可怜的模样。

“再也不想跟他过下去了。前几天的事你是知道的，不是一次两次了。”李雅茹倾诉道。

尹志刚赶紧摇了摇头，睁大眼睛，表示自己并不知道前几天的事。李雅茹却不管他知不知道，自顾自地诉说道：“现在我只要看到他的背影，想起他凶神恶煞的样子，就觉得心里麻麻的，他在我心里就成了一个魔鬼，那个家已经成了地狱……”

尹志刚仔细听着，默不作声。这时候适合做一个倾听者。

李雅茹就将前几天，如何从他男人皮包里发现避孕套，如何发现那瓶写着英文名字的香水，如何被他抓住头发，按在墙角往死里撞，很淡然地向尹志刚讲了一遍。

哀莫大于心死。李雅茹面无表情，倒听得尹志刚时而张着嘴巴，时而义愤填膺，时而摇头叹息，最后，他轻轻拍了拍李雅茹的手，又摇了摇头，想安慰几句，却不知从何安慰。

李雅茹说着说着就眼泪汪汪了，尹志刚赶紧抽了几张纸，递给她，说："慢慢说，慢慢说，先不要激动！"

尹志刚问："你是怎么打算的？"

李雅茹想也没想，就说："离！这日子没法再过下去了，一定离！"尹志刚问道："你这次下定决心了？"

李雅茹狠狠地点着头，一副八匹马也拉不回的样子。

缘分已尽，不如相忘于江湖。这话说起来容易，做起来很难。尹志刚觉得这世上有一只看不见的手，总在冥冥之中操纵着每个人的命运。

尹志刚喝了口茶，说道："人这辈子说长不长，说短也不短，就这么几十年光景，却跟一个很闹心的人天天相处一块，我觉得这是一件比较残酷的事情。"说到这里，尹志刚不由深叹了一口气，"家家有本难念的经。其实，许多时候我也动过这念头。可工作一忙，这念头就抛至脑后了。"

李雅茹这才定了定神，想听听尹志刚家是一本什么样的经。这时尹志刚的电话突然响了，是"三百干部下基层"的驻点村——西源村支部书记廖向军打来的，廖向军在电话里跟尹志刚报告："扶贫干部李铁前刚刚在村里扑救山火，牺牲了！"

"你说什么？"尹志刚不相信自己的耳朵，问道："你说什么？你再给我说一遍！"

廖向军一字一顿地重复说："尹书记，就在刚才，李站长在山上扑救山火时，不幸遇难了！"

尹志刚的脸一下就黑了，挂了电话，对李雅茹说："李铁前在西源村扑救山火，被烧死了。"

李雅茹在尹志刚接电话时，就隐隐约约感觉是不好的事，但没想到竟是个噩耗，忙说：“那你赶紧去吧！要不要我陪你一起去？”

尹志刚说：“你还是别去了吧。有事我再打电话给你。”

尹志刚边说边给岳峰打了电话，让他叫上何平凡，立即赶往西源村。

在车上，尹志刚打电话将事情简单地向县委书记李志强作了汇报，李志强在电话里指示：“一是了解事情前后经过，写份详细的汇报材料；二是做好死者家属和当地群众的安抚工作，做好稳控工作；三是暂时注意保密，不要对外乱发信息，对外宣传口径由宣传部统一发布；四是尽快安排善后事宜，第一时间将遗体转移至殡仪馆。”

尹志刚对着电话一直“嗯”个不停，表示一定按书记的意思办。

一路风驰电掣，到达西源村时经一位老人指点，三人马不停蹄往一处还冒着袅袅烟雾的山头跑去，到半山腰时，碰到十几位村民，正抬着一具尸体往山下走来。碰到尹志刚三人，知道他们是上面来的干部，村民们停下了脚步，尹志刚三人挤进人群，来到尸体前，揭开掩在尸体上的一块白布，只见李铁前的脸上身上到处都是伤痕和血印子，头发被烧焦了，身上的衣服也烧没了，整个人都是半弯曲状，模样惨不忍睹。

尹志刚的眼眶顿时红了，转过身用手擦了擦，将白布重新罩在尸体上，转身问廖向军：“家属通知了没有？”

廖向军如实汇报道：“及时通知了，只是还没来人。”“殡仪馆呢？”尹志刚又问。

这时，从身后挤上来两名身着灰色制服的工作人员，说是县殡仪馆的。

尹志刚指着李铁前的遗体，心情沉重地说：“等会儿，你们俩帮他先简单处理一下，别让家属看到这副模样。”

殡仪馆的工作人员心领神会，对尹志刚点了点头。

这时，西源村支部书记廖向军来到尹志刚身旁，哭丧着脸说：“尹书记，都是我不好，组织队伍扑火时，打了乱仗。”

“现在说这些有什么用？先让他们把遗体抬下山去，找个地方安顿一下，你带我去现场看看吧！”

尹志刚和廖向军一行往山上走去，同去的一位群众很感慨地说：“李站长是一位好干部啊！他到我们村来扶贫，跟我们同吃同住同劳动，危难时刻冲锋在前，不像有的扶贫干部，名义上和贫困户结对帮扶，其实是吃了饭，脖子一梗嘴巴一抹，就脚底抹油跑回去了。”

老百姓的感情是最朴实最真挚的，他们不会因为你是党委书记而讨好你。在他们的眼中，是一个“大政府”概念，凡是政府工作人员，都是“领导”，只有“好领导”和“坏领导”的区别。

这位村民又说道：“像李站长这样的领导，才是真正为老百姓谋幸福的好领导。他在村里住了那么久，甚至连老婆都带来了。”末了，他还深叹一口气：“可惜王八活千年，好人命不长啊！”

尹志刚心里“咯噔”了一下，他对这位村民所说的李铁前“老婆”大有疑问。李铁前怎么会把自己老婆带到村里来呢？这“老婆”说不准是经管站朱小丽。这下麻烦了，等会儿李铁前自己老婆来了，可如何是好呢？

山上的树不大，却荆棘茂密，杂草丛生。这样干燥的天气，只要有一点火星子，就很容易引起山林大火。

十年树木不易，政府每年植树造林，如果管护不到位，一把火就烧个精光。森林防火，任重道远。

廖向军带着尹志刚一行来到李铁前遇难的现场，并描述了李铁前遇难的大致经过。

李铁前是从一处十余丈高的山崖上摔下去的。当时，山上不知什么原因（原因尚待调查取证）起火了，李铁前二话没说，领了十几位村民上山扑火。爬上山顶时，一个个累得气喘吁吁也没歇口气，李铁前指挥大家兵分三路，自己领着几个人去扑燃得正旺的一处山火。由于没有实战经验，李铁前处于顺风口扑火，这时，一阵疾风刮过来，火势瞬间变得凶猛，十余丈高的火苗朝李铁前他们扑了过来，出于本能的保护，李铁前朝后退了几步，脚跟正撞到一块突兀的石头上，李铁前随即从山崖处摔了下去。火是从半山腰燃上来的，李铁前跌下去时，正跌进火海里。后来，经法医查验，李铁前主要是在跌的过程中撞伤了脑部，引起颅内大出血，窒息死亡。

到现场了解了基本情况，尹志刚对岳峰说："你是老笔杆子了，这事，还得你费心，给县委政府写份详细的汇报材料。"

尹志刚一行从山上赶回时，殡仪馆的工作人员正在处理李铁前的遗体，他们告诉尹志刚说："现在只是初步处理，到举行追悼会时，还会正式整理仪容，仔细化妆。"

殡仪馆工作人员先将李铁前的遗体用湿棉花擦拭干净，然后用一把剃刀将李铁前烧焦的头发修理干净，又用棉花将鼻耳等孔道塞严实，使里面的血水不再往外流。然后，又抬起他的双手抖了抖，再将双手交叠在小腹上。最后，用一条干净的白单子，将尸体裹得严严实实。

这时，李志强已经带领民政、公安、消防、医院，还有县报社、电视台的记者，一行二十余人，分乘五辆车，一路疾驰赶到了西源村。正在尹志刚跟李志强简单汇报现场情况时，李铁前那年迈的父母和老婆胡花花、儿子李小远，还有李铁前的两个姐姐，一行七八人也赶来了，加上西源村的百十号村民，场面壮观。顿时，西源村的村部活动中心，哭的哭、拜的拜、吵的吵、闹的闹，场面混乱至极。

尹志刚感觉到了事态的严重性。眼前这些人就像一个炸药桶，一旦有丁点火星子，就会引发大爆炸。场面越来越混乱。尹志刚从来没有经历过这样的场面，幸好有李志强在，心里才有了主心骨。

李铁前的亲人抱着李铁前的尸体，呼天抢地，悲伤呼号。

特别是胡花花，边哭边骂："你怎么这么狠心就扔下我们娘俩走了啊！"

"你个没良心的……"

"活生生的人，怎么就这般模样了？"

"你走了，我活着还有什么意思？我也跟你去算了！"

胡花花边哭边喊着，用头一次又一次地朝墙柱子上撞，吓得旁边的人拼命拉扯着胡花花。这样的场面，虽然劝说根本起不到任何作用，但大家还是你一言我一语，在百般劝解着。

突然，李铁前年近七旬的母亲晕了过去，倒在地上不省人事。

李志强赶紧让医院的人上前抢救，医生护士七手八脚地将老人抬上担架，送到救护车上急救，可老人刚缓过气来，又大声悲号起来，止也止不住。

医生对旁边的李志强请示："必须来一支镇静剂。"李志强点了点头，表示同意。

于是，护士们手脚麻利地给老人打了一针镇静剂，老人这才渐渐安静下来。

主管医生透了口气，又向李志强汇报说："问题不大，只是一时悲痛而晕厥过去。"

李志强指示道："你们一定要保证死者家属万无一失！"

等场面稍为平静一点，李志强带领尹志刚一行，缓步来到李铁前遗体面前，先恭恭敬敬地深鞠躬，然后，再朝李铁前亲属深鞠三躬，才语重心长地说："首先，我跟你们说声'对不起'，我们没有保护好自己的干部！我为我们的干部不幸牺牲而感到万分痛心！"

稍稍停顿了一下，又接着深情道："李铁前同志是为了抢救群众的生命财产，而英勇牺牲的，我为我们资水拥有这样的好干部而感到自豪！同样，也为你们拥有这样的好儿子、好丈夫、好父亲，而感到自豪！李铁前同志的死，是光荣的！我们要号召全县的干部群众向他学习，学习这种勇于奉献、不怕牺牲的精神；学习这种舍己救人、冲锋在前的精神；学习这种为抢救群众的生命财产，而不惜赴汤蹈火的精神！李铁前同志不幸牺牲了，但我觉得，李铁前同志会永远活在我们心中！"李志强的语气抑扬顿挫，铿锵有力，一下就震慑住了场上的群众。

最后，李志强又道："你们作为李铁前同志的亲属，也同样是光荣的！你们有什么想法，有什么要求，尽管跟组织提出来，县委政府尽最大可能和最大努力，在法律法规允许的范围内，为你们争取最大的利益！只有这样，才能让死者安息，让生者安心！"

李志强的即兴讲话就像一篇悼文，既具鼓舞力也有亲和力，死者家属听了很暖心，在场的人听了也振奋人心。毕竟人死不能复生，只能节哀顺变。局面逐渐有所改观。

这时，李志强将尹志刚招到身边，指示道："分成两个组，你带领民政局和殡仪馆的同志，先将遗体送往殡仪馆，剩下的同志留在这里做善后安抚工作。"

在人头攒动的操场上，报社和电视台的记者们也一直手忙脚乱。李志强站到哪里，他们就跟到哪里，生怕漏掉了什么精彩镜头。等李志强停下来喝口水的时候，他们又扛着摄像机，对着人群扫个不停。还现场采访了几位村民，那些村民虽然显得有些拘谨，却很配合，一个个表情严肃，有两位年长的村民，竟然还当场抹起了眼泪。他们的内容，无非就是李铁前生前如何带着"老婆"在西源村"安家落户"，如何帮助困难群众脱贫致富，如何身先士卒扑救山火，都绘声绘色地描述了一番。村民们言辞恳切，形象淳朴，后来在电视台播放出来，一个亲民如子、夙夜在公、宵衣旰食的乡镇干部形象，顿时跃然纸上。

按照分工，尹志刚和何平凡因为乡风文明工作，对殡仪馆的操作流程比较熟悉，就专门负责殡仪馆的具体事务。遗体只在殡仪馆停了两个晚上，县里就研究出"宜早不宜迟"的处理方案。在遗体告别的前一天下午，尹志刚和何平凡匆匆赶往殡仪馆，逐一落实遗体火化等相关事宜。对于殡仪馆各类烦琐的服务，尹志刚着重提了两点要求：一是遗体的化妆，一定要庄重、简洁，要做好省市领导和省市电视台记者参加追悼会的准备；二是灵堂的布置，挽联的撰写，遗像的悬挂。

交代了这些，其他的一些具体事务，尹志刚和何平凡处处事必躬亲。比如说骨灰盒的选择，殡仪馆有几十种，价格也相差悬殊。差的是陶瓷罐，就像农村用来做泡菜用的坛罐子，只不过小一些，几百块钱一个。贵的是雕花楠木的，上面雕龙画凤，活灵活现的样子，既精致又美观，价钱不菲，要两万多。

何平凡看着这些形色各异的骨灰盒，不屑地对尹志刚说："人活着有高低贵贱之分，没想到死了，也还有这么大的区别。可惜人死如灯灭，要这些有什么用呢？”

尹志刚似乎在沉思什么，一时未回过神。殡仪馆的工作人员倒笑了一下，接过话茬，说：“人死了也有尊严的嘛！”

这时，尹志刚指着一只价格居中的骨灰盒，说：“就这个吧。看起来还算庄重、朴实。”

工作人员又问：“仪仗队我们可以帮你们请，你们也可以自己请。”尹志刚想到李志强所说的“既要庄重，又要简朴”，于是回道：“这个不需要了。”

工作人员淡淡地说：“那先送去化妆吧！”

尹志刚和何平凡跟着工作人员去地下室，工作人员朝走廊尽头指了指，意思是遗体冷藏室和化妆室都在那里，就转身上了楼。

这走廊在大白天也光线阴暗，两盏壁灯像鬼火一样，散发着一片拳头大小的光亮，让人感觉阴森可怕。

何平凡没话找话说：“刚才的工作人员，换言之也就是殡仪馆的推销员，人家越买贵的，程序越是复杂化，他们的提成也就越多。假如顾客舍不得在此下血本花大钱，他们的服务热情立马不见了。”

现在是市场经济，大家都变成了经济动物。特别是在殡仪馆这么特殊的地方，许多死者家属都成了市场经济的“冤大头”。

听了何平凡的感慨，尹志刚一言未发。

不一会儿，两人穿过悠长而昏暗的走廊，来到了冷藏室。何平凡将手里的票据递给一位工作人员，冷藏室的工作人员看了一眼纸条上的序号，很快就找到了李铁前的遗体，并手脚麻利地从里面推了出来，放到一辆滑轮车上。然后拖着遗体来到化妆间。里面还有几位工作人员，都穿着统一的工作服，戴着口罩，正在给三具遗体化妆。拖遗体的那人将李铁前的遗体停放一旁，说：“你们在这排队吧，下个就轮到了。”说完转身走了。

尹志刚这才看清身旁的这位死者，是位年约四五十岁的中年女性。龇牙咧嘴，面目狰狞。工作人员对这种情况，显然是很有经验。只见他拿着一根绳，穿过一卷卫生纸，让卫生纸抵住死者的下巴，然后，他靠住墙壁，用一只脚顶住滑轮车，另一个人按住死者的双脚，然后用力往上一拉，只听见“咯吱”一声，那妇人的嘴就闭上了。工作人员拿过一把很大的刷子，抹上底粉，在那妇人的脸上来回划拉了几下，然后，用黑笔简单描了眉，用红色的唇膏依着妇人的嘴唇涂了嘴，再在妇人的脸颊上，涂了点红色的胭脂，前后不到五分钟，就大功告成。

轮到李铁前了，化妆师揭开白布，首先，将李铁前的头扭了扭，放端正，从李铁前的耳鼻里将棉花团扯出来，这时血液早已凝固，李铁前面色惨白，跟生前完全是两副模样，工作人员又将他的双手从小腹上放下摆直，对李铁前做了庄重、简朴的化妆。

第二天的告别仪式和追悼会，举行得十分顺利。因为县里已经连夜召开常委会，决定按程序向省里申报烈士，支付李铁前家属抚恤金，并解决胡花花的工作问题。

在墓址的选择上，有点分歧。李铁前的家属想把骨灰盒送回老家的坟山去，县里的意思，现在全县上下正在大搞乡风文明殡葬改革，还是葬在县公墓的烈士陵园，比较妥帖。最后，各退了一步，协商后，将李铁前的骨灰葬在公墓的最顶端。当初选这里为公墓，也是有原因的。这里顺着山脊，蜿蜒而上，一直通到公墓的最顶端，看上去，极像是一条升腾而起的巨龙。那顶端，就像是龙首。

第二十二章

李铁前的事迹，在全县上下掀起了学习高潮。城关镇作为李铁前同志生前的工作单位，学习活动自然更加积极。镇里开了好几次会，尹志刚还要求每个干部都要挖掘李铁前同志生前的闪光点，每人至少撰写五千字的学习心得。

工作余暇，尹志刚坐在办公室琢磨，一个干部生活作风有问题，但是危险当前又奋不顾身，真是让人一言难尽。也许人本身就是个矛盾体。

在尹志刚这般想着的时候，办公室进来一个人，是刘家坪村支部书记刘志成。

“志成书记，怎么冒冒失失的？”尹志刚看着刘志成火急火燎的样子，以为刘家坪的村路出了什么问题。

刘志成抹了一把汗往地上一摔，神秘兮兮地靠在尹志刚的耳朵边，说：“尹书记，我跟您汇报个大事啊！”

尹志刚起身，给刘志成倒了一杯水，叮嘱说：“莫急，坐下慢慢说。”“尹书记，刚刚村里请工程队的施工员在喜来乐酒店吃饭，我因为后一步去的，走错了包厢，这一错不要紧，你猜我看到了什么？”刘志成瞪着眼睛问尹志刚。

尹志刚将眉毛皱成一个“川”字，看着刘志成。

不待尹志刚催促，刘志成接着说：“我刚刚看到几个人正绑着村里的二狗子在严刑拷打。那情景就像电影里的黑社会镜头一样，二狗子被绑在一把靠背椅上，绳索比手指头还粗，被绑得结结实实的，脸上青一块紫一块，嘴角还沾着未干的血迹，不是他叫了我一声‘志成叔，救命啊！’我还差点没认出来呢！”刘志成喝了一口茶，接着道：“二狗子对面坐着一个人，旁边四个打手拿着木棍和皮鞭子，凶巴巴的样子，吓得我拔腿就往您这里跑。”刘志成一副惊魂未定的样子，喘息不止。

“竟然有这样的事？”尹志刚还真有点不相信，朗朗乾坤，竟然在自己的一亩三分地上，会发生这样的事？

“尹书记，坐在椅子上的那个人，好像就是派出所胡所长！”刘志成越说越离谱。

“没看清楚，可不许乱说！”尹志刚的心尖上好像被电麻了一下，果断地制止了刘志成不确定的说法。

刘志成嗫嚅着，确实不敢认定那人是不是胡子洪，因为刚才那一幕，让他受惊不小。

稍稍冷静一下，尹志刚还是掏出手机，决定打个电话给胡子洪。尹志刚觉得既然在城关镇的辖区内发生了这样的事，派出所就应该出面严肃处理。

尹志刚拨了几次号码，电话里都是传来“您拨的电话已关机，请稍后再拨”的呼应声。

“这个胡子洪，工作日怎么把手机关了？”尹志刚气愤地将手机往办公桌上一撂，不由得恨恨道。

打发走刘志成，尹志刚拨打了何平凡和孙建国的电话。待他俩来到办公室，尹志刚将刚才刘志成看到的事跟他们说了，听得他俩一惊一乍的。

随后，尹志刚问道：“你们觉得胡子洪会参与这起恶性事件吗？这简直就是绑架呀！”

何平凡一副思索的样子，说：“按常人逻辑，应该是不可能的事。除非……”

孙建国急切地问道：“除非什么？”

何平凡叹了口气，说：“除非他陷得很深了！”

尹志刚和孙建国听了，轻轻颔首，觉得有几分道理。

尹志刚最后说："既然如此，那我们就以静制动，是个恶性瘤子，总会有流脓的时候。"

接下来又有几桩事，都是关乎城关镇派出所的，让尹志刚寝食难安。尹志刚决定由何平凡牵头，镇县人大代表组成一个调查组，以调研换届选举的名义，秘密深入城关镇的几个村和社区，围绕社会稳定和治安状况，做一次全面深入的走访调查，借此掌握城关镇社会治安第一手资料。

几天后，调查报告出来了。

今年以来，城关镇社会治安状况和往年相比，有明显恶化的迹象，主要表现在地下"六合彩"和聚众赌博两个方面，非常猖獗，由此而引发几起恶性刑事案件，同时盗窃案频发，严重影响了城关镇经济和社会的发展以及社会治安大局的稳定。

通过明察暗访，了解到地下"六合彩"赌博已从畔城村、东城村、西城村蔓延到经济不发达的刘家坪村、海棠村，并且那些边缘村逐渐演变成重灾区，参与赌博人员除了本地人外，还有资东县等外县市人。他们一般是借高利贷赌博，而放高利贷者有严密的组织性，他们逼债的手段残忍恶劣。赌徒们借高利贷输了，基本还款无望，整天诚惶诚恐，越输越想扳本，越想扳本越输，恶性循环，有的输烂了，不得已只好举家外逃躲债。今年以来，因赌博引发了数起影响较大的恶性刑事案件，有雇凶伤害的，有逼债跳楼的，有非法拘禁的……

调查报告上列举了几起典型的恶性事件。

三月二十三日，畔城村吴河球被东城村李德成雇凶打伤，受害人吴河球并没有向派出所报案，后来，在畔城村村主任孙作友的调解下，私了处理。何谓私了，也就是象征性地出了点医药费；四月十五日，西城村王大益因赌博欠李德成数万元高利贷，被李德成一伙打伤后，李德成反而向王大益索要手续费一万元，王大益迫于李德成的淫威，也没有向派出所报案；五月二十日，刘家坪村的二狗子因买"六合彩"，向李德成借了十多万元没能如期归还，李德成将二狗子非法拘禁，致使二狗子从二楼跳下，造成右腿胫骨粉碎性骨折，腓骨开放性骨折，因为当时影响太大，当地居民向城关镇派出所报案，派出所将李德成抓获归案，可当天下午就被取保候审……

尹志刚越看越愤怒，自己的一亩三分地上，做梦也想不到会出现一幕幕这样的场景，这和电影上的黑社会有什么区别呢？年初来城关镇履新时，尹志刚曾在心底默默告诫自己要“为官一任，造福一方”！现在看来，何谓“造福”一方？这样下去，简直让老百姓身处水深火热之中啊！

尹志刚粗略地翻看了一下材料，什么话也没说。坐在对面的何平凡倒先开口了：“尹书记，据我们调查，这只是其一，还有些更恶劣的东西，不便写在纸上的！”

“只差没倒卖军火了，还有什么不能写的！”尹志刚生气地答道。何平凡不无担心道：“是已经很严重了。可全部如实写上去，只怕会影响综合治理年终考核。”

综合治理是“一票否决”工作。前不久，为配合扫黑除恶，县委还紧急召开“安全维稳大会”，资水县从四月份开始到年底，划为安全稳定“特别防护期”，在特别防护期内，发生严重的安全稳定事件和非法上省赴京集体上访事件的，单位党政一把手先免职、后处理。

如今倒好，人家还没上访，自己一亩三分地上却已“千疮百孔”。这些恶性事件，哪一件揭开盖来，都会让人触目惊心，事关全镇社会安全稳定之大局！尹志刚觉得，何平凡没把事情全部写到材料上，有其良苦用心之处。

于是，尹志刚抬了抬手，示意何平凡继续往下说。“这个李德成，平时在乡里邻间作恶多端，为害一方。除了恶性伤人外，还糟蹋了不少良家妇女。这些妇女多为留守妇女，就算被李德成这些恶棍们糟蹋了，慑于淫威，只能把屈辱往肚里咽，不敢声张。”

“有什么证据吗？”尹志刚瞪着双眼问。何平凡讲了一件事。

畔城村有个叫刘良秀的妇女，调查组到村里调查情况的时候，问她对村里的社会治安有何看法时，她什么话也没说，就“呜呜呜”啜泣起来，经过调查组耐心做工作后，她才讲出实情，说在上个月的某天晚上，李德成醉醺醺地来到她家，大声地敲开门。

刘良秀问他有什么事。

李德成喷着满嘴酒星子，大声说："有什么事，有个屌事！"

刘良秀一直知道李德成横行霸道、作恶乡邻，心想惹不起躲得起，忙想关门赶他出去，没想到李德成一脚踢开房门，二话没说，先"啪"的就是一记耳光，骂道："老子不是说找你有事吗！"

刘良秀二十八九岁的样子，人长得不错，也很贤淑，丈夫外出务工了，一个人在家里带着两个孩子。此时，两个孩子已经沉沉入睡，她怕惊醒了孩子，不敢声张。

刘良秀被奸污后，到派出所门口转悠了好几回，想进去报案，但后面听村里人说，这个李德成跟派出所所长是铁哥们，想想，只怕报案也不会处理他，反而将这事声张了出去，对自己和家庭都不利，就打落牙齿和血吞，忍了。

听了何平凡讲的"故事"，尹志刚心里一时五味杂陈，一种义愤填膺的感觉在胸腔弥漫开来。这种感觉很少有过，这是一种无声的愤怒，是一种莫名的力量。

何平凡最后推测说："像刘良秀这类情况，恐怕不是个例。不过，刘良秀确实讲出了事情的无奈，这李德成跟派出所胡子洪关系非同一般，不然，怎么每次上午逮进去，下午就放出来了呢？"

尹志刚又想到畔城村选举的事，思虑再三，对何平凡说："我们要整理一份详细的材料，以内参的形式向县里各职能部门报送。另外，我们要做通老百姓的思想工作，解除他们的顾虑，抓紧收集有关胡子洪和李德成作恶乡邻的证据。"

一个人在机关待久了，经历的事一多，就容易变得迟钝和麻木，心像生了茧，情绪不容易激动。可何平凡听了尹志刚的话，还是热血沸腾、摩拳擦掌。因为，何平凡对胡子洪、李德成的恶行，早已恨得牙痒痒。

第二十三章

最开始，尹志刚想给胡子洪打电话了解一下，城关镇社会治安是个什么情况，工作上有何困难？采取了什么措施？到现在不想打电话问了，尹志刚觉得打电话给胡子洪，已经没有任何意义。就好像一个身患晚期癌症的病人，再让他吃止痛片，肯定无济于事，反倒显得多此一举。

正在他这般想着的时候，手机“嘀嘀”响了，拿过一看，竟然是胡子洪打来的。

尹志刚皱着眉头摁了接听键，什么话也没说。

胡子洪在电话里说道：“尹书记，耽误你一点时间，我有个事汇报一下！”

胡子洪虽然说是“汇报”工作，但听他的口气，哪里是汇报，分明是知会一声。

尹志刚还是一声不吭。

顿了一会儿，胡子洪才问道：“胡一枝是您爱人吧？”

尹志刚听着觉得有点异样，于是道：“是的。有什么事吗？”

胡子洪声音大了几个分贝，正经道：“是这样的，今天胡一枝聚众赌博，被我的几个手下抓到了派出所。”

尹志刚感觉被人当头一棒，一时拿着电话，不知说什么才好。

胡子洪猫哭耗子，假惺惺道：“尹书记，都怪派出所的几个年轻干警不懂事，我已经批评教育了他们。他们还一脸无辜的样子，说公事公办，一并带到所里来了。”

见尹志刚一时语滞，胡子洪顺梯下坡，见好就收：“尹书记，真是大水冲了龙王庙，既然这样，那我这边就通知他们放人了？”

尹志刚立即反应过来，忙说：“我这就过来一下吧！”说着挂了电话。尹志刚觉得很有必要去了解一下情况。胡一枝喜欢打麻将，并且喜欢在麻将馆打麻将，这是事实。但打麻将在资水县，甚至在香江市，都算一项最为普及的全民娱乐活动。目前，城关镇至少有上百家麻将馆在通宵营业。尹志刚心存疑虑，全镇上百家麻将馆，城关镇派出所就查了胡一枝参与的这家?

再说，既然人已经被逮捕了，到了公事公办的地步，假如这样不明不白地放了，事后别人会怎么说自己呢?眼下，不仅要扫黑除恶，更要打“伞”，打黑恶势力后面的保护伞，如果因为胡一枝是自己老婆，说放就放了，自己一不小心就成“保护伞”了。

一路上，尹志刚一言不发，脸色铁青铁青的。

镇派出所门前矗立着一块“公正执法、真情为民”的花岗岩石头，这八个字，应该是上任公安局局长所题。车子绕过花岗岩，至旁边一空地停下。

尹志刚下车后，径直去了胡子洪办公室。见尹志刚亲自登门，胡子洪起身请坐，立即给他倒茶，然后，就将桌上的一份问话记录递给尹志刚，客气道：“劳烦尹书记亲自登门，我正准备忙完这点事，亲自送去的。”

尹志刚不置一词，只看他手头的问话记录。

问话记录上清清楚楚地记载：“五月九日下午，胡一枝伙同赵某之（外号：石伢子）、黄某强（外号：铁脑壳）等人在资水县城关镇威尼斯大酒店二楼‘暂坐’茶馆聚众赌博……赌资数额较大，情节恶劣，按《治安管理处罚条例》，我所决定对胡一枝处以五百元罚款，并治安拘留十五日。”

胡子洪跟尹志刚解释：“尹书记，开始真的不知道这是嫂子，嫂子到了派出所也没表明身份。”

尹志刚知道胡一枝喜欢打麻将。以为胡一枝是小打小闹，就没怎么管束她。真没想到现在竟然成了“聚众赌博”，还是个“小头目”了，真是大感意外！

尹志刚了解了事情经过，将案卷递还给胡子洪，很严肃地说：“胡所长，这事请你们公事公办，该怎么处理，就怎么处理，该拘留几天，就拘留几天，坚决不能因为胡一枝是我爱人，就法外开恩，网开一面！”

听了尹志刚的话，胡子洪一直挂在脸上的浅浅笑意，顿时变成了几分惊诧，但他马上缓过神来，说：“我尊敬的尹书记，这算什么话呀！我向您检讨，我向您保证，这真是个意外！真是大水冲了龙王庙呀！”

一听胡子洪这样说，尹志刚觉得这事更得公事公办了。王子犯法，与庶民同罪。自己算个什么，假如这次假公济私将胡一枝放出来了，以后还怎么处理胡子洪？何况，现在正是扫黑除恶的紧要关头。这样一想，更加下定决心。本来还想去看一下胡一枝，现在想来，没这个必要了。

于是，就起身告辞。

胡子洪赶紧起身，追着尹志刚问：“尹书记，您来城关镇大半年了，今天才到我们派出所来指导工作，晚上想请您吃个饭，请一定赏脸！”尹志刚这下哪有心思吃饭，特别还是胡子洪请客。尹志刚早在心底把胡子洪的热情当成了一种纠缠，就像眼前飞着一只赶也赶不走的蚊虫，让人讨厌极了。于是不顾胡子洪盛情挽留，坐上车绕过“公正执法、真情为民”花岗岩，一溜烟离开了派出所。

车上，尹志刚透过反光镜，看到胡子洪站在“公正执法，真情为民”花岗岩旁，朝他挥手致意，此情此景让尹志刚联想到了某种讽刺。胡子洪他们每天都是迎着“公正执法，真情为民”去上班，却是绕着“公正执法，真情为民”而进，最后竟是背着“公正执法，真情为民”而去，这一过程，难道就是城关镇派出所的真实写照吗？

转个弯，尹志刚拉回思绪，让小彭直接将他送回家。这几天，老娘去了姐姐尹志芳家，家里显得空荡荡的，冷锅冷灶，了无生机。尹志刚将公文包往茶几上一丢，人就瘫在了沙发上，闭上眼睛，一时感到整个人都是空的。

不一会儿，就有了倦意。朦朦胧胧不知过了多久，突然听见门口有“噔噔噔”高跟鞋的声音，稍后又有门锁转动声，随着防盗门砰的一声，胡一枝背着一个坤包，一脸不悦回来了。

尹志刚睁了一下眼睛，又闭上。“怎么？别人不拘留我十五天，你那么不高兴啊？”胡一枝阴阳怪气地问。

尹志刚只觉得心头有千言万语，但一时不知从何说起，才能跟胡一枝说清楚道明白。那种感觉，就像一只玻璃瓶里装了好多条小鱼，它们都想从瓶颈处往外涌，因为混乱无章，一时全都堵在了瓶颈口，一条也出不来。这感觉让人心里特别难受。

过了好一会儿，尹志刚才小心问道：“今天到底怎么回事？怎么被弄到派出所去了？”“不就打个牌嘛！有什么值得大惊小怪的！”胡一枝不以为耻反以为荣，底气十足道，“我问你，现在谁不打牌？看你那样子，哭丧着脸，就像死了亲爹亲娘一样。”

面对胡一枝这样的态度，尹志刚从内心感到一种悲哀，不知是为自己，还是为胡一枝。

尹志刚突然从内心升腾起一股无名火，气急败坏地大吼道：“你不要脸不要紧，我的脸都被你丢光了，知不知道？”

没想到胡一枝针锋相对，反驳道：“你堂堂一个镇党委书记，连自己老婆打个牌都被捉了，小舅子开个小店也被查了，到底是你丢面子还是我丢面子？你有面子吗？你的面子在哪里？请问，哪个给了你面子？”

胡一枝一连串的问话，尹志刚听了，吃惊不小，忙问：“你刚才说什么？哪个开店被查了？”尹志刚觉得，开个店，只要遵纪守法，哪个会查呢？既然敢查，肯定就是干了违法的事情。

胡一枝的声音提高了几个分贝，重复道：“你小舅子呀！胡小枝！”原来两个月前，胡一枝的弟弟胡小枝在雨家坳村开了家美容美发店。前几日，因涉嫌嫖娼卖淫，被派出所查了，几对男女被带到派出所审讯，都承认了卖淫嫖娼的事实。见事情闹大了，胡小枝跟胡子洪说自己是城关镇党委书记尹志刚的小舅子，胡子洪才从轻发落，只象征性地罚点钱，就放了人。

胡小枝开美容美发店的事，以及前几天店铺被查的事，尹志刚确实一无所知。真没想到，这几天家里发生了这么多事。尹志刚隐隐感觉到事态的严重性。山雨欲来风满楼，仿佛有一朵巨大的黑云，正沉沉笼罩在自己的头顶。

“你现在把胡小枝给我叫来！”尹志刚放低了声音，对胡一枝说道。

见胡一枝没有动静，尹志刚自己掏出手机，拨通了胡小枝的电话。这个胡小枝，平时不学无术，吊儿郎当，用资水话讲就是“正法没得，邪法有余”，尹志刚一直对他存有看法。胡小枝倒也识趣，平日里很少来烦扰尹志刚。这位小舅子年纪轻轻，初中毕业就不肯再上学校读书了。不读书不要紧，学门技术找份正经事干也行，可胡小枝不是这样想的，他终日游手好闲，跟一群社会“渣滓”混在一块，时不时还闹点动静出来，惹人心烦。

大概两个小时之后，胡小枝来了。一看尹志刚和胡一枝的脸色，他就知道没什么好果子吃。

“你把被派出所查处的事，说一下听听！”胡小枝进门，尹志刚头也未抬一下。

胡小枝忙解释说：“我店里其实只搞正规的洗面按摩，从不干卖淫嫖娼的事，这个你们是知道的。”

尹志刚狠狠地瞪了他一眼。

胡小枝赶紧补充道：“这个姐是知道的。”说完，还特地看了胡一枝一眼。

胡小枝接着说：“那天真邪乎！小店来了几位客人，看起来衣冠楚楚，像干部的样子。进了包厢后，却是衣冠禽兽，强烈要求特殊服务。开始店里的服务员不从，但后面因为他们开的价很高，就把店里服务员说动心了。没想到事情刚开始，派出所的人就闯了进来，逮个正着。”

尹志刚觉得，这是一个预先设置好的陷阱。

尹志刚感觉有一双无形的巨手，正悄悄向自己伸来。

尹志刚恨铁不成钢，指着胡小枝的脑壳，字斟句酌地骂道：“你头上长的是猪脑子，这么糊涂啊！”

尹志刚骂归骂，却也拿他没有办法。

胡小枝见待着无趣，便找个借口溜之大吉。剩下尹志刚和胡一枝，尴尬地面对面坐在那里，各怀心思。

时下，世人总将男人形容是一座山，山不在高，只要踏实、勤劳就成；将女人形容是一汪水，水不在深，只要贤惠、温柔就成。这样山水相依，水乳交融，婚姻才会幸福长久。而尹志刚觉得跟胡一枝之间的距离，就像两辆背向而驰的车，一辆向东一辆向西，渐行渐远。

第二十四章

俗话说：福无双至，祸不单行。

正在尹志刚内忧外患的时候，黄金山打来电话说：雨家坳村出事了。尹志刚顿时心脏怦怦紧跳，忙问："又出了什么事？"

黄金山报告说："雨家坳农村信用社专干韩狗生贪污了村民的存款，现在，这些村民闹到镇里来了，正在镇政府大门口，静坐示威。"

尹志刚走到办公室窗前，下面果然有数十号村民，正三个一群、五人一伙地坐在镇政府大门口。尹志刚明白他们是来上访的。现在的老百姓遇到一点事情，都喜欢上访，并且喜欢群访。一个人上访，势单力薄，不会引起重视。群访就不同了，声势大，给领导造成的压力大，并且，还往往法不责众。这似乎形成了一种不良风气。

尹志刚无意识地拿出手机来，但没拨号码，又放下了。这电话打给谁呢？打给领导，领导给你说教一通，还会认为你没能力；打给下属，下属往往只会"抓药"，不会"开方子"。看来，这"病灶"只能自己诊，这"皮球"只能自己踢。

尹志刚在办公室来回走了几圈，这时，黄金山靠上前来，出主意说："尹书记，要不要通知胡子洪，让他带人来维持秩序？"

尹志刚顿了几秒钟，说："不能叫胡子洪来，他来只能忙中添乱。"黄金山一副不解的样子，等待尹志刚的锦囊妙计。

尹志刚咬了咬嘴唇，少顷才说：“我们不能躲在办公室，必须直面矛盾，走，我们先下去了解一下情况吧！”尹志刚朝黄金山挥了挥手，先出门了。

黄金山赶紧跟着尹志刚下楼，两人刚到门口，就被村民一窝蜂地团团围住了。若在以前，尹志刚肯定会被这样的场面所震慑。自从李铁前事件之后，县委李志强书记给他上了一堂如何应对复杂局面的课。尹志刚对于这样的场面，有信心多了。

尹志刚退后两步，站在了一个台阶上。

这时，人群里有人打出用毛笔写在报纸上的标语：“请政府主持公道，还我血汗钱！”“韩狗生，快还我活命钱来！”

还有更激烈的：“谁若要我的钱，我就要谁的命！”“不给钱来，就要命去！”

尹志刚站在台阶上，用手往下压了压。可下面的人自顾自地大声喊着自己的诉求。他们认为，只要把场面搞火爆点，效果自然就会更好点。他们的诉求有没有人听，不重要。他们说的话有理没理，也不重要。重要的是，要营造出一种来势汹汹、咄咄逼人的效果。

整个场面就像雨后的蛤蟆坑。

黄金山见形势不对，站在尹志刚旁边，扯着嗓子，大声说道：“乡亲们，大家先安静安静，这是我们镇党委尹书记，听他给大家讲几句话，好吗？”

村民们把黄金山的话当成了耳边风。

尹志刚明白，这样的场合，村民的激动情绪难以控制，特别是怕少数别有用心的人，会趁机煽风点火，唯恐天下不乱，搞不好就会闹出什么大事来。

尹志刚扯过一旁的黄金山，对他耳语道：“你赶紧从这些村民里找两三位代表，我们只跟村民代表直接对话。”

黄金山立马领会了尹志刚的意图，就赶紧从一堆村民里，找了三名领头的村民，将他们带至尹志刚面前，说：“你们三位负责跟我们反映情况，在反映情况之前，你们先让其他村民安静下来，听尹书记讲几句话，好不好？”

这时，一位村民代表转过身，朝大家压了压手，大声吆喝了几声，大家顿时安静下来。

尹志刚站在台阶上，绷着脸很严肃地说：“各位父老乡亲，今天你们反映的事情，镇党委政府非常重视。在此之前，我们从未听到有人反映这个事情。所以，我想大家还是要耐心一点，等镇里将事情调查清楚后，再做妥善处理。现在，让这三位代表留在这里配合我们调查，其他同志请先回家，好吗？”

听了尹志刚的话，上访村民虽然半信半疑，但也没有更好的办法，只能如此。这钱毕竟不是被镇干部贪污了，而是被自己村里的人套取了，要怪也只能怪镇信用社不应该让韩狗生搞信用社专干的。既然尹志刚承诺要调查处理，那这次上访的目的也基本达到了。于是，上访群众渐渐散去。

在尹志刚办公室，通过三位村民代表的口头反映，尹志刚基本掌握了事情的来龙去脉。

原来，雨家坳村的村民将钱存在村信用社专干韩狗生那里，韩狗生采取开假存条、打白条的形式，将存款据为己有。前几日，有村民拿着存折去镇信用社取钱，开始说取两千，工作人员扫了折子，说取不出；那取一千吧，工作人员又扫了折子，还是说取不出。村民急了：“你们这么大的信用社，怎么连一千块钱也取不出来呢？”工作人员告诉村民：“不是我们这里取不出钱，是你这存折上根本就没钱！”

怎么会这样呢？明明将钱存在韩狗生那里的，怎么存折成了一张废纸，里面没钱了？

从镇信用社回来的村民急忙去找韩狗生，事情才得以败露。这事，一下就传开了。凡存了钱的村民，纷纷去镇信用社核对存款数目，发现有很多类似情况。于是，才发生了上面那一幕。

黄金山对尹志刚说：“这已经不是一桩简单的经济纠纷，要不要向县公安局经侦大队报案？”

尹志刚沉思了一会儿，摇头道：“公安一介入，肯定是先逮捕人，后侦办。现在问题的关键是，人逮到了，这钱怎么办？”

三个村民代表面面相觑，觉得尹志刚的话有道理，忙建议道：“人逮到了，钱没了，这可不行，我们也不想让他蹲大狱，只让韩狗生将本钱退给我们，我们不要利息了。”

尹志刚点了点头，对三名村民代表说：“还是请三位先回去做好其他村民的思想工作。这事闹大了，肯定将人逮捕，一旦人逮到了，钱能不能追回来，我也不敢保证。今天下午，我和黄镇长来村里找韩狗生，解铃还须系铃人，争取让他把大家的钱还上，怎么样？”

三位村民代表听了尹志刚的话，觉得只能这样了，于是，叮嘱尹志刚几句“下午一定来处理”之类的话，回去了。

打发走三位村民代表，尹志刚正想跟黄金山好好商量，下午如何处理雨家坳村这个事，岳峰敲门而入，说刚从县里开了一个紧急会议，立即前来向尹书记汇报一下会议精神。岳峰朝黄金山笑了笑，说：“正好是你农村片的工作。”

岳峰给自己倒了一杯水，一饮而尽，抹了两下嘴巴，说：“县委、县政府又安排了一项新工作。这项工作往年是没干过的。”

尹志刚一听，忙问什么新工作？

岳峰从手提包里拿出一份会议文件，说：“全名叫耕地抛荒复垦。”

原来，香江市委新来的金书记新官上任三把火，马不停蹄到下面农村跑了一大圈，回去后结合香江市农村实际和国内外形势，布置了这项耕地抛荒复垦工作。

市委金书记在市委常委会上痛心疾首地指出：“当前，国内猪肉价格越来越涨，闹得老百姓谈‘肉’色变。大家也明显感受到，国内外的粮食供应越来越紧张，农产品价格直线上涨，有些国家甚至严格限制粮食出口。这是近年来少有的现象。这无形之中透露出一个信息，世界粮食储备不大不小出现了一些问题。而我国作为一个人口大国，二十世纪六十年代，我们曾经遭遇过粮食危机，如今六十岁以上的人，对那忍饥受饿的日子，记忆刻骨铭心。所以，对于这个粮食问题，我们党委、政府，从来不敢掉以轻心。”

市委金书记说到激动处，还抡着拳头狠狠地捶了几下桌子，感叹道：“同志们，这个问题细思极恐啊！中国有句老话，叫‘民以食为天，食以农为先’！这些年来，感谢袁隆平院士的杂交水稻，让我们吃了几年饱饭。但我们不能吃了几天饱饭，就忘记了粮食危机。大家发现没有？这些年来，因为农村主要劳动力外出务工，留在家里的都是老弱病残，所以，现在农村许多良田沃土，都杂草丛生，荒弃了，多叫人痛心呀！所以，这次市委下定决心，以铁的手腕整治耕地抛荒这个‘顽症’。”

如何将饭碗牢牢端在自己手里？那么，耕地抛荒复垦，让农民种粮能获利、多得利，敢种粮、种好粮，这确实是一个严重问题。

尹志刚又想到了那句老话，上面千条线，下面一根针。上面的领导下指示、出方针、指方向，下面的干部就得想办法、抓具体、抓落实。如此说来，这副重担又压在了乡镇干部的肩上。

岳峰继续贯彻会议精神：“县里规定，凡连片抛荒超过五亩的，给予乡镇党政一把手行政记过处分；凡连片抛荒超过二十亩的，先免职再立案查处。”

因为时间紧迫，工作任务繁重，尹志刚当即决定将其他班子成员通知来办公室，简单地开个会，主要是统一思想，明确责任，具体安排部署这项工作。

会上，尹志刚先就抛荒复垦工作，做了中心发言。

尹志刚说：“同志们，今天安排的农村耕地抛荒复垦工作，是市委部署的一项重要工作，这项工作站得高、看得远，很接地气，我认为是英明的，是非常及时和必要的，大家平时下村开展工作，看到了成片的良田沃土，因为缺少劳动力、价贱伤农等各种原因，没耕种，被荒弃了，杂草丛生，一片荒芜，可能在座的各位，早已见惯不怪了，变得麻木不仁，习以为常，仔细想来，确实是个大问题啊！”

尹志刚从耕地抛荒，谈到了粮荒的问题，又说：“十四亿人的口粮问题，是一个大问题。大家都明白，如今，农村的青壮年现在都漂在城市里，农村空巢，只有老人和留守的妇女在家种点粮食。六〇后渐渐老去，七〇后可能还懂点种地，八〇后很少有人懂了，九〇后可能连自家地头在哪里都不知道，〇〇后基本是四体不勤五谷不分了。那么问题来了，等六〇、七〇后这两代人老去了，这地谁来种呢？”

尹志刚思路打得很开，谈到了问题的严峻性、实施的困难性，但说来说去，还是一句话，要不折不扣去开展这项工作。最后，经大家讨论，形成共识，开展抛荒复垦工作，大致分三步走：第一步，调查摸底；第二步，抛荒复垦；第三步，检查验收。

黄金山又让小廖通知各驻村干部，紧急召开会议传达精神。在传达会上，有些驻村干部不理解这个新政策，纷纷质疑道：

“农民种不种田，关政府什么事呢？”“农民不种田，最直接的原因是农产品价贱伤农，种田没指望。农民不愿意种田，还能逼迫人家去种吗？”“现在的农民金贵得很，随便到哪里做一天工，工资是两百多块钱，哪个还愿意下地种田呀？”“再有，如今农村主要劳动力都外出务工了，留在家里的是老弱病残，哪有能力捉地种田啊？”“人家不种田，但有米下锅，也不行吗？”……

黄金山本来自己也有思想疙瘩，面对驻村干部一连串问题，黄金山无言以对，于是屁颠屁颠去向尹志刚讨要说法。

“他们是普通干部，有点想法发点牢骚，可以理解的，但你作为一个领导干部，怎么也是这点觉悟呢？”尹志刚明白黄金山的来意后，狠狠地批评道。

一见尹志刚发了脾气，黄金山就低下了头，坐在尹志刚对面，既不申辩也不离开。

尹志刚知道黄金山的心结还没有打开，低声开导起来：“从国内国外和当前的形势来看，这政策无疑是正确的，这一点我们不应该有什么质疑。我国是一个人口大国，一旦粮食出现了危机，后果不堪设想。这些年，老百姓的肚子吃饱了，好了伤疤忘了疼，田荒了，餐桌上浪费严重了。现在，上面认识到了这一点，我觉得非常及时。换一个角度讲，上面的决策部署，我们也只能不折不扣地执行。我们城关镇有困难，其他兄弟乡镇难道就没有困难，我想，人家乡镇的困难，比我们还严重，那些边远乡镇，荒芜的田地比我们多得多。有困难，可以想办法，是不是？”

尹志强看了一眼黄金山，喝了一口茶，又说："县委李书记在会上再三强调，上面布置的工作任务，就是政治任务，政治是不要讲道理的，懂吗？"

黄金山挨了批评，默不作声出了尹志刚的办公室。

第二十五章

下午，尹志刚带着黄金山还有驻村干部朱小丽，驱车去了雨家坳村。在下村之前，尹志刚基本了解了一下情况，事情的前因后果是简单的，就是村民来韩狗生这里存钱，他开了假票或打了白条，钱被自己挪用了。但处理起来很复杂，这次去找韩狗生，当面了解一下详细情况，最关键的是，看他是个什么态度。

车上，朱小丽哭丧着脸，对尹志刚说："尹书记，我的车昨晚被偷了。"

"什么车？"因为治安不好的原因，尹志刚对摩托车、电动车被偷盗的事时有耳闻，老百姓对此也见怪不怪了。

"我那台小车呀，买了还不到半年，包括上户花了二十多万，这样一下就没了。"朱小丽非常心痛和惋惜。

小车被盗的事，倒还是很少听说。尹志刚又问："小车停哪里被盗的？"

朱小丽说："昨晚小偷潜到我卧室里，将钱包和车钥匙一并偷走了。今天上午我去交警队查了路网监控，小偷驾着车从香江市上高速，往南下广东方向走了。"

朱小丽说得跟小说情节一样，小偷竟然入室偷了钥匙，再到车库将车偷走。尹志刚摇头道："报警了吗？"

"报了。但派出所只作了登记。说偷盗的事太普遍了，几乎每天都发生，派出所哪有时间和精力去管这些小事情。"朱小丽又自言自语道，"真不知道，他们的精力都用来管哪些大事情了？”

黄金山插言：“对于这类偷盗案件，查起来很费精力，就算追回赃物，所花费的代价说不定比追回赃物的代价更高。”

朱小丽叹了一口气，说：“派出所的人说，只有等下次抓获了偷盗团伙，等人家自己供出来，才有希望。”

“这样比大海捞针的希望还渺茫！”黄金山也感叹道。

尹志刚本来掏出手机，想给派出所胡子洪打个电话，想了想，觉得意义不大，不打也罢。

车很快就到了雨家坳村。近几年，县里提出“做大城镇，做旺旅游，做强工业”的战略口号，将雨家坳村也纳入了城区开发范围。根据规划，村里两纵两横的道路正在动土兴建，路基拉通了毛坯，几辆推土车正在紧张施工，扬起的尘土就像黄雾一样，让人睁不开眼睛，偶尔有几辆车通过，车后立即扬起了一条“黄色的大尾巴”，久久不能散去。

因为刚开发不久，村里除了主要街道两旁砌了两排新房外，其他大多数房子还很陈旧，有些村民土地被政府征用了，按政策补了钱，村民们拿这钱又在街道旁买地皮砌门面，所以，他们口袋里的余钱并不多，存在信用社的钱，据统计不到两百万。

朱小丽带路，尹志刚首先来到存款最多的韩得生家里。听说镇党委书记亲自登门为自己追钱而来，韩得生欢喜得又是搬凳子又是倒茶水，还让媳妇去小卖部买了袋瓜子。

落座，黄金山就跟韩得生介绍说：“得生，尹书记上午许诺亲自前来处理韩狗生的事，这不就来了解情况了！”

韩得生忙不迭地说：“尹书记，快坐，快坐，先喝茶！”

尹志刚对韩得生说：“你先把情况讲一下吧！”喝了口茶，补充道，“请实事求是地反映情况。”

韩得生点着头，立即起身去了房内，从衣柜一角翻出一张纸条出来，递给尹志刚，激动地说：“尹书记，你看，这就是韩狗生当时打给我的白条子。”

尹志刚接过条子，上面写道：

今韩得生存24200元到村信用社，因站里存款折子已用完，下次补发。以此为据。

韩狗生

某月某日

尹志刚看着这张白水条子，真是哭笑不得，皱着眉头又问：“他打个白条子给你，你也同意？那你事后怎么没索要存折呢？”

韩得生解释说：“尹书记，我后面去找他要了一次，他说没领到，并付给我二百六十块钱，说是利息。这样，我就相信他了。”

尹志刚不免打心底叹息。这个雨家坳村地处城郊接合部，平时的通信信息还算便捷的，想不到村里的老百姓竟还是这个觉悟和水平，相对而言，那些偏远的地方，又会是个什么状况呢？现在全国上下都在普及法制教育，但真正让村民懂法、守法，看来任重而道远啊！

尹志刚安慰了韩得生几句，就起身去另外几家了解情况。调查结果大同小异，有几户开了存票，但这存票是假的，韩狗生根本没把钱上交到镇信用社去。另外，尹志刚还顺便打听了一下韩得富的情况，村民客观公正地作了评价，普遍反映韩得富这人能力还不错，是个优缺点十分明显的人。在岗位上，他为村里办了几件实事，比如说为村里架通了自来水，硬化了几条组道，还修了几百米水渠，建了两个文体广场。搞这些基础设施的钱，都是韩得富从县里各单位化缘而来，没向村民集资一分钱。他的缺点是工作作风不民主，做事不会精打细算，大手大脚，独断专行，搞“一言堂”“家长制”，在村里有“山大王”作风，总认为老子天下第一，顺我者昌，逆我者亡。比如这次把集体那座山卖了，虽然得来的钱装修了村部办公楼，还买了一辆车，但都是没经过集体研究的，他一个人说卖就卖、说买就买了。

尹志刚听了大家对韩得富的评价，心里有了算盘，尹志刚觉得韩得富这个人还可用。从坏处讲，这是独断专横，做事不民主；从好处讲，这是魄力，只要加强监督，还是办得成事的。每个人都有优缺点，关键是看哪些方面的优缺点。雨家坳村刚刚搞开发，村里肯定要搞一些大建设，需要一些有胆魄的人来推动和参与。共产党的干部，就怕那些做官四平八稳，做事无懈可击，做人圆滑无方，凡事不求有功，但求无过，占着茅坑不拉屎的人。碰上那样的人就麻烦了，工作推不动，事业搞不上，既不会坏事，更不能成事，永远就是帮你守着个摊子。环顾四周，身边尽是些这样八面玲珑、无棱无角的干部。

尹志刚因为要从侧面了解韩得富，所以，这次来雨家坳村，事先没通知韩得富作陪。至于韩狗生的事，现在最重要的，是必须找到他本人。到韩狗生家时，只他老婆吴金秀一个人在家。尹志刚他们的到来，仿佛在意料之中，吴金秀一点也不感到奇怪。

还没等尹志刚开口说话，吴金秀倒先哭哭啼啼起来：“这个死鬼，拿着人家的血汗钱去赌去嫖了，他不要脸，不要做人了，可害苦了我们一家老小，在村里还怎么做人！”

见吴金秀一把鼻涕一把泪，尹志刚安慰说：“嫂子，你先别哭，我们今天来是了解情况，然后一起想办法，如何把这个事情处理好的，没别的意思。”

黄金山问：“韩狗生呢？”

吴金秀抹了一把鼻子，说：“这死鬼出门好几天了，也不知死哪里去了！”

尹志刚开导说：“事摆在这里，躲也不是办法呀！都是乡亲邻居，低头不见抬头见，癞蛤蟆躲端午，躲得了初一躲不过十五呀，是不是？”

见尹志刚说得在理，吴金秀突然瞪大眼睛，问：“那你们说，我家死鬼的事，政府会不会抓他去坐牢呢？”

尹志刚语重心长地解释：“这就要看他的态度和挽回损失的情况了。刚才我说了，我们来的目的，是来解决问题的。现在唯一的出路，是赶紧把大家的钱连本带息退回去，镇里和村民不追究了，那或许就没事了。如果现在还没认识到问题的严重性，还心存侥幸，躲在外面不面对，一旦司法介入，到时只怕是赔了夫人又折兵，既要赔钱，又要坐牢，那样人财两空，划不来呀！”

尹志刚说的是大实话。农村工作就是这样，不能全部按书本上的框框架架来办事。假如韩狗生的事报了案，警察肯定会立案逮人，到时把韩狗生关起来了，他反正是蹲几年大牢，既然人都坐牢了，那这钱怕是蛋打鸡飞。他去坐牢是罪有应得，可村民的钱又找谁去要呢？总不能再去牢房里找韩狗生要钱吧。找不上韩狗生了，那村里的人还不是天天来堵镇政府的大门？到时候，镇政府就成了冤大头。所以，这“火”在镇里能够扑灭之前，是万万不能让别人来忙中添乱的。大事化小，小事化了，自己熄灭最好了。

听了尹志刚的话，吴金秀觉得有道理，就和尹志刚说了真话。

韩狗生是外出借钱了，顺便也躲躲风头。一是怕政府来捉人，二是怕村里人来找他算账。好汉不吃眼前亏，一个字，躲。

吴金秀还透露了一个更为重要的信息，韩狗生当初做这昧良心的事，是因为打牌输了钱。可近来手气不错，以前输掉的钱，差不多又扳了回来。所以，只要不抓他去坐牢，让他还钱还是比较靠谱的。

黄金山感叹道：“黄赌毒，沾哪样，都害死个人！”

听说韩狗生的钱还有希望还上，尹志刚从心底长长舒了一口气。真是不幸中的万幸，只要韩狗生能够把钱一分不少地退给村民，镇、村干部再去跟大家做做思想工作，这事就好办了。当初最担心的，就是怕韩狗生把这些贪来的钱乱七八糟花了，现在要钱没有、要命一条，那就不好办了。

临走时，尹志刚又再三交代吴金秀：“你赶紧联系韩狗生，让他尽快来镇里将事情处理清楚，如果还执迷不悟、一意孤行，那我们只能启动司法程序，向公安机关报案。一旦公安机关介入，这事后果就相当严重，估计要吃几年牢饭了！”

尹志刚从雨家坳村回来的第二天，韩狗生就来镇里找他了。

一进门，韩狗生就不停地抽打着自己的嘴巴子，自骂道：“我鬼迷心窍！我鬼摸了头！我简直猪狗不如呀！”

尹志刚喝住道：“现在骂有什么用？你的良心被狗吃了，人家可都是血汗钱呀！”

韩狗生耷拉着脑袋，一副懊悔不已的样子，听从尹志刚发落。

尹志刚问道：“这事，你想如何收场？”

韩狗生哭丧着脸，说：“尹书记，我将大家的钱一分不少地退给他们，然后，亲自上门赔礼道歉，求得大家对我的原谅，你看这样好不好？”

尹志刚心想，现在大家最担心的，是怕存在韩狗生这里的钱没影了。现在，只要韩狗生能够连本带息将钱退回来，那是皆大欢喜的结局。

于是，紧绷着脸说：“这也是你唯一的出路。只要存款的村民原谅了你，我也就放你一马。”

听了尹志刚的话，韩狗生自是千恩万谢。临出门时，尹志刚又警告说：“这次，你是一只脚迈进牢房的门槛了，希望你不要一错再错！”

事情的发展，比尹志刚的预想要好得多。三天后，雨家坳村支部书记韩得富打来电话，说韩狗生的钱基本还清了。

挂了电话，尹志刚拨通了黄金山的号码，让他和县信用联社衔接一下，像韩狗生这样打牌赌博的人，还是不要跟钱打交道，建议他们将雨家坳村的信用社专干另换合适人选，以绝后患。

第二十六章

村级换届选举接近尾声。虽然在换届选举过程中，起了些小波小浪，但因为选举工作未雨绸缪，准备充分，对镇干部训练有素，选举都能按法定程序操作，所以，最后除了畔城村、雨家坳村出了点差错外，其他村的选举工作都圆满完成。

雨家坳村的事，尹志刚又派黄金山带驻村干部朱小丽，还有综合办主任小廖三人，以镇党委特派工作组的名义，坐在村部办公楼接待来信来访，后面，事情终于得到圆满解决。

雨家坳村韩得富卖集体山林的事，情况基本属实。但他的钱不是中饱私囊，而是装修了村部办公楼，买了一辆车，在这个买卖的程序中，没有正式召开村里的党员组长会议，没有走“四议两公开”程序，也没有得到大家的认可。

黄金山去后，又亲自召集雨家坳村的党员组长重新开了会，韩得富在会上作了自我批评，毕竟都是乡里乡亲的，很容易就得到了大家的谅解。会后，韩得富自掏腰包，给每人发了一个红包和一包芙蓉王烟，还请十几个人去城关镇最豪华的资水大酒店，吃喝了一顿。

几轮酒下来，那几个开始闹得最凶的党员组长，也主动给韩得富敬起了酒：“‘草书记’，来，我敬你一杯。”

明明姓韩，为什么叫“草书记”了。尹志刚后面了解到，这是有来历的，韩得富小时候是出了名的吵，同学都叫他“吵宝”，长大了，性格直爽，说起话来也一口一个“操”，从“吵”到“操”，村里人都用一个谐音“草”字来替代了，都叫他“草书记”。这里面，也有几分只可意会不可言传的意思在里面。

但不管什么“草书记”还是“花书记”，反正还是书记。听人家又叫起了“书记”，韩得富自是来者不拒，很快就有了几分醉意。

黄金山在一旁打圆场，一边喝酒一边附和，说：“来，‘草书记’，跟二组组长再干一杯，这叫杯酒释前嫌啊！”

“干，干！”

在此之前，雨家坳村的几个党员组长，是“舍得一身剐，敢把皇帝拉下马”的阵势，没想到几杯酒下肚，就成了一团和气。

一场热热闹闹的饭局下来，什么事都没有了。从婚外情说到目前的社会现象，从社会发展说到农村耕地抛荒，从扫黑除恶说到派出所胡子洪……反正，大家想说什么就说什么，最后，大家谈论的焦点和中心议题，竟然高度一致，那就是：“雨家坳的支部书记，还是非韩得富莫属！”

而畔城村的选举结果，又是原来的村主任孙作友以微弱的优势胜出。为了在孙姓和韩姓之间找到平衡点，畔城村的村民财务监督小组，共五名成员，孙姓两人，韩姓三人，小组长归韩姓担任。村里的一切财务开支，全部由财务监督小组审核盖章后，才能入账报销。这样，孙姓和韩姓相互掣肘，形成了有效监督。

在换届选举总结大会上，尹志刚在报告上这样概括道：“总的来讲，城关镇这次村级换届选举，在县委的正确领导下，在各位干部的共同努力下，我们圆满实现了组织意图，整个过程程序合法，风清气正，没有杂音，圆满地完成了我镇村支两委换届任务。”

关于耕地抛荒复垦这项工作，驻村干部下村调查了几天，收上来的信息一点不容乐观：

一是全镇抛荒普遍存在，抛荒面积大，平均每个村都抛荒数十数百亩，其中刘家坪村抛荒面积竟达五百四十多亩；

二是农村劳动力少，按现在的劳动力情况，根本无法在县委规定的时间内，实现抛荒复垦这个艰巨任务。就算劳动力富余的村，人家也不愿意下田种地，因为搞农业生产辛苦不说，一年辛苦下来，忙种子、忙苗子，忙除草、忙杀虫，忙施肥、忙灌溉，从早忙到晚，到头来除去农药、化肥等生产成本后，自己所赚无几，算是白忙活了；

三是村民抵触情绪大，自从田地承包责任制之后，潜意识里一直认为田地是自己的，抛不抛荒是自己的事，与政府无关。有的村民还很生动地打了这样一个比方，自己娶了媳妇回家，晚上睡不睡觉，要怎么睡觉，睡一回还是两回，不关政府的事。还说现在的干部真是闲，没什么可管了，竟然管起荒地杂草来了！

尹志刚召集班子成员，连夜开了一个党政联席会，研究和布置应对措施。大家议来议去，议到深夜十二点，也没议出个好法子来。

最后，还是“化学脑壳”岳峰，想了个不是办法的办法，获得大家一致通过。

岳峰说：“如果在规定时间内，将全镇所有荒地复垦，这项工作难度太大，个人认为是不切实际的。不妨换个思路来开展这项工作。我建议安排个时间，组织全镇所有干部，去抛荒最严重的刘家坪村帮农民开荒复垦。干部带头下地，一是给领导看，让领导知道我们城关镇对这项工作是积极主动、真抓实干的；二是给群众看，干部下田了，农民还有道理不下地吗？”

说实话，岳峰这招很高明，一般人还想不到这一层上去。城关镇抛荒程度，相比于其他乡镇，任务算轻的。如果城关镇都觉得开展这项工作难度很大，那其他乡镇更是难上加难。于是，尹志刚肯定道：“岳镇长这个想法非常好，我完全支持！”

书记、镇长都说好了，还有谁说不好？

干部下村开荒复垦那天，镇里近百号干部，不分男女和老少，每人一把锄头，一顶草帽，一块毛巾。还请来了县电视台、报社和融媒体的几个记者到现场采访。大家分坐两辆大巴车，一路欢声笑语朝刘家坪村驶去。

车上，尹志刚即兴讲话："同志们，我们今天组织下村开荒复垦活动，意义重大。一是以实际行动贯彻落实市委、县委的政策方针；二是干部下地劳作，给群众做表率、带好头，减少他们对这项工作的抵触情绪。同志们，我们以前下村比较多，但下地劳动少，所以，我们在态度上要端正，不能走过场做样子……"

来到刘家坪村，村支部书记刘志成早选好了一块抛荒已久的大水田，让这些镇干部去折腾。刘志成当了这么多年村干部，还从没见过这么多干部帮自己下地挖田的。当然，他也非常清楚，现在农民下地都靠机器耕作了。之所以这些田地荒芜，就是因为农用机械不好进场，农民不愿下地劳作。现在靠这些镇干部来翻地，用脚指头想想，都知道是怎么回事。但不忍拂了干部们一片好意，在此之前，刘志成烧了几壶茶，切了几个大西瓜，放在田地边上。

尹志刚来到田边，二话没说，就带头脱下皮鞋，撸起裤管和衣袖，第一个扛着锄头下了田。见书记带了头，其他干部都麻利地脱下鞋袜，下田一长溜排开，一个个躬着腰、撅着屁股，开始翻田。

这块田因为荒芜好些年，田里长满了一种俗名叫"铁丝草"的植物，纵横交错，密密麻麻，像在水田里结了一张厚实的网，一锄头掘下去，立即又被反弹回来。这种铁丝草的下面，一条条肥大的蚂蟥，还有泥鳅、黄鳝，在很滋润地活着。

正在尹志刚使出老力挖田时，突然觉得腿肚子上隐隐发痒，仿佛有什么东西黏附在上面，抬腿一看，竟然是一条又肥又粗的蚂蟥，正缩成一团，在聚精会神地吸血。

说实在话，尹志刚打娘肚子里出来，最怕两样东西：一是蛇，二是蚂蟥。这两样东西，柔弱无骨，悄无声息，给人一种阴森可怕的感觉。

尹志刚心里一紧，忙闭着眼睛扒掉腿肚子上的蚂蟥。尹志刚仔细察看了一下伤口，生怕把蚂蟥扒断了，这东西没有骨头，软乎乎的，好在腿肚子上只留下一个小小的血眼，伤口不大，却甚是吓人。

小时候，尹志刚听大人讲，蚂蟥咬人的时候，不要去动它，让它吸饱喝足之后，它就胀鼓鼓地掉到地面上了。因为蚂蟥在没吸饱血之前，你若去扯，弄不好就会留半截在身体里，这半截蚂蟥就会顺着血管，一直爬到心脏和脑门，然后在那里繁殖小蚂蟥。大人说，蚂蟥是杀不死，你把它剁成几段，它就变成了几条蚂蟥。想要杀死蚂蟥，只有把它丢进柴火灶里，烧成灰烬。大人还吓唬说，以前村里有人被蚂蟥咬了，几年后，一直感觉脑袋里面奇痒无比，寻医问药，都无效果，后面实在忍耐不住，就狠心大把大把地撕扯头发，一不小心竟把头盖骨扯了下来，旁边的人一看，里面竟是一窝蚂蟥。这样的故事说得让人心里发瘆。尹志刚不由又看了看腿肚子，被蚂蟥吸的伤口，正渗着一行红红的血印。

这时，经管站的朱小丽突然尖叫了一声："蚂蟥，蚂蟥……蚂蟥咬人！"只见她一蹦就蹦到了田埂上，将所有人都吓了一大跳。这样一惊一乍，吓得所有女干部都走到田埂上，不肯再下田了。对于蛇和蚂蟥这类生物，人类骨子里天生就有恐惧基因的。

电视台的记者小罗，小心翼翼地蹲在田埂上，用摄像机对着尹志刚扫了扫，又对着岳峰扫了扫，然后，再对着其他干部扫了一圈，摄像机所扫之处，大家都很配合地收敛了笑容，卖力地翻地。

整个活动不到半个小时，大家累得气喘吁吁，纷纷上了田埂，吃西瓜、喝水。

组织这次干部下地挖田，实际效果不大，但宣传作用不小，上了电视，发了报纸，还拍了图片，作为资料留存。后来，城关镇还想了其他办法，比如在抛荒的耕地里栽果树、种南瓜秧苗，隔三五米栽一株，一亩的荒地很快就种满了。再后来，没有果树和南瓜秧苗了，就租几台挖土机，轰隆隆地挖个大坑，灌满水，说是产业结构调整，荒田变成了鱼塘。总之，城关镇抛荒复垦这项工作按时圆满完成任务。李志强书记在县委开会时，还点名表扬了城关镇，特别表扬了尹志刚。

第二十七章

这天早上，尹志刚到办公室还没抽完一根烟，手机响了，尹志刚看也没看就按下接听键，电话里的声音“咿咿呀呀”有点奇怪，仿佛喉咙里卡了鱼刺一样，一看手机号码，才知道是何平凡打来的。

何平凡的声音怎么变成这样子了？尹志刚深感意外。尹志刚很惊愕地问：“何主席，你怎么了？”

“我现在县人民医院。昨天晚上，我从畔城村回来，走到半路的时候，被两个蒙面人用一个蛇皮袋子罩住头，然后被按在地上，遭棍子乱打了一顿。”

堂堂一个镇人大主席，竟然被人用乱棍打了一顿！

尹志刚感到喉咙里像是塞了什么，出气不得。略一沉吟，才问：“你在哪个病房？我现在立即过来。”

尹志刚赶到人民医院的时候，看到何平凡正呻吟着躺在床上，脑袋上缠了厚厚一圈白纱布，鼻子和嘴唇又青又肿，衣服上还有许多干涸的血印子，乍看上去，就像电视里一个在战场上挂彩退下阵来的伤兵败将。“尹书记，这几天因为村级换届选举和抛荒复垦工作搞完了，我就抓紧时间去了西城村、刘家坪村调研社会治安问题，昨天傍晚到畔城村，具体了解一下关于李德成的事。晚上往回赶的时候，天快黑了，正准备赶车的时候，没想到被人袭击了！”

其实尹志刚的心里也一直记挂着李德成的事，包括派出所胡子洪在内，种种迹象表明问题不简单，事态很严重，但绝对没想到会出这么恶劣的事。

尹志刚脑袋一激灵：胡子洪和李德成、李德成和何平凡！尹志刚一下就将这三个人联系了起来。没想到镇里刚开始调查情况，对方的反应就这么激烈，这么猖獗。如果真是这样的话，那就太可怕了。

“报警了没有？”尹志刚问。“报了，昨夜胡子洪带人来了解了情况。”“这个事看来很复杂，只怕报警也没用啊！”何平凡叹了口气，若有所思地分析道：“我平素跟人无冤无仇，为什么在调查全镇治安情况的关头，就招人夜袭了呢？这不是和尚头上的虱子，明摆着的嘛！我们的调查，已经让某些人感到了恐惧，触动了他们的神经和利益！”

尹志刚紧咬牙关，轻轻颔首。

何平凡又深叹了一口气，说：“关键是我们在明处，他们在暗处。俗话讲得好，明枪易躲，暗箭难防！”

尹志刚皱了皱眉头，说：“这样吧，你先安心养伤。这个事情，先看派出所是个什么态度。”尹志刚停了一下，又说：“个人觉得这事先别张扬出去，别人不了解情况的，认为一个镇领导竟然被蒙面人夜袭，这里面的内容，太让人产生联想了！这对你个人、对城关镇党委政府影响都不好，你觉得呢？”

“一切听你安排吧！”何平凡躺在床上，痛苦而又无奈。

尹志刚起身，给何平凡掖了掖被子，又安慰了何平凡几句，就咬着牙出了门。尹志刚突然想到了一个词：报仇！尹志刚非常清楚，自己身为城关镇党委书记，在任何事情上都要讲原则、讲法律、讲党性，当然不能用“报仇”这样的字眼，应该叫“解决”。这个问题必须得解决！尹志刚双眼直视前方，前方一片迷茫，这个事情到底怎么解决呢？

思来想去，尹志刚还是觉得应该去一趟派出所，一是了解情况，二是督促办案。虽然平时可以一个电话把胡子洪招来，但这次必须亲自前往，去与不去，效果还是不一样的。去了，至少可以证明一点，城关镇党委政府对这件事，是非常重视的！

赶到派出所值班室，里面只有一个人在值班，可能是新分配来的，两人互不认识。尹志刚问胡子洪去哪了？值班的民警用手指了指楼上，又继续玩他的手机游戏。尹志刚匆匆赶到二楼，门是虚掩的，尹志刚也没敲门，就径直推门走了进去，里面的场景让尹志刚大跌眼镜，目瞪口呆。

胡子洪正打着赤膊，嘴里叼着一根粗大的雪茄烟，和两位民警，一名社会青年，四人正围在一起打扑克牌。房内烟雾冲天，满地烟蒂和烟灰，胡子洪的胸前还摆了一沓人民币，看样子手气不错，“战果”辉煌。

尹志刚见了这样的场景，心里一股无名火直往上蹿。叼雪茄一般是电影里黑老大的做派，没想到尹志刚在城关镇派出所见识了这样的场面。作为政府公务人员，特别还是为群众服务的窗口单位，在上班时间，办公场所，你端的是国家的饭碗，吃的是纳税人的饭，就得有一点“公家人”的样子。打着赤膊叼着雪茄，这副形象若被老百姓看到了，会作何感想呢？

尹志刚在心底恨恨地骂道：“原来基层干部的形象，就毁在你们这些人手里！”

见有人冲进来，那位小青年很气愤地朝尹志刚吼了起来：“你瞎眼了，进屋也不敲门？”

胡子洪见是尹志刚，立即反应过来，朝那毛头小青年骂道：“你才瞎眼了，连尹书记都不认得？”边说边起身搬了条凳子给尹志刚，其他人见状赶紧收了牌。那毛头小青年自知无趣，脚底抹油，溜之大吉。

尹志刚忍着怒火，直奔主题问胡子洪道：“昨天何主席被殴打一事，是个什么情况了？”

“尹书记，这事很为难啊！我们向何主席调查情况，让他谈谈事情的先后经过，可他老人家连行凶者长什么模样都说不出来，这事的起因后果，也谈不出，我们对这个案子也是大海捞针，瞎折腾了一天，什么线索都没找到！”胡子洪说着双手一摊，一脸为难的样子。

“你们现在不应只找何主席调查情况，而是应该去村里多走访，及时调取路口的监控，具体情况具体分析，看如何能找到一个突破口。牌桌上是破不了案的！”尹志刚说话的声音越来越大，话讲得很重，眼睛紧紧盯着胡子洪，又一脸不悦地补充说，“这个案子性质不同，堂堂一个镇人大主席，竟被人蒙面、殴打，事情没个结果，镇党委政府，包括你派出所在内，都不好交代的！”

因为派出所的人权、财权都不归城关镇管，所以，派出所虽然也是镇属部门，平时相互还是很客气的。但此情此景，不由让尹志刚怒火中烧。尹志刚气咻咻地说完，就起身头也不回出了门。在回镇里的路上，尹志刚接到李志强书记的电话。李志强在电话里很严肃地说：“志刚，你来我办公室一趟。”

尹志刚的心一下就提了起来，几乎堵住了嗓子眼。李志强在电话里什么事也没说，这样一句没头没尾的话，让尹志刚丈二和尚摸不着头脑。难道何平凡被殴一事，这么快就传到李志强那里去了？尹志刚暗自猜测。

尹志刚让小彭赶紧调转车头，径直朝县委大院驶去。

虽然县委大院和城关镇政府相距不过一千米路程，但平时除了开会，尹志刚很少去县委大院，自来城关镇之前那次谈话后，尹志刚再也没单独去李志强办公室汇报过工作。

尹志刚敲开李志强办公室的门，李志强只抬了一下头，又低头看文件了，跟上次的热情接待截然相反。一时弄得尹志刚站也不是坐也不是，像小学生见了老师一样，胸口怦怦直跳。

“李书记，您找我有事？”过了好一会儿，尹志刚才轻声问。

李志强还是没正眼看他一下，只递给他一个信封，不紧不慢地说：“你先看一下这个！”

尹志刚接过信封，从里面掏出一份厚厚的材料，一目十行，草草看了一遍，原来这是一份举报自己的材料。

不等尹志刚说话，李志强说：“接到这材料之后，我立即安排人做了调查，调查结果是举报内容和事情真相出入很大，所以，我今天才放心将这材料交给你，希望你从举报材料上认真审视自己，有则改之，无则加勉！”

然后，李志强还说了一些话，但此时尹志刚的思绪混乱，无心再听下去了。尹志刚心里仿佛有千万句话要讲，但又不知从哪一句开始讲，从哪里讲才讲得清楚。从李志强办公室出来，微风一吹，不觉背脊上，早已冷汗涔涔。

第二十八章

李志强给尹志刚的那份举报材料，一般来说，不管举报者的举报内容是否属实，被举报人都不能拿走举报信的，至于举报信的内容，应该由相关职能部门予以查证，根据查证结论做出相关的处理意见。

而李志强将举报信直接给了尹志刚，足以证明李志强对尹志刚是充分信任的。尹志刚紧紧攥着这份举报材料，感觉既是一份鞭策，又是一份沉甸甸的爱护。

材料里“有根有据”地反映尹志刚当后台老板，参暗股和小舅子开美容美发店，藏污纳垢，进行嫖娼卖淫等不法勾当，还支持包庇老婆聚众赌博，多次被公安机关捉拿现场，社会影响十分恶劣，另外，还有一些莫须有的男女关系方面的事……

尹志刚拿着这样一份材料，如双手捧着一块烫手山芋，心头百感交集。是啊，人在江湖走，哪能不挨刀？就算挨了刀，还得继续走！

好在李志强将材料交给尹志刚的时候，还说了这样一句：“用人不疑，疑人不用嘛！”李志强深深地吸了一口烟，悠长地吐出烟圈，眼睛很关切地看着尹志刚道：“我们党的组织原则，是既要保护每一位好干部，但又不能包庇任何一位坏干部。你还年轻，你的路还很长，要珍惜自己的羽毛，在干好工作的同时，更要学会保护自己！”

回想起李志强的话，就像是一位受人尊重的师长，在跟一位学生谈心。当时听了李志强这番话，尹志刚眼泪都差点涌了出来。是的，组织上还是信任自己的，自己问心无愧，这已经让人感到很欣慰了。

但组织上的信任和自己问心无愧还是远远不够的，因为，这些东西别人无从知晓，别人相信的是事实，甚至是那些表面上的事实。而自己现在站在城关镇的舞台中央，难免有些居心叵测的人躲在暗处放冷箭、泼污水。

这些冷箭和污水汇聚到一起，就会变成一股可怕的浊流。众口铄金，积毁销骨。尹志刚突然感觉有一股邪恶的力量，正在跟自己较量。

不做亏心事，不怕鬼敲门。

想到何平凡晚上被袭，自己凭空被诬告陷害，这些都不是空穴来风，只说明了一个问题：城关镇党委、政府目前开展的工作，已经触动了某些人的根本利益，现在他们像一条被逼急的狗，开始跳墙，并准备穷凶恶极地反扑过来！

尹志刚回到家，恰巧胡一枝刚从外打牌归来，今天肯定手气不错，看她开心的样子，喜形于色，脸上像绽放的玫瑰花。

尹志刚却低沉着头，一脸不悦。一喜一忧，形成了鲜明对比。

进了卧室，胡一枝对着镜子，一边描画着眼眉，一边漫不经心地问："今天是挨领导训了，还是挨老百姓骂了？看你哭丧着脸，像个青猴腚。"

尹志刚平时工作上的事，从来不喜欢对胡一枝说，但今天不同，觉得这事应该好好和她谈一谈，因为这事多少跟她有些瓜葛。

"你看看这个。"尹志刚将李志强转来的材料，递给了胡一枝。

胡一枝瞟了一眼，手也不伸一下，回道："那些黑蚂蚁爬墙一样的东西，我才没心思看呢！"

"你必须看，都是你惹的好事！"尹志刚有些愤怒了。

"我惹什么事了。我一没偷汉、二没杀人、三没放火，我三条路走中间一条，我给你惹什么事了？嗯？"面对尹志刚的愤怒，胡一枝毫不示弱，说起话来就像放连珠炮一样。

"别人在告我黑状啊！说我是黑后台，支持你弟弟开店卖淫嫖娼，支持你打牌赌博！"

“你不是正气凛然嘛！你不是铁面无私嘛！怎么还会有人告你黑状呢？你看看人家，一人得道，鸡犬升天，家里没工作的解决了工作，还要挑精拣肥进好单位，家里的穷光蛋亲戚也变得富裕了，一个个人模狗样地成了暴发户！而你呢？硬是倒了八辈子血霉，我弟开个小店被派出所查不说，自己打一下麻将还被抓进局子里。”胡一枝一下子就没完没了地数落起来，“你看，外面哪个不打麻将，城关镇麻将馆不说上千家，几百家总是有吧？你看哪个因为打个小麻将又被捉了的？”

尹志刚气得手脚发抖，指着胡一枝吼道：“这是你讲的呀！跟着我倒霉，那你趁早离了，免得再倒霉！”

“你想跟我离婚？”胡一枝瞪大了眼睛，还嘴道，“我告诉你，你别用离婚来吓唬我，我先跟你讲明白了，离婚对你可没有什么好处。”

尹志刚的母亲听到房里吵起来了，站在门口，想插嘴说几句，但话到嘴边又咽了下去，觉得帮谁都不是，于是，急得直抹眼泪。

尹志刚觉得这个家真是待不下去了，眼不见为净，就转身出了门，不如出去透口气。

尹志刚顺路叫上了小廖，一起开车来到雨家坳村，想亲自去看看胡小枝开的美容美发店到底是个什么样子。如今，自己不明不白背了黑锅，黑材料如果又举报到市里省里，到时上面调查起来，自己连什么情况都说不清楚，要死也要死个明白呢。

雨家坳村在县城的西南角，毗邻香江市。资水县和香江市新修了一条大道，大道横穿雨家坳村，自路修好后，资水县委政府审时度势，确定了“新城西拓”新战略，这里成了一片新开发的热土。

因为刚开发，街道两旁大兴土木，不是大搞建设，就是在装修门面，到了傍晚，街道上却人烟稀少。毕竟是新开发地段，人气还是没聚集起来。

有一处已经搞好的店面，因为附近尘土飞扬，不好做其他生意，就开了一排美容美发店，但真正美容美发的并不多。

小廖跟在尹志刚屁股后，一脸蒙逼的样子，不知尹志刚葫芦里卖的什么药，但也不好明白地问，所以，就不紧不慢地跟着，尹志刚走到哪，他就跟到哪。

尹志刚径直走进一家霓虹闪烁的“爱不完”美容美发店，里面坐着十几位打扮时髦的小姑娘，都穿着超短裙，紧身上衣。

尹志刚两人一进店门，就有几个小姑娘围了上来。“先生，洗面还是按摩？”“哥哥，保证很全面很到位，让你很舒服滴！”一个个都荡着笑脸，自我营销。

这时，一位老板娘打扮的中年女人走了过来：“老板，姑娘们全部在这里，请随便挑随便选，保证你满意为止！”

尹志刚突然就想到了菜市场的情景，自己是一位买菜很挑剔的主妇，这些小姑娘，就像是菜市场的猪肉、牛肉，或者是羊肉……

尹志刚问道：“洗面多少钱？按摩又是多少钱？”“洗面五十元，中式按摩八十元，泰式按摩一百六，做到位的话，小费两百五。”

听到两百五，尹志刚就想笑。“什么才算做到位？”尹志刚不解地问。“老板，你上楼就知道啦！”老板娘笑得很媚很勾人，然后，半推半就想送尹志刚上楼。

这时，一直跟在尹志刚身后的小廖急了，扯着尹志刚的衣袖说：“尹书记，我们还是到别处看看吧？”

老板娘一听“尹书记”，便立即收敛了笑容，一本正经的样子，忙改口说这里是很正规的服务，没了刚才的热情，好像见了瘟神似的，只想他们两个快点离开。

尹志刚两人又走访了其他几个店，里面的服务内容大同小异。尹志刚心想：“别人告状，也不完全是冤枉啊！别人能开这种店，自己的小舅子怎么也开这种店呢？这不是明摆着给自己搞事情吗？”

回家的路上，尹志刚打发小廖先开车回去，自己单独散散心。背着手，脑海里思绪万千。或许，自己跟胡一枝的缘分真的走到了尽头吧！假如跟一个人在一起，没有了起码的感情基础，没有了相互的理解和信任，假如相互除了伤害，没了安慰和搀扶，那在一起还有什么意思呢？

“离婚！”尹志刚的脑海里，突然闪出了这两个字眼，并且，那种感觉越来越强烈。

尹志刚很清楚，作为一名共产党员，作为一名世俗观念尚未完全开化的小地方基层领导干部，作出“离婚”这样一个决定，意味着将面对多少闲言碎语，多少阻力和猜测。但尹志刚顾不了这么多，宁为玉碎，不为瓦全，没有感情的婚姻，是不道德的。

尹志刚握着的拳头紧了紧，终于在心底下定决心：离婚。

经过县人民医院，尹志刚顺便上楼去看了何平凡。何平凡的伤势只是皮外伤，所以好得很快。见尹志刚深夜来看自己，何平凡甚是感动，忙从床上坐起来，从床边上拿了一根烟递给尹志刚，说：“尹书记，这么晚还跑来做什么，不早点休息？”

“从这里经过，顺便来看看你。”尹志刚接过烟，点了火。

一见尹志刚神色不对，何平凡关切地问：“尹书记，你还好吧？是不是遇到什么事了？”

“没事没事，就来看看你。”刚点上烟，尹志刚意识到这是医院病房，赶紧又将烟熄灭了。

尹志刚越想掩饰，便越露马脚。何平凡以为尹志刚担心自己的事，便安慰说：“尹书记，我的事你不要太操心了！若要人不知，除非已莫为，我们迟早会知道真相的。”

尹志刚认为在真相没弄清之前，说什么都是多余的，只好安慰何平凡几句，就匆匆回去休息了。

第二十九章

翌日清早，尹志刚起得有点晚，思绪也有点乱。在办公室，尹志刚一大早就接到县委组织部凌风的电话，凌风在电话里说：“老同学，有这么一件事，看你能否帮得上忙？”

尹志刚说：“凌大部长有事请尽管吩咐，小弟我一定尽力而为！”凌风说：“是这样的，县人大想要个写材料的年轻人，看你们镇里有合适人选没有？”

尹志刚半是玩笑半是认真，道：“当然有，我这里兵强马壮，人才济济，推荐的人选，保证让组织和部长满意。”转念一想，这样的好事，哪里是帮人家的忙，分明是凌风在帮自己忙呀。

凌风客气地说：“那好那好，这事就拜托你了！”

挂了电话，尹志刚一下就想到了综合办小廖，这小伙子机灵活泛，笔头功夫也过硬。尹志刚深知，作为一个镇党委书记，向组织推荐优秀干部，是义不容辞的职责。但到城关镇以来，一直缺少这样的机会。

尹志刚这般想着，拨通了小廖的号码，将县人大要人并准备推荐他的事说了。小廖在电话里千恩万谢，客气话说了好几遍才挂电话。

说起这个小廖，还真有那么一点意思。

小廖从学校毕业后最初分到一家企业，在企业一待就是九年，从最基层的工作干起，一步步干到副经理的位置，可还没在副经理的位置上焐热屁股，企业改制了，成了一名下岗职工。小廖下岗不下志，勤奋自学，又报考公务员，而且一考就中，因为擅长写作，城关镇又需要一个写材料的年轻人，于是，就直接分到了城关镇。

到了城关镇，以前的功劳苦劳，一笔勾销。他从一个新兵蛋子开始，付出了三年的青春和汗水，坐上了党政综合办主任这个位置。官不上品，只是一个正股级。假如调去县人大，这里的成绩肯定又是一笔勾销，到了新岗位，又是新兵蛋子一个。

其实小廖已经不“小”了。论年纪，小廖比尹志刚只小三岁，现在上面提倡领导干部年轻化，特别是县一级，有些机遇抓得好的人，二十出头三十不到，就已经坐上了重要职能部门的领导位置，而小廖，这样转来转去，永远是新兵蛋子一个。

正在尹志刚东拐西想的时候，小廖敲门进来。

尹志刚跟小廖分析了一下形势。人往高处走，水往低处流。县人大属于重要机关，在县里级别高，县委书记是正处级，县人大常委会主任也是正处级，所以，去这样的单位容易上台阶，搞个三五年，解决了副科待遇，就“可上可下”了。

一听“可上可下”，小廖似乎有点不太明白。

尹志刚解释说：“可上，就是有机会调往市级机关，你有写作特长，现在许多单位正缺笔杆子，需要你这样的人才；可下，即使不能往市里调，那你再到下面乡镇来，当个人大主席是不成问题的。假如你待在城关镇想当人大主席，前面还有许多道坎要跨要迈，比你资历老的人多了去了！”

小廖听了尹志刚的分析，觉得不无道理，却还是谦虚地说：“尹书记，我能调去县人大，已经是烧高香了。”

这时，小廖突然想起一件事来，不由问道：“尹书记，我虽然进公务员队伍几年了，但对人大的工作性质还是一知半解的。”

尹志刚想了想，说：“党委是领导机关，党领导一切。人大是权力机关，代表人民行使权力。咱们资水县人大屈主任人很好，来资水县十多年了，从宣传部部长到常务副县长，再从专职副书记到人大常委会主任，每个岗位上都干出了响当当的业绩，特别值得一提的是，屈主任在资水县老百姓当中口碑甚高。大家都不叫屈主任，而尊称为‘屈老’。你找机会多向屈主任学习，好好向屈主任汇报一下思想吧。”

第三十章

幸福来得很快。

小廖的调动手续办得十分顺利。

小廖走的那天，尹志刚在饭店摆了一桌，为小廖送行。

送走了小廖，尹志刚准备叫上何平凡，一起下村去了解一些情况，关于刘家坪村刘良的事。

尹志刚打电话给何平凡，没想到他也正有此想法，两人不谋而合。于是，尹志刚叫上小彭去接何平凡，一起朝刘家坪村驶去。

车上，何平凡从口袋里掏出一封信，递给了尹志刚。信是畔城村一位高中学生写给老师的，而那位老师正是何平凡的妻子，自接到这封信后，觉得事情不简单，就转交给了何平凡。

信是这样写的：

尊敬的老师：

您好！今天，我要跟您反映一件很严重的事，是关于我们村里疯狂赌博“六合彩”的事。

自从前年以来，我们村里开始流行一种叫“六合彩”的赌博，乡亲们也叫它为“买码”。自从这种赌博进入村里以来，便一夜之间开始流行。现在，你只要一到我们村，就会看见不少村民正围在一起讨论着什么“原版诗”，还有什么“白小姐”“曾道人”出版的“码报”。

据邻居介绍，他们周二、周四、周六的下午在手机上投注，投注就是填写一个0—49的数字就可以了。晚上九点半钟便有中奖结果。如果你中注了，立即就会有人从手机上转钱给你。邻居还说，从“原版诗”和“码报”中，可以知道哪个号码可中注。据说，这是“外围码”，共有一至四十九个号码。在我们村，绝大部分投的是特码，特码只有一个号码，如果中了，将得到四十倍的赔率，意思就是说，假如你买一百块钱的特码，中了的话，就可以得四千块钱的奖金，买一千块就是四万。但是，中特码的机会是四十九分之一，中奖的机会极少。而我的邻居乡亲，正是因为这四十倍的巨大诱惑，使得他们像被洗过脑一样，痴迷于那个神秘的特码，疯狂赌博。在参赌者们的钱源源不断流进庄家口袋的同时，地下六合彩也像是一台抽血机，抽空了乡亲们的经济收入。

据初步调查，我们村里五百六十户人家，仅有五十来户不参赌。据说，仅有七户说是没赔本，特别是有一户人家，一次中了二十八万，这个事情在我们村里，成了赌徒们口耳相传的事例。但还有一位村民没这么幸运，他下了两千元赌注，中了特码，按道理可得八万的奖金，没想到那庄主卷钱跑了。这位村民也因为受了打击，精神都失常了。买这种“六合彩”，绝大多数人家都赔进上万元，少的也赔了几百几千。参与投注的有八十多岁拄拐杖的老人，也有初中生，甚至小学生，他们凑着零钱投注。更荒唐的是，许多村民为了能中特码，天天求神拜佛，希望菩萨能保佑自己发大财中头彩，简直想钱想疯了。

有一期买码，光我家周围八户人家，就输了三千元以上，越想中奖，越中不了，投入的钱都打了水漂。我粗略计算，今年以来，我们村里被刮走的钱就超过了一百多万。您可知道，我们村虽然靠近城区，经济相对活跃一点，但村民的钱多数是靠政府征地补偿得来的，他们拿这些钱不是投资于生产，而是用来赌博，将来把卖地的钱都输光了，做生意没了本钱，干农活又没了赖以生存的土地，大家的日子怎么过呢？

如今，人们见面不是说“吃了没”，而是问“中了没”。因为赌博，村里的社会治安越来越差，常常有偷盗、抢劫的事情发生；因为赌博，有的人借高利贷无钱可还，而被放高利贷的人追得远走他乡，甚至还有一些恶性事件发生；因为赌博，有的人患上了精神病，就像范进中举一样，见人就叫：“中奖了！中奖了！”

尹志刚看完信，沉默不语，只将信纸轻轻折好，装进了自己公文包内。

车驶到海棠村，因为正在修路，车辆无法通行，三人只能下车，沿着村道，一起步行去刘家坪村。

一个多月没来，海（海棠村）刘（刘家坪村）村路已现雏形，路面水泥已经铺好了三分之二，水泥路面两旁的护基，还有些地段未填好土。在刘家坪村的界边上，还立了一块水泥路碑，上面写着“城关镇刘家坪村”。顺着水泥路，尹志刚来到刘志成家。刘志成正在偏屋里忙猪食活，尹志刚对屋里喊：“志成书记，在家吗？”

“在呢！”刘志成在里面应道。

尹志刚应声寻进偏屋，刘志成一见是尹志刚，赶紧放下手中活计，在旁边的铝盆里草草洗了一下手，赶忙去倒热茶。

尹志刚拦住说：“志成书记，别客气了，我们这次来，主要是想了解一些情况。”

“哪敢烦劳尹书记亲自上门呢？您打个电话，我去镇里就是嘛！”“你们村刘良的事，应该清楚吧？”“知道个大概，刘良前一段腿摔断了，现正在家里养伤呢。”

尹志刚说：“那正好，你带我们去他家一趟。”

刘志成家在村头，刘良家在村尾，走路要花半个多小时。

仲夏的乡村，知了在树上不知疲倦地歌唱，一只大黄狗，趴在自家的屋门口，吐着长长的舌头，打着盹儿。偶尔有陌生人经过，也只是有气无力地吠几声，当黄狗对着尹志刚吠的时候，刘志成就冲在前面，将狗赶到一边，骂道：

“炖砂锅子的，见了贵人也乱吠！迟早要炖砂锅子的！”

在一个墙旮旯里，有两个小朋友正在边唱边跳：“你拍一我拍一，一个小朋友开飞机；你拍二我拍二，两个小朋友来扯锯；你拍三我拍三，三个小朋友吃饼干；你拍四我拍四，四个小朋友写大字；你拍五我拍五，五个小朋友打锣鼓……”

见到有生人来，小朋友立即停止了游戏。刘志成对其中一个小朋友说：“我带叔叔们去刘伯伯家，你快去喊你奶奶回来煮饭。”

到刘良家，刘良的娘在屋阶上剁猪草。一把把从田野里扯来的新鲜猪草，还散发着田野的气息，被刘良的娘剁成细细密密的一大堆，很有艺术和成就感。刘志成上前问：“表婶，你屋里良伢子没出去吗？”

老人抬眼一望，见是刘志成，忙停下手头的活计，回道：“刘书记，良伢子在屋里头，现在瘫在床上，哪还出得了门。”

刘良娘看到刘志成身后还跟着两位生人，便有些紧张。

刘志成告诉她说：“这是镇里尹书记和人大何主席，两位领导今天特地来找你家良伢子了解情况的。”

了解情况，还需要镇里两位领导亲临？刘良娘还是有些惴惴不安。尹志刚三人进了里屋，见刘良蜷在床上，房间里光线有些阴暗，刘良的表情显得很痛苦。一张很普通的老式木床上，盖一床有些破旧的棉被，床沿下，还摆着个铝桶，里面接了小半桶尿，整个屋里，散发着阵阵尿臊味，熏得人喘不过气来。

刘志成捂了捂鼻子，对刘良说：“这是镇里的尹书记和何主席，今天，两位领导特地来找你了解情况的。”说着，又从外屋搬了条板凳进来，尹志刚将手在鼻子前扇了几扇，吸了吸鼻子，和何平凡面对着刘良坐下。

刘良试图翻了翻身子，想坐起来，尹志刚示意他好好躺着。尹志刚问刘良：“你的腿怎么受伤的？”

刘良说：“人倒起霉来，喝水都会呛喉咙！那天在畔城村不小心摔了一跤，将右腿胫骨给摔碎了。”

“好像情况并非如此吧？”尹志刚很严肃地盯着刘良问。

何平凡插嘴说：“听人说是有人向你追债，你从四楼跳下来，摔断的？”

刘良既不肯定也不否定，手搓揉着被子一角，偏过头不说话了。

刘志成赶紧说：“良伢子，如果没有事，领导会到这里来找你吗？你跟领导要有一说一，实话实说啊。”

尹志刚解释说：“我们不是来找你麻烦的，是向你了解一下真实情况。”说着，还递了一支烟给刘良：“现在，有些村赌博之风盛行，许多老百姓被害得倾家荡产，家破人亡。这里面原因很多，甚至有一些镇村干部与社会上的地痞恶霸沆瀣一气，开庄设赌，放高利贷，趁此机会搜刮民脂民膏。听说，你也是因为借了别人的高利贷，才被逼跳楼的？”刘良见尹志刚对事情的真相了如指掌，就求饶道：“尹书记，算我倒霉，您就别过问这个事了吧！我真的惹不起他们，我上有老下有小，小命还想多活几年啊！”刘良停了一下，又支支吾吾道：“再说，欠债还钱，杀人偿命，从古至今就是天经地义的事。”

“你怎么这么糊涂啊！欠债还钱是不错，但你这个债是什么债？你这个息是什么息？你以为你摔断一条腿，他们就会放过你了？”见刘良油盐不进，何平凡有些发火了。

尹志刚也帮刘良分析了事情的利害关系：“你这个债是赌债，是高利贷，是不受法律保护的债，是你根本还不起的债！假如你还执迷不悟，任由他们为虎作伥，包庇他们，那你咎由自取不说，他们还会危害乡邻，作恶多端。退一步讲，他们也不会轻易放过你，你别想有好日子过！”

经过尹志刚和何平凡耐心细致地做思想工作，刘良终于道出了事情的真相。在畔城村，以李德成为首的黑社会团伙，开设了两家赌场，十余处“六合彩”庄家。赌场他们不设在一个固定的地方，打一枪换一个地方，并且组织严密，赌场外有专人放哨，一旦有风吹草动，哨口立即电话报信，赌徒就作鸟兽散。在赌场赌博，李德成一伙每天多则可以抽十几万少则数千元“红利”，然后，再拿这些红利去放高利贷。有些村民把家里的钱赌光了，就跟李德成去借钱，借的本钱才几千块钱，几个星期下来，利滚利息加息，就变成了几万元。

没钱还，李德成一伙就采取殴打、拘禁等黑社会手段逼债，非常残忍。

尹志刚有些纳闷，问：“出了这些事，就没有人向派出所报警吗？”“报警有什么用？派出所的胡所长就是他们的后台和黑保护伞呀！”刘良气愤地回答。

“怎么这样说？”尹志刚追问。

“我那次报了警，但李德成上午进去，下午就出来了。”

何平凡将刘良反映的问题，详细作好记录，并让刘良签了字。

临出门时，尹志刚再三交代刘良说：“不要怕，派出所不给你个说法，我们给你个说法。要相信政府，相信公道和正义，邪不压正的！”

最后，尹志刚又教育刘良说：“你看你，上有老下有小，你年轻力壮，不好好建设好自己的家庭，非得去打牌赌博，十赌九输，逢赌必有诈，现在弄成这样子，人不人鬼不鬼的，你应该好好反省一下自己啊！”

刘良低着头应许道：“以后再也不敢赌了。”

在回镇的路上，尹志刚觉得此行收获很大。尹志刚突然问何平凡：“上次的调查材料送给了哪些部门？”

何平凡说：“上次整的材料不够具体，没有事实依据，只是请求县里派一个调查组下来，走访调查一下镇里的治安状况，结果人家根本没把这些情况当回事。”

“这次，我们把材料整得具体些，然后，多送几个地方，比如县委、人大、政府、纪检、政法，都送一份。”尹志刚想了想，又说，“先不要考虑这个对镇里工作有什么负面影响，假如城关镇的黑恶势力不斩草除根，一旦出了事，只怕你我都是吃不了兜着走。”

尹志刚突然想到前几日，有一个朋友送了一个鱼缸给自己，里面还养了十二条红艳艳的发财鱼，除了发财鱼，还放了两条黑色的叫不出名字的鱼，据几日来的观察，那两条黑色的鱼相比发财鱼，更凶恶和霸道，常常它们游过的地方，发财鱼纷纷摇着尾巴让道，或慌乱地躲回到假山背后。开始，尹志刚不明白鱼缸里养了发财鱼，为什么还要养两条这样的恶鱼，朋友告诉他：“如果只养发财鱼，就容易死，放两条这样的恶鱼，它们天天追着发财鱼奔命，发财鱼反而不会死了。”

尹志刚若有所悟，真是有斗争才会有动力，有斗争才会有活力，有斗争才会生机盎然啊！

第三十一章

回镇后的几天，尹志刚和何平凡又到畔城村和西城村，了解了吴河球和王大益被李德成殴打致伤的事。经调查了解，尹志刚感到城关镇现在不单是地下“六合彩”和聚众赌博猖獗，最可怕的是，社会治安状况已经到了触目惊心的地步，黑社会势力横行乡里，作恶多端。

在人们的认知里，警察与违法犯罪分子是“猫和老鼠”的关系，生来就是天敌。猫是保家护院的忠诚卫士，老鼠则是不劳而获的强盗小偷，老鼠见了猫便只有逃命的分，猫见了老鼠也应该是箭一样冲上前去收拾治理。然而，在金钱利诱之下，如今个别地方却上演了一幕幕“猫鼠一窝”的闹剧。

面对这种情况，尹志刚和何平凡思想是高度统一的，对为黑恶势力充当“保护伞”的党员干部，深恶痛绝。

两天后，何平凡将材料整了出来。其中包括几份调查材料，还有那位高中生写的信，一起用牛皮纸信封装了数份，何平凡亲自将这些东西送了出去。

这段时间，尹志刚家里发生了一桩大事。毕竟是家事，家丑不可外扬。尹志刚对谁也没说，一个人默默地隐忍着。

忍，还真不是个好事情，忍得心里非常难受。但有些事情，必须忍。因为这些事情，是无人能帮你替代的。

尹志刚和胡一枝终于协议离婚了。

尹志刚没想到，离婚会这么顺利。尹志刚当一把手后，常常给别人签字，签字的内容，“同意”二字居多。但从来没有哪一次，内心深处和签字的手如此沉重过。

在离婚协议书上签下自己名字的那一刹，尹志刚感慨万分。

尹志刚和胡一枝一起走过了十年，有晴有雨的十年，刻骨铭心的十年，风华正茂却又伤痕累累的十年……

一路走来，他记得她的好，也记得她的不好。这些好和不好，都是相对的。

他和她，一起经历过艰难困苦和捉襟见肘，一起面对过满心喜悦和万分悲痛。

尹志刚始终相信，她从初始到最后，对自己都是真心的，甚至是善意的。

只是后来，胡一枝的某些做法开始偏执，有些事做得让人不能容忍。比如要求尹志刚为她解决工作，为她创造发财致富的门道，不仅为她自己还要为她家里创造发财致富的机会。

胡一枝不仅要封妻荫子，要鸡犬升天，还一直想紧紧地抓住尹志刚，把控住尹志刚，于是，两人背道而驰，越走越远。

尹志刚和胡一枝之间，到底有何深仇大恨吗？没有。

说来说去，都只是一些鸡毛蒜皮的小事，但这些小事积聚多了，便有了大的隔阂，酿成了痛彻心扉的怨尤。

当初两人年轻气盛，走到一起，后来矛盾初现，又不懂得忍让，长此以往，日积月累，针尖对麦芒，让人伤痕累累，遍体鳞伤。

经历长时间痛苦的挣扎，一场感情就此结束。

胡一枝提出的要求是，包括房产在内的所有财产，都归自己所有，尹志刚净身出屋，还一次性支付二十万元的生活费给胡一枝。

尹志刚决心已下，二话没说就从银行贷了二十万元给她。钱财乃身外之物，尹志刚一直看得很轻，不过，儿子由自己抚养，这是个原则问题，容不得半点商量和让步，没想到胡一枝一口就同意了。

既然什么都决定了，那就好合好散吧。

早几天前，尹志刚的母亲就去了姐姐尹志芳家。当然，这样的场景最好不让老人看到。尹志刚整理好自己的衣服，用一只皮箱就全装下了，他义无反顾地走出了熟悉而陌生的大门，原来想装得坚强一些，但听到身后铁门的哐当一声响过，眼泪还是不争气地涌了出来。

尹志刚想起自己刚从学校毕业来资水县时，心境跟这会儿差不多。离校的前天晚上，班上的同学在一起聚餐，大家喝了很多酒，然后去歌厅，又是喝酒唱歌，大家唱啊跳啊，最后，一个个都喝得东倒西歪，不省人事。

第二天离校，尹志刚送走了班上所有的同学，看着他们上了火车、上了汽车，看着离别的车辆渐渐远去，看着同学的手使劲地对自己挥舞着，直至渐渐模糊，最后，才一个人背着行囊回家。

那种感觉就如现在离家的感觉一样。转眼十几年过去了。十年一个轮回，仿佛从起点又回到终点，一个人背着行囊来，又背着行囊走。只是，身边多了一个儿子。

儿子抬头问尹志刚："爸爸，你怎么哭了？"

尹志刚才意识到自己有点失态，赶紧用衣袖揉了揉眼睛说："没有，刚刚有灰尘掉进爸爸眼里了。""爸爸，我们这是去哪里呀？妈妈为什么不要我们了？"儿子很懂事地又问。

"我们去另外一个新房子，好不好？"在此之前，尹志刚租了一套房，购置了一些简单的家什，就是准备离婚后暂时寄居的。为了安慰儿子，尹志刚说："妈妈不要爸爸了，但没有不要你呀！你以后听话，爸爸妈妈都会要你的。"

到租住的房子里，尹志刚先安顿儿子休息，儿子开始不太习惯，吵着闹着要回家，惹得尹志刚发火了，连哄带吓才让孩子睡了。

然后，尹志刚一个人坐在客厅内，抽烟喝酒，脑袋里一直嗡嗡作响，也不知想了些什么。尹志刚坐到电脑边，因为时间仓促，还没连上网线。尹志刚打开了电脑，就很随意地在上面敲了些有关爱情和婚姻的感悟。

回头看了两遍，觉得自己也没有必要再在这些年的情感付出上纠缠，既然是自己做出的选择，那就接受现状。毕竟自己面前还有一个看不见底的深渊。他索性把这些文字全删了。

不知不觉间，已是后半夜，满屋子被尹志刚弄得烟雾蒙蒙的，半躺在床头，辗转难眠，那些缭绕的烟雾，仿佛是满屋子飘着的思绪。

第三十二章

自何平凡将材料送上去后，引起了县委、县政府的高度重视，特别是李志强书记看了材料之后，拍着桌子指示道：“四句话，十六个字——一查到底，绝不姑息，为民除害，伸张正义！”

县里立即成立了专案小组，由县委副书记肖军民亲自挂帅任组长，下面分三个工作队，分别由县纪委罗金平副书记、县检察院纪检组组长吴京、县公安局督察大队大队长田树林任负责人。每个工作组的成员，由县委督查室、人大、纪检、检察、公安队伍中临时抽调的精干人员组成。专案小组来到城关镇，只跟尹志刚通了气，连城关镇政府都没来，直接到村里调查情况去了。

就在调查组来城关镇的这段时间，城关镇机关办公楼出了桩大糗事。那天早上，尹志刚来上班，见大门口围了许多前来上班的干部和一些看“西洋景”的群众。尹志刚心想，肯定出了什么不好的事。吊着心走上前一看，简直不敢相信自己的眼睛。原来昨天夜里，镇机关大门口的一块牌子，被人砸成了几块，正横七竖八地丢在地上。如今其他单位的牌子，都是铝合金材料的，但城关镇四大家的牌子，一直是木质的，本来是上等的木料，上面雕刻的字也古色古香，挂在大门口，是一道风景。

尹志刚来城关镇大半年了，直到今天才发现大门两旁挂了这么多牌子，细数一下，竟然有十二块之多，而这次光荣“牺牲”的，正是右边第一块牌——“中共资水县城关镇委员会”。

这不明摆着是冲着自己来的吗？其他还有那么多块牌子，为什么偏偏砸烂的是这一块牌子呢？尹志刚心头一紧，眉头皱了皱，有种不祥的感觉涌上心头。

说实话，堂堂党委的牌子被砸了，这在全国上下，恐怕都是破天荒的事情。往大里说，是一次严重的政治事件；往小里说，也算损坏公共财物。这事一旦被人炒上网络，只怕城关镇就要在全国出大名了。

越是波涛汹涌，越要处变不惊。尹志刚点了一根烟，几口深呼吸之后，在心底暗暗叮嘱自己。

大家看到尹志刚来了，都停止了议论，纷纷把目光转向他。武装部副部长刘成功年纪大，觉得实在看不过眼，就大发感慨，说："这要是在'文革'时期，可是要坐牢的大罪呀！"

尹志刚接过话，很严肃地说："现在虽然不是'文革'时期，但这种行为也是违法犯罪。拜请在场的各位，你们都是公职人员，一旦知道这事是谁干的，请立即向我反映！"

尹志刚本来掏出了手机，准备给派出所打个电话，没想到刘成功说道："尹书记，这个砸牌的人早已知道了，就是镇里的干部岳少秋，昨晚他喝'马尿'喝高了，就在这里发酒疯，门卫室的人劝都劝不住，他说组织对不住他，非得把牌子砸了不可。""马尿"，是对酒的一种贬称。

"岳少秋？"尹志刚有些疑惑。

这个岳少秋，是镇里退二线的干部，虽然还参加镇里的各项中心工作，但尹志刚对他的个人情况并不是十分了解。尹志刚记得前不久，岳少秋特地来办公室找过自己，是关于他儿子退伍安置的事情，想请尹志刚帮忙，直接安排来城关镇上班。但今年县里的安置政策有变化和调整，新进公务员和退伍安置兵，全部分配到下面边远乡镇去，不得留在县城。

这政策也是从实际情况出发，新人还是需要去下面条件艰苦的边远乡镇锻炼。再说，有些人在下面干了大半辈子，快退二线时，才从下面乡镇调到县城机关来。实在进不了机关的，就调到城关镇，这也是城关镇为何"三多三少"

的原因所在。

当时，尹志刚将这政策跟岳少秋解释了，岳少秋一脸不悦，牢骚满腹，说自己在城关镇干了大半辈子，没有功劳也有苦劳，如今退二线了，组织连自己儿子都不考虑一下，想想都心寒！

尹志刚就当岳少秋在发牢骚，没将这事记心上。真没想到，这个岳少秋会做出这等莽撞的事来。

此时，尹志刚正在火头上，当场表示："既然是镇干部，那更应该从重从快处理！"

尹志刚觉得此地不宜久留，吩咐刘成功立即把现场清理一下，自己转身进了办公室。

尹志刚到办公室没多久，一边思考如何处理这个事情，一边拿出手机，准备拨通李雅茹的电话号码，这时，岳少秋竟然哭丧着脸找上门来了。

真是不请自来！

尹志刚只拿眼睛瞟了他一眼，铁青着脸，什么话也没说。

岳少秋却先说话了："尹书记，我犯了大错，特地来负荆请罪的！"尹志刚狠狠地瞪了他一眼，咬着牙说："你这是犯错吗？"停了一下，吼道："你这是犯罪啊！"

听了尹志刚的话，岳少秋大气也不敢吭一声了，站在那里，低着头。尹志刚问："你自己讲讲，为什么要把党委的牌子砸了？""尹书记，我昨夜喝高了，就犯了这样的错误，你批评我吧！"

尹志刚指着岳少秋的鼻子，恼羞成怒地骂道："酒后砸牌子……怪酒？让酒帮你背黑锅啊！你这砸的不是牌子，而是砸党委的脸！"

停了好一会儿，尹志刚又骂道："你端共产党的饭碗，竟然敢砸共产党的牌子！你这是目无组织纪律，目无法纪，是赤裸裸的犯罪行为！"

岳少秋五十多岁了，头发胡子已经花白，一副沧桑的模样。

岳少秋在尹志刚面前，就像个做错事挨了批评的小学生站在严厉的老师面前，大气也不敢出。

尹志刚继续骂道："你作为一个老党员、老干部，应该知道干这事会有什么样的结果。你也别以为自己船到码头车到站了，就可以跟组织对着干！"尹志刚狠狠地吸了一口烟，"你不要向前看了，你儿子不是又进队伍了吗？他还要不要向前看？再说，你现在不还在端着共产党的饭碗吗？你端起饭碗呷肉，放下筷子骂娘，简直就是一只白眼狼！"

尹志刚从来没有这样骂过人，今天已是气愤至极。

尹志刚大声问："昨天跟哪些人在喝酒？"

"跟派出所的人，他们几个劝我一个人的酒，所以就喝高了。"

"喝酒喝高了，怎么想起去砸牌子的？"尹志刚又问。

"他们说我为共产党卖了一辈子命，最后自己没前途不说，连儿子的前途也不考虑一下，于是，叫我来把这牌子砸了，看又能怎么样？"岳少秋说出了实情。

尹志刚这才知道，岳少秋上了胡子洪一伙的当，被他们当猴耍了。但这事不严厉处理，那就真的对不起组织了。

尹志刚说："你先回去认真反省，端正态度，写个详细材料给我，具体怎么处理，等党委集体研究后再决定。"说完，尹志刚头也不抬，对岳少秋挥了挥手。

等岳少秋出门后，尹志刚给李雅茹打电话，让她来办公室商量一下这事的处理意见。

两人商议后，决定给予岳少秋三个方面的处理：一是行政拘留；二是开除党籍处分；三是行政降工资一档。

尹志刚不想一棍子将人打死，但也不想让他轻松了事。这样的处理，从内容到形式，都给了实实在在的惩罚，足以警诫他人。尹志刚将这个处理意见在党委会上提出来，大家一致表示赞成，然后，报到县公安局、县委组织部和纪检会，很快就通过了。

对于岳少秋的处理，在全镇干部大会上作了通报，岳少秋还在会上作了深刻的检讨。

第三十三章

县里来了几个调查组，不出一个月就将城关镇调查了个底朝天，不仅将何平凡材料上的旧案重新摸查了一遍，还查出了不少新问题。

那天，调查组田树林率领工作组几个同志，去油菜村摸查情况。油菜村地处城关镇东大门，村内水陆交通便捷，香江从东至西穿境而过，省道从南到北横穿过境，水路和陆路像一个十字架，在村中央交叉。因为地理位置特殊，这里自古就是商贾汇集、民风强悍的繁华地带。

资水县自古以来就有一大特色，凡是地处繁华的地带，也必是鱼龙混杂的地方。比如油菜村，这里经济比较活跃，村里的群众大多靠双手勤劳致富，但也有一小撮人干的不是正当职业，在过境的客车上，靠扒窃为生，他们从村南上车，到村北下车，然后再从村北上车，到村南下车，这样一来一回，像一条条吸血的蚂蟥，过往的乘客稍有不慎，就会遭殃。

前几年，因为此地段扒窃猖狂，引起民愤极大，县里召开的两会上，许多人大代表、政协委员多次就此提建议，要求政府组织专门力量予以重拳打击。对此，县里组织了多次专项行动，经有效整治后，气焰一度有所收敛。

但近几个月来，因为省道上横跨香江的桥梁修建年代久远，桥面狭窄，桥体破烂不堪，已经不能满足日益增长的人流和车流需要，县里上报省交通部门，决定在原址上重修一座五孔的水泥大桥。

正值施工期间，过往车辆需绕道行驶，客车则分段运营，旅客在桥东下车，徒步从河上的临时木桥上过河后，再换乘另外的客车去县城。反之亦然。乘客们这样一上一下，为扒窃提供了可乘之机，旅客们在换乘客车时，需要提行李，为了抢占座位常常一窝蜂地上下车。在这过程中，油菜村的那些扒手们，找到了发财致富的门路。

那天，田树林一行去油菜村，为了方便摸查，穿一身便装，坐客车去的。

扒手们只盯着客人的财物，绝对不会考虑这财物是谁的。田树林的手机，在过桥换车时，竟然被偷了。

田树林在拥挤的人群中，突然下意识地发觉有只手伸进自己的口袋里，迅速地扒走了那个新买不久的手机，田树林赶紧反过头，跟在后面的是一位年过五旬的农村妇女，妇女后面，也是一位看上去年纪偏大的农村老汉，他们看上去根本不像手脚利索的扒手，在他们后面有几位年轻人，但相距比较远，手怎么能伸得那么远呢？

但手机被窃是事实，田树林不容多想，立即张开双臂挡住车门，对一同前来调查的两位同志说："小张，小周，我的手机刚刚被偷了。"

小张和小周是田树林的手下，一听自己领导的手机被偷了，也感到不可思议，更是怒不可遏。若在平时，他们出门身着警服，根本不用担心自己的东西被偷，因为再笨的小偷，也不会去偷警察的东西。但今天，他们竟让小偷钻了个空子。

小张和小周立即堵住了车门，然后亮出警官证，小张掏出自己的电话，赶紧拨了田树林的号码，"嘀嘀"几声后，电话竟然接通了："喂，你哪位？"

田树林从小张手里接过电话，又问道："这是我的手机，怎么到你手上了？"

电话那头回答说："我刚才在车上捡的，你别堵着车门了，我现在在桥头，你要手机的话，拿八百块钱来赎吧。"

田树林朝车厢里张望了一下，发现车厢里根本没人接电话，证明手机早已转移出去了，不由在心里叹道："这手机难道真的长了翅膀，一下就飞出去了？"

既然手机已经不在车上，也就没有道理再死死地堵住车上的乘客了。田树林示意小张和小周，让他们放车上的人下车。

田树林三人火急火燎地赶到桥头，哪里有人的影子？再次拨打号码，手机早已关机。

田树林气得直骂娘，自己干了几十年警察，抓的盗贼数不胜数，没想到，今天却被人暗算了一回，心里真不是滋味。

田树林三人又在周围了解了一下情况，才知道这里一直偷盗成风，有的家庭甚至把偷盗当成了一种产业，是家庭收入的主要来源，他们或单独作案，或抱团发展，团伙作案。比如刚才田树林的手机，其实就是被他后面看似老实巴交的农民偷走了，然后，飞快地往身后转移，一下就转到早守候在车窗外的同伙手上，然后，同伙拿着手机很轻松地转移了地方，你打电话时，说不定他就在不远处看着你，跟你答话。

叫人震惊的是，这里因为扒窃，还发生了几桩让人闻之心酸的事情。前几日，有个要去学校报到的学生，学费被小偷偷走了。这位学生家里本来就很贫穷，这笔学费还是父母给他东挪西凑借来的，如今被偷走了，自己书也念不成了，就坐在桥头哭，还闹着要跳河寻死，幸亏旁边的好心人发动过往的群众给他捐款，好不容易才筹齐了学费，催促他赶紧去学校。

还有位乡下老人，早上挑一担生姜去城里卖了一百多块钱，一天下来连面都没舍得去吃一碗，将卖姜的钱用一块小手帕包扎好装在裤腰带里，准备拿回去补贴家用。没想到在这里转车时，一不小心被小偷偷走了。老人一把眼泪一把鼻涕，围着桥头寻了好久，虽然知道没有半点希望了，但那场面感动了不少过往的旅客，大家纷纷谴责这些毫无良知的盗贼，干尽了伤天害理的事，但又对他们无可奈何。

小张跟田树林建议说："田队，我们要不要将情况跟公安局口头通报一下？"

田树林觉得小张的话不无道理，这里的治安状况如此恶劣，跟派出所的不作为，多少有些关联。因为派出所不作为，而让一方百姓生活在水深火热之中。

田树林从小张手里拿过电话，给公安局局长刘迪安打了个电话，将自己手机被偷和走访得来的情况简单地作了汇报。

刘迪安在电话中沉吟了好久，心情沉重地说："看来，我们的工作还做得不够，这些社情民意，我没及时掌握，没有及时打击和处理，是我的失职，是我们公安队伍的失职啊！"

第三十四章

刘家坪的通村公路，经过大半年的施工建设，终于得以竣工。尹志刚参加了村路的通车典礼。本来，刘志成还给市、县交通局送去了邀请函，但因为上面的领导都忙，到场的领导中，数尹志刚职务最高。

通车典礼那天，村里从外村请了一支管乐队现场奏乐助兴，村里还有一套老式的锣鼓乐器，平时哪家干个什么红白喜事，也用来“叮叮当当”喜庆一下。另外，还买了几大筒烟花礼炮和不少鞭炮。礼台布置得很有乡村特色，用八个农村打谷用的大木桶，翻过面来拼成一块，横摆四张，竖摆两张，在打谷桶上再架几张从学校借来的课桌板凳，课桌上用两床新买的床单铺上，这样不伦不类的样子，简简单单就成了一个临时的主席台。

主席台的上方，用一根绳索挂了一条横幅，横幅上是一行毛笔字：“海刘公路通车典礼”。这几个字倒是写得有棱有角、刚劲有力，很见功力。

通车典礼搞得很简单，首先是刘志成大概讲了一下修路的前后经过，声情并茂地回顾了起步之初的艰难历程，这叫忆苦思甜，接着又谋划了一下崭新而美好的未来，当然，主要内容自然少不了感谢上级党委政府和交通部门的鼎力支持，特别是镇党委书记尹志刚，差点被说成了资水县的“焦裕禄”。

刘志成讲话没用草稿，内容随意，想到哪里讲到哪里，但都发自肺腑，感人至深。

接下来，村里捐钱最多的两位村民代表发了言，讲起话来底气十足、声音洪亮。当然，台下的听众，不是老人就是少不经事的小孩子，他们多是来看热闹的，来捡烟屁股和零散鞭炮的，根本无心听台上讲些什么东西，台上的人鼓掌了，他们也跟着鼓掌，特别是那些小孩子，还一个劲地跳呀笑呀，整个场面显得喜庆十足。

最后，刘志成请尹志刚讲话。

尹志刚接过话筒，清清嗓子，大声道："各位父老乡亲们，今天，是我们刘家坪村多年来期盼的大好日子，我们新修的海刘公路，终于竣工通车了！"

刘志成带头拼命地鼓起了掌，下面的人就被带动起来了，气氛一下就热烈起来。

掌声毕，尹志刚接着说了几句放之四海皆让人欢喜的祝福话，在刘志成的带领下，又赢得了台下一阵热烈的掌声。

尹志刚讲完话，台下面的礼花就放了起来，管乐队也吹打起来。

然后，由尹志刚的车带头，另外还有村里老百姓的几台车，还租了几台车，载着管乐队，一行在村路上兜了一个来回。有好些小屁孩也跟着车队，放着鞭炮，嬉笑着、追逐着……

尹志刚坐在车内，看着窗外一派丰收在即的秋景，内心五味杂陈。

来城关镇大半年了，自己作为城关镇的党委书记，到底为城关镇的老百姓谋了多少福祉？尹志刚感觉自己每天都在忙，忙得像一个转个不停的陀螺，可回头望望，又不知自己忙碌了些什么？有多少忙碌是有实际含义的？每天除了开会还是开会，除了文件还是文件。矛盾纠纷、迎来送往、官样文章，成天泡在里边，真正思考问题、发现问题、观察问题、解决问题、为老百姓干实事和办好事的时间就少了。

尹志刚思来想去，觉得平日里务虚的多，务实的少；表面样子做得多，实际工作干得少；解决矛盾多，为民谋福少。

什么叫腐败？尹志刚觉得，腐败不仅仅是抽好烟、喝好酒、索拿卡要、大肆贪污和乱搞女人。最大的腐败，是当一个平庸的干部，不为老百姓办实事好事、谋福祉的干部，他们占着茅坑不拉屎，身在其位不谋其政。这些干部，天天不摩事，只摩人。这里的摩，是揣摩的摩。他们揣摩，是揣摩领导的意图、喜好，同事的漏洞、失误，往往这些摩人的干部，比摩事的干部得的实惠更多，捞的好处更大。

许多体制外的人常常感叹现在的领导好当，其实，做一个好官、做一个清官、做一个为民造福的官，那是多么不容易呀！

午饭是在刘家坪村吃的。村里摆了十多桌，所有村民和请来的嘉宾，都在一起吃饭。中国自古以来，就是讲究吃饭的礼节，特别是资水农村，摆酒席的座次问题，就是一门很精深的学问。特别是娶媳妇嫁女、过大寿办酒，往往因为酒席的座次排错了，而惹来许多不愉快的事情发生。本来今天这样的场合，是不分贵贱高下的，但刘志成是个老古董，硬是要推尹志刚坐第一席的上首。

尹志刚说："我们就不管这个规矩了吧？坐哪都是吃，大家吃好喝好就行了。"

刘志成不同意，说："刘家坪村能修成这条路，尹书记您是头功。所以，今天于公于私、于情于理，这位置都非您莫属！"

无奈，尹志刚只好说："那我恭敬不如从命了。"待尹志刚坐定后，村里其他人都很自觉地按尊卑长幼，各自就座。

刘家坪村的通村公路庆功酒宴，就在这样热闹喜庆的气氛中开始了。

吃到一半，尹志刚口袋里的手机响了，是邓光荣打来的。自小廖调到县人大后，经镇党委研究，将信访办主任邓光荣调至党政综合办，顶了小廖的岗位空缺。邓光荣在电话里告诉尹志刚，说县纪委罗金平副书记在办公室等他，有个重要情况需要当面通报一下。

挂了电话，尹志刚起身抱拳，说："各位父老乡亲，今天实在对不起，不能陪大家了，有个重要的会需要赶回去参加！"

听说尹志刚要回去开会，大家都很通情达理，送尹志刚上了车。等尹志刚的车离去，大家又回屋继续杯盏酬酢、划拳喝酒，看样子今天不喝趴几个，是不得收场了。

第三十五章

尹志刚回到镇里，只见罗金平和一位面生的年轻人坐在自己办公室，看样子等候多时了。

见尹志刚进门，罗金平也不客套，对坐在旁边的年轻人摆了摆手，示意他回避一下，年轻人知趣地出门后，罗金平才对尹志刚说："尹书记，我们收到了对你的实名举报。"

又是举报!

罗金平大致说了一下，举报的内容简直可以用"不忍卒读、不堪入目"八个字来形容，大意是指责尹志刚是当代"陈世美"，自从勾结上自己单位的寡妇胡花花后，贪图富贵，抛妻弃子……尹志刚为了跟原配妻子离婚，还特地从胡花花处借了二十万块钱，作为离婚赔偿金……

"尹书记，举报人胡一枝你认得吗？"罗金平问。"就是我的前妻。"尹志刚答得很干脆很直接，没有丝毫避讳。

尹志刚感到有些好笑，因为这次举报的内容非常直白，可谓刀刀见血，却又漏洞百出。这是一个阴谋，并且，是一个蹩脚的阴谋！看来，这个一直躲在暗处的敌人，已经到了黔驴技穷的地步，连这种"下三烂"、没有水平的卑劣手段都使出来了。

但作为一个领导干部，被人举报多了，不管举报的内容是真是假，终究不是一件好事。

“哦？胡一枝就是……”罗金平很吃惊的样子。“罗书记，既然您收到了群众的举报，我还是简单地向您汇报一下基本情况吧！”

尹志刚递一支烟给罗金平，自己也点上了一支，点火深吸了一口，说：“我想跟您阐明三个观点：一是我跟胡一枝离婚的事，主要是因为两人三观不合，生活方式不同，而导致感情破裂，通过正当手续办理离婚的。现在不比以前，以前结婚和离婚要去县委组织部盖公章，一听离婚两个字就上纲上线，好像是什么见不得人的事。时代在进步，社会在发展，观念在改变，离婚从某种意义上讲，是追求幸福的一种手段，是社会进步的一种表现。我希望组织能够理解和支持我的个人选择。二是我跟胡花花之间绝对是清白的，离婚的时候，胡花花才刚招到城关镇不久，我对她根本没有多少了解。在做人的原则上，我想我是经得住组织考验的。三是离婚时我付给胡一枝的二十万块钱，是我从银行贷款的，并不是向胡花花同志借来的，这有银行的贷款存根为证。对于举报的内容，我比较惊讶，也觉得可笑，可能有更深层次的原因。总的一句话，清者自清，身正不怕影子斜，罗书记如还有什么不明白的地方，尽管调查了解。我相信组织，并积极配合组织调查。”

见尹志刚说得有理有据、滴水不漏，又拿出了银行的贷款凭证，罗金平也点了点头。

罗金平搞了大半辈子纪检工作，已经明白是怎么回事了，于是将话锋一转，说道：“尹书记，有关举报的事情，也是提醒你，让你在今后的工作中，多注意工作方式方法，尽量少得罪人，特别是不要得罪小人。另外，今天我来还有一件事，是向你通报一下调查组调查走访的基本情况。”

尹志刚对这个倒非常感兴趣。“尹书记，城关镇的情况基本上摸清了，相关证据正在调查巩固。这几天，我们准备在城关镇召开一个社会治安情况的公开处理大会，到时，县委肖军民副书记会亲自主持这次会议。”

“这么说来，按你们调查的结果，确实是城关镇某个镇属部门出了问题？”尹志刚问。

“当然，一个主管社会治安的职能部门不出问题，那个地方的治安形势怎么会如此败坏？猫捉老鼠，这是猫的天职，如果猫不捉老鼠了，甚至和老鼠搞到一块，玩起了‘猫鼠一窝’的游戏，你说，这个自然法则不就乱套了吗？”

听了罗金平的话，尹志刚从内心深处吁了一口气。看来，离真相大白的日子，越来越近了。

第三十六章

县委三个调查组经过一个多月的努力，终于将胡子洪、李德成一伙在城关镇开设赌场、放高利贷、绑架和强奸良家妇女的事情基本调查清楚了，接下来准备收网。

根据线报，这天晚上，胡子洪和李德成一伙，正聚集在城关镇皇家娱乐城一间包厢里唱歌。正在田树林他们紧锣密鼓组织抓捕的时候，城关镇皇家娱乐城的一间包房内，烟雾弥漫，热闹非凡。

皇家娱乐城新来了一个叫芳芳的小姐，瓜子脸，柳叶眉，皮肤生得水嫩水嫩的，仿佛一掐就会掐出水来。李德成见是个新人，一时像苍蝇见了腐肉，死缠着要和人家喝酒。先是拿冰镇啤酒猛灌，接着又换红酒，红酒的味道还没适应，又换上五十二度的白酒。

反正一句话，喝倒为原则。

假如再没喝倒，绝招——“深水炸弹”。

什么叫深水炸弹?

就是在一大杯冰镇啤酒里，加三杯高度数白酒。这样啤酒混着白酒，俗称“三步倒”，意思就是一般人喝了就倒，除非是对酒精天生有免疫力的酒圣或酒仙。

平日里芳芳的酒量还不错，但今天因为特殊时期，身体状态不佳。李德成大约也看出了这点，胳膊一甩，非要跟她猜拳喝酒。

芳芳明知道他没安好心，但也无奈。走了这条路，就得陪客人喝酒。换句话说，喝酒就是自己的职业。再说，人家花钱是买快活的，不是来买气受的，现在人家觉得和你喝酒很快活，那你就得拼命喝，喝到人家尽兴为止。

“石头剪刀布，石头剪刀布……”李德成拼命地呐喊着，“哈哈，你又输了，喝一杯！”

芳芳输了，愿赌服输，于是，仰头一杯红酒下肚，只听见哇的一声，肚子里的污秽东西全都吐了出来，并且，吐得李德成满头满脸都是。

这下可坏了。

李德成气急败坏地抹着脸上的污秽东西，口里嚷嚷道：“今天怎么这么倒霉？鸡没吃，却被鸡骨头卡了喉咙！”

正在李德成气急败坏地骂人的时候，胡子洪正在跟另一位小姐玩一种游戏，就是猜拳喝酒脱衣服比赛。这时，胡子洪正战果累累，将这名小姐脱得只剩下一条三角短裤了，包房里发出阵阵淫荡的笑声。

胡子洪听到了李德成的叫骂声，不管不顾抓起芳芳的头发，就是几巴掌，然后，命令芳芳将李德成脸上的污秽东西一点点地舔干净……

正在他们无法无天的时候，门砰的一声被踢开了，数十名警察一拥而入，将胡子洪和李德成一伙团团围住。

田树林走上前，大吼一声：“全部带走！”

数十个训练有素的特警一拥而上，老鹰抓小鸡一样，将胡子洪一伙押上了警车，“呜呜呜呜”绝尘而去。

法网恢恢，疏而不漏。事已至此，关于城关镇社会治安专项整治已接近尾声，公开处理大会初定于十月二十二日上午八时，在镇政府大院的那块空地上举行，届时县委副书记肖军民，县委政法委、纪委以及公检法主要领导都会亲自参加，镇里的所有干部、自愿参加的群众，都可以参加公开处理大会。

这次公开处理大会是由县委政法委牵头搞的，镇里只负责布置场地，做些服务性工作。所以，尹志刚将这事交给镇政法委员孙建国，自己没操太多的心。

尹志刚想腾出一点时间和精力，安排一下其他几项重要工作，比如说计划生育、招商引资，这两项工作都关乎镇计民生，来不得半点马虎。

说起计划生育，对于乡镇来说，这是一块中心工作。城关镇的计划生育工作和其他乡镇比较，有创新和独特的地方。一般乡镇搞计划生育，都是全员披挂上阵，全员考核。

而城关镇在前任党委书记周虎诚手里，就将这项重要工作划归镇计生办全权负责，只委派一名主管领导具体指导，采取效果和经济挂钩的“承包制”模式。

经过几年的实践摸索，证明这种办法跟农村的联产承包责任制一样，还是卓有成效的。最主要的是镇里主要负责人可以不必为计划生育天天伤脑筋，而那些计生干部因为多年负责计生工作，也搞出了经验，悟出了门道，搞起工作来有板有眼的，业绩一年一个新台阶。当然，在每年的“冬突运动”和迎接省市县计生工作检查中，城关镇会举全镇之力，确保计生工作不出半点纰漏。

招商引资也是一项很重要的中心工作。

一个地方招商引资情况的好坏，可以说是这个地方经济活跃与否的“晴雨表”。尹志刚来城关镇大半年了，每次向县商务局报数字都是月月递增，成绩显著，但实际上是合同上的意向资金多，到位资金少，整体情况不容乐观。

尹志刚有几位同学毕业后直接分到省城，经过数年的打拼，有的升了官，有的发了财，尹志刚跟他们联系得越来越少，现在一直想抽空外出走走，跟同学联系一下感情，看能不能招几个项目进来，为城关镇的经济发展注入新鲜血液。

第三十七章

这天清早，城关镇政府大院内就挂起一副白纸黑字的对联：

横行霸道仗势欺人多行不义必被诛

天罗地网疏而不漏铁拳整治正气扬

横幅是：

城关镇社会治安公开整治处理大会

大院内新装了两个高音喇叭，里面播放着旋律激昂催人奋进的歌曲。公开处理大会还没开始，下面从各个地方赶来参加处理大会的群众已经黑压压地站满了空地。

公开处理大会由县公安局刘迪安局长主持，参加会议的领导还有：县委副书记肖军民、县委政法委书记陈大力、县纪委副书记罗金平、县检察院纪检组组长吴京、县公安局督察大队大队长田树林、城关镇党委书记尹志刚、城关镇人民政府镇长岳峰。

八点半公开处理大会正式开始，刘迪安局长对着话筒，用严厉而洪亮的语气宣布：

“为保障人民安居乐业、社会安定有序、国家长治久安，进一步巩固党的执政基础，党中央、国务院决定，在全国开展扫黑除恶专项斗争。今天，我们在此召开城关镇社会治安公开整治处理大会，是全国开展扫黑除恶专项斗争在我县贯彻落实的一个序曲，意义非常重大。城关镇是资水县的政治、经济、文化中心，在资水县有着举足轻重的引领作用。当前，城关镇经济快速发展，各项事业齐头并进，社会秩序总体平稳，但是治安形势依然十分严峻，聚众赌博和地下‘六合彩’愈演愈烈，卖淫犯罪、黑恶势力犯罪明显增多，绑架、斗殴等严重暴力犯罪时有发生，黄赌毒等社会丑恶现象屡禁不止，这类违法犯罪现象甚至侵蚀到我们公安队伍的肌体里面来了。为此，我们必须始终坚持扫黑除恶的‘十六字’方针，一查到底，绝不姑息，为民除害，伸张正义，对犯罪分子予以迎头痛击。下面，我们请县委副书记肖军民同志讲话！”

肖军民将桌面上的讲话稿理了理，清了几声嗓子，说：“同志们：为严厉打击各类刑事犯罪活动和地下赌博活动，遏止各类违法犯罪活动入侵到我公安干警队伍，为合力打造平安城关镇、和谐城关镇、幸福城关镇，全力维护社会稳定，今天，县委、县政府在这里召开公开处理大会。县公安局将对城关镇东城村李德成、李小球，原城关镇派出所所长胡子洪等违法犯罪分子依法予以严惩！政法机关依法严惩这伙犯罪分子，为民除害，伸张正义，充分显示了人民民主专政的强大威力，表明了政法机关有黑扫黑、有恶除恶、有乱治乱的坚定决心，体现了人民群众的意志和愿望，打击了犯罪分子的嚣张气焰，对此，我代表县委、县政府和全县人民表示坚决支持！

“为了排查城关镇各类刑事犯罪，及时掌握第一手翔实资料，在此之前，我们派出了三个调查小组深入到各村、各社区、各院落，挨门逐户进行走访调查，了解事实真相，掌握社会动态。在走访摸查后，我们掌握了第一手资料，巩固了不法分子的违法证据，在此基础上果断出击，快刀斩乱麻，将犯罪分子绳之以法，一网打尽。

“政法部门在这次排查摸底过程中，充分发挥了主力军作用。打击犯罪、保护人民是政法机关应尽的政治责任，是法律赋予的神圣使命。政法机关要进一步统一执法思想，坚持整体作战，加大打击力度，形成合力围歼犯罪分子的高压态势；要撒天网、出铁拳、用重典，以坚强的决心、高昂的斗志、凌厉的攻势，‘稳、准、狠’打击各类刑事犯罪活动；要坚持严格依法办案，贯彻从重从快方针，快侦快破、快捕快诉、快审快判，不给犯罪分子以苟延残喘的机会；要始终立足‘打防结合’，落实各项防范措施，通过严打严管严治，实现社会的长治久安。

“广大人民群众也要行动起来，积极参与社会治安综合治理。我们要始终站在正义的一边，坚信‘正义终将战胜邪恶’的真理，在与违法犯罪分子斗争中，不要抱有明哲保身、怕打击报复的思想。我们要大力发扬见义勇为精神，敢于同各种违法犯罪行为作斗争；要积极检举揭发违法犯罪，主动提供破案线索，真正做到人人关心治安秩序、齐心解决治安问题、全力维护社会稳定。在这里，我们要警告一切有违法犯罪念头的人，认清形势，悬崖勒马；警告一切有违法犯罪行为的人，停止作恶，投案自首，悔过自新。如果执迷不悟，以身试法，必将受到法律的严惩！

“同志们，维护社会稳定，打造平安城关镇的任务光荣而艰巨，让我们在县委、县政府的领导下，充分发动群众，紧紧依靠群众，全力以赴，扎实工作，努力创造良好的社会治安环境，把我们的改革开放和全面建成小康在资水县不断推向前进！”

肖军民发言后，县委政法委书记陈大力一声令下：“将犯罪分子押上台！”

六名全副武装的公安干警，从后台将李德成、李小球、胡子洪押了上来，并排站在主席台前，平时在群众当中无恶不作、凶狠狡诈的几大恶棍，这时都像泄了气的皮球，耷拉着脑袋，连眼皮也不敢抬一下。

据调查所知，何平凡那天夜晚被偷袭，尹志刚被无端举报陷害，还有城关镇辖区内许多冤假错案，大多都跟李德成和胡子洪有关，胡子洪是暗中操纵者，李德成是直接执行者。两人狼狈为奸，沆瀣一气，通过县里调查组周密细致的调查取证后，他们的所作所为都像剥笋子一样，一片一片被剥了出来。

自从尹志刚来城关镇后，胡子洪一直想和他套近乎，就像以前和别的干部一样，隔三岔五聚一起，洗个脚按个摩，赤膊上阵喝几碗酒，喝得痛快了，就是兄弟长兄弟短地亲热了，整得比亲兄弟还亲兄弟，而尹志刚和别的干部不同，一直不肯和胡子洪一伙同流合污，并与何平凡一起开始调查他们。

有一次，胡子洪和李德成及几个小弟在一起喝酒，酒过三巡，菜过五味，李德成咬着牙，狠狠地捶了捶桌子，说：“既然给脸不要脸，不如给他们点颜色瞧瞧！”胡子洪一激动，把桌上的酒杯也捶得蹦了几寸高，表示那就给他们点颜色瞧瞧。胡子洪明显喝醉了。一醉，胆子就长肥了，早把自己派出所所长的身份抛到了九霄云外。于是，就出现了何平凡被夜袭的恶性事件。

公道自在人心，正义终将战胜邪恶。不是不报，时候未到，时候一到，一定会报。尹志刚在心里暗暗感叹。

这时，台下群情激愤，许多群众向李德成他们扔起了矿泉水瓶、石块、砖头。尹志刚看看台下，发现刘家坪村刘良坐着板车和他母亲也赶来了，还有西城村王大益、畔城村吴河球他们都来了，他们曾经受过李德成的迫害，现在正是发泄情绪的时候，所以，都不管不顾地朝台上扔起了东西。

事情突然节外生枝，矿泉水瓶、鸡蛋、石块像雨点一样扔了过来。维持秩序的民警一时控制不了场面，刘迪安赶紧宣布公开处理大会就此结束。

六名警察押着胡子洪一行上了警车，然后“呜呜呜呜”地奔向了他们应该去的地方。

会后，刘迪安来到尹志刚的办公室，一是表示歉意，因为自己用人不当，给城关镇的工作带来诸多不利，甚至给镇党委、政府形象抹了黑；二是征询尹志刚的意见，对于城关镇派出所所长的人选问题，党委政府有什么好的建设性意见。

尹志刚说了几句客套话后，提出了一个人选，请刘迪安考虑。这人是尹志刚高中时的同学，叫曾华，出名的手腕硬，工作能力强，目前在县公安局经侦大队任副大队长。

没出半个月，县公安局就安排曾华到城关镇派出所任所长了。

自此，尹志刚感到许多工作开展起来，顺手多了。比如有人暴力抗法，一个电话打到派出所，曾华就立马派人来，该抓的抓，该管的管，许多困难的事情迎刃而解。

第三十八章

城关镇海棠村自精准扶贫开展以来，发生了很大的变化，主要表现在以下几个方面。

一是基础设施建设有了大变化。海棠村修通院通组公路七千米，砌堡坎数百方；实施了安全饮水项目，三个院落修了三个蓄水池，每家每户喝上了清洁安全的自来水；建了两个文体广场，每当夜幕降临的时候，村里男男女女、老老少少可以跳广场舞，或者散步，或者聚一块唠嗑。另外，村活动中心进行了翻新修建，办公用品全部更新，硬件设施有了质的飞跃。

二是村容村貌有了大改变。村里的环境卫生投入大幅增加，主要院落、干道，请了专人清扫和管理；开展公德教育，提倡厚养薄葬，红白喜事操办不再攀比成风，在村里开展禁炮工作，老百姓房前屋后，干净整洁；搞了绿化亮化工程，村里主要道路装了太阳能路灯，村道两旁栽了海棠树、樟树、桃树及一些花花草草。

三是成立了三家合作社。一家是海棠花基地，原本海棠村没有海棠树，估计几十年前，或者几百年前，村里是有海棠树的。在脱贫攻坚战打响后，村里有人提出，海棠村必须有海棠树，并且，要把海棠树栽成一定规模，不然海棠村徒有其名，于是，村里选了一片荒山，种一片海棠，使海棠村的村名更加名正言顺。一家是油茶基地，这是经济作物，上面有政策支持，等油茶开花结果的时候，每亩可收入三千元左右，油茶种下去之后，容易管理，只要除草施肥即可。并且，在油茶基地还可套种中药材，一举两得；还有一处光伏发电，前期一次性投资，建成后，不管春夏秋冬、阴晴雨雾，它每天都可以发电卖钱。海棠村支部书记陈大嘴在省里培训业务回来，跟村民宣传说，如果我们喂鸡养鸭，每天要准备鸡食鸭饲，养得不精细，就不会生蛋，这个光伏发电建成了，不用喂食添油，它每天只吃点阳光、刮点风，就可以“咕咚咕咚”下金蛋了。

总的来讲，实施脱贫攻坚战以来，村里的变化是一切向好。在向好的过程中，虽然也有一些矛盾纠纷，也走过一些弯道，有过一些磕磕碰碰，但通过帮扶干部、帮扶责任人、村干部及全体村民的共同努力，海棠村正在脱贫致富的大道上，昂首挺胸，阔步前行。

海棠村何进水家在这大半年时间里，也发生了一些变化，或者说一些变故。总结起来，是一悲一喜，一好一坏，主要指两个方面。

好的方面，何进水的儿子何有志谈恋爱成功。何有志职高毕业后，在资北县一家叫鸿达的电子厂上班，起初当了一年的实习工，通过两三年的努力，终于成了厂里的技术骨干。何有志谈的对象叫杜芳芳，在厂里跑销售业务。这次，何有志和杜芳芳谈恋爱，没人牵线搭桥，也没有相亲“看档”，而是两人在一起相处久了，互相了解，相互倾慕，生了感情。杜芳芳看中何有志勤快肯钻，人实诚，是一只潜力股；何有志看中杜芳芳乐观向上，善交际，有原则，下得厨房上得厅堂，是一个贤内助。两个人相处，看重的是内在，是未来。所以，何有志家里是不是贫困户，不重要了；何有志家里是不是土坯房，也不重要了，两人现在已经到了谈婚论嫁的地步。

坏的方面，何进水出了车祸。何进水以前卖肉是挑一副肉篓子，或推一辆三轮车，三轮车上置一担肉篓子，沿路叫卖，随着脱贫攻坚深入，各村村道、组道都硬化绿化亮化了，村道组道像蜘蛛网一样四通八达。于是，何进水鸟枪换炮，就将脚力三轮车换了一辆电动三轮车。真是人强不如家伙强，自换电动三轮车后，卖肉的效率明显提高，并且晴天不晒，雨天不淋，油把手一扭，一下由 A 村到 B 村，油把手再一扭，一下又由 B 村到 C 村，平时卖一头猪要折腾两三个小时，现在最多一个半小时就卖空了。

问题就出在这电动三轮车上。何进水买了电动三轮车，没有上牌，更没有买保险，连驾驶技术也是无师自通、自学成才的。那天早上，下着毛毛雨，那处路段，前几日有人砌新房打地基，大卡车运土时，沿路掉了一层黄泥巴土，细雨就着黄泥巴土，就像在地上抹了一层黄油。何进水卖完肉，吹着口哨，心情相当敞亮和惬意，不知不觉间油门扭得大了些，在经过黄泥巴路段时，又是下坡拐弯处，三轮车就像一匹脱缰的野马，直接朝堡坎下奔去。

这次事故，摔断了何进水一条腿、一只手，全身擦伤若干，在医院住了两个多月，医药费花了好几万。因为何进水的三轮车没有买保险，所以医药费不能报销，全部自费承担。更要命的是，从医院出来，何进水接上的那条腿和那只手，使不上劲了，换言之，就是何进水干不得重体力活，不能杀猪了。杀猪这职业，是一门技术活，也是一门体力活，特别是捉猪上架，红刀子进白刀子出的那一下，猪拼了命地挣扎、嗷嗷叫，没有一身力气，是万万吃不消的。

何进水的职业是屠户，专门杀猪的，现在杀不得猪了，按城里人的说法，就是失业了，按镇里人的说法，是落下了半个残疾。

老同学曾巧倩来看何进水的时候，何进水正在地里浇菜。何进水出车祸之后，干不得重体力活，杀不得猪，但干些不大费劲的体力活，还是不受影响。

何进水赶紧洗了手脚，从菜地里赶回来招待曾巧倩。两人坐在屋檐外的桃树下，曾巧倩问事情经过，何进水说："刚买的三轮车，电力足，速度快，驾驶技术不过关，又是下雨天，地上还撒了一层黄泥，一下控制不住，直接撞到堡坎下面去了！"

曾巧倩说："真是万幸！"

何进水抬了抬腿，举了举手，叹一口气："这骨头是接上了，看起来也没两样，但力气使不上，杀不成猪了！"

曾巧倩吃了一惊："那岂不是砸了饭碗？"

何进水又叹一口气："我正愁呢！虽然前几年存了点钱，但家里开支大，两个娃要读书，这次车祸花了好几万，因为没买保险，报不到一分钱，家里的土坯房也没改，这样下去，坐吃山空呀！"

曾巧倩喝了口茶，蹙着眉头说："你这情况，属于天灾人祸，属于大变故，按'一超过、两不愁、三保障'扶贫标准，你至少两样符合！"

何进水瞪大了眼睛。说实话，自从千方百计费九牛二虎之力摘下贫困户帽子之后，何进水再也没有往贫困户这方面想过。突然听曾巧倩说自己有两样符合贫困户标准，吃了一惊，问："哪两样符合贫困户标准？"

曾巧倩说："我给你算了一下，一是你现在收入不达标，二是你住房安全没有保障。按精准扶贫的要求，只要有一项不达标，就必须纳入贫困系统，政府进行帮扶。"

何进水一下愣住了。以前，何进水不当贫困户，一是因为自己每天杀一头猪，可以赚几百块钱；二是因为当贫困户影响儿子何有志找对象。经曾巧倩一点拨，这天晚上，何进水就贫困户的事辗转反侧，想了一夜。

何进水觉得这事有点意思，以前，自己为摘掉贫困户的帽子，去找村里，找镇里，找县里，最后跟检查组的领导打横幅，才将贫困户帽子摘掉；如今，自己失业没有了收入，儿子何志成也已经找了对象，没有了后顾之忧。但仔细想来，这事也不蹊跷。之前摘贫困户的帽子，是发生在车祸之前，是儿子没谈对象的时候，每天的收入摆在那里；而现在想戴贫困户帽子，是出车祸之后，也是儿子谈对象之后，现在，自己是半个残疾人，杀不得猪了，家里的主要收入来源断了，儿子也没谈对象的顾虑了。这之前之后，境况完全不同。

第二天清早，何进水到村部找陈大嘴的时候，陈大嘴正和一位项目投资人洽谈油茶基地套种中药材、养鸡喂鸭、搞生态农庄的事。

在此之前，包括陈大嘴在内的海棠村村民，觉得将一片荒山整成油茶基地，已经是荒山披绿、变废为宝了。没想到雪中送炭之后，还可以锦上添花。

投资人充满憧憬地介绍："油茶基地，一亩收入在三千左右，套种中药材，一亩收入在四千左右，如果再在边上打一口塘，砌一栋房，喂些土鸡土鸭，搞一处生态农庄，这收入就无法估算了。"

陈大嘴两眼放光，感叹道："原来一直迷惑，这世上为什么有穷人有富人？现在终于明白，原来穷人和富人的区别，仅仅在于思路和理念不同！"又问：“海棠村距城里远，在这里搞一处生态农庄，哪个来消费呢？”

投资人扑哧笑了：“青山绿水是忙碌生活最好的解药。现在信息发达，交通便利，城里人都有私家车，每到周末或节假日，不愿意待在家中，喜欢往乡里跑。你看，微信朋友圈哪里有一处花、哪里有一湖水、哪里有一座山、哪里有一条河，哪里不是人山人海人满为患？”投资人指着窗外，又说：“你看我们海棠村，不仅有油茶基地，还有海棠花基地，你看看外面那山，那条小河，那些田地，这都是风景，是资源呀！”最后投资人感慨道：“陈书记，我们不能端着金饭碗讨饭吃啊！”

经投资人这么一指点，陈大嘴突然觉得整个海棠村都明亮起来。窗外，群山环抱，绿树簇拥，连最熟悉的水田和旱地，以及房子、院落，都变得生动了，它们以各种不规则的形状存在着，或躺在垄塅里，或挂在山坡上。从前，看山是山、看水是水、看树是树、看房是房，经投资人这么一鼓噪，陈大嘴顿时觉得思路开阔，看啥都觉得是风景，都是可以换来真金白银的紧俏资源。

送走投资人，陈大嘴心情大好，哼起了小调：

今天是个好日子
心想的事儿都能成
今天是个好日子
打开了家门咱迎春风……

何进水在外已经等了一会儿，见陈大嘴忙，没敢打扰，这会儿陈大嘴突然发现何进水，很是吃惊，忙问：“进水老兄，有何贵干？”

何进水直了直身子，说：“大嘴，我想当贫困户！”

陈大嘴简直不相信自己的耳朵，以为自己听错了，又问：“什么？”何进水提高声音，很郑重地说：“我想当贫困户！”

这回真真实实听清了，何进水想当贫困户。

陈大嘴的耳朵听清了，但他的脑壳一时没有转过弯来。那时候千方百计要把贫困户的帽子摘掉，为了摘这帽子，害得四个干部“戴了帽子”。这时又冷水里冒热气，不知哪根神经搭错了，竟然又要当贫困户。陈大嘴照何进水肩膀上拍了一巴掌，笑着说：“你拿我开玩笑不要紧，可不能拿扶贫工作开玩笑！”陈大嘴止住笑，又说：“上半年，为把你贫困户帽子摘掉，我们几个人也差点把帽子摘掉。现在你又要把贫困户帽子戴上，米汤淘饭，又归原案？”

何进水一本正经地说：“陈书记，情况不同了。以前不当贫困户，是因为我每天杀猪，有收入来源。现在情况有变化，自从出车祸之后，这手脚使不上劲，杀不得猪了，坐吃山空。”说着，何进水将在县残联办的残疾证，摆在了陈大嘴面前。

陈大嘴接过一看，说：“你这是很轻微的残疾，不影响正常生活和生产，在评贫困户的事情上，擦边球都打不上。”陈大嘴放下残疾证，又说：“进水老兄，你出了车祸，杀不得猪了，这是事实。但你出车祸之前，杀了这么多猪，家里有存款，这也是事实。坐吃山空，现在山还没被吃掉一个角。再说，你不能杀猪，并不代表丧失了劳动能力。不能说不能杀猪，就要评贫困户。难道没了张屠户，就吃带毛猪？让我说，杀不得猪，还可以杀鸡杀鸭嘛！”

如果只说杀猪的事，可能何进水不会很反感，也不会有什么太大的情绪。但把杀猪和吃带毛猪搅在一起，把杀鸡杀鸭和杀猪搅在一起，又把杀猪的人和不杀猪的人搅在一起，何进水觉得有点强词夺理，有点侮辱人的意思了。我明明是一个杀猪的，凭什么让我去杀鸡杀鸭呢？凭什么和一个不杀猪的人去比较呢？于是气愤地说：“陈书记，你不同意，那我去找镇里、找县里好了！”

第三十九章

陈大嘴到陈旗办公室的时候，陈旗正在拟写一份讲话材料。陈大嘴见缝插针，赶紧递上一根烟，压低声音问："陈镇长，还记得那个何进水吗？"陈旗愣了一下，马上瞪大眼睛，说："就是上次那个不当贫困户的何进水吗？"陈大嘴头点得像小鸡啄米一样，说："正是正是。"陈旗忙问："他又有什么事？"

陈大嘴咬牙切齿愤愤不平地说："这回，他又想当贫困户！"陈旗脑壳钝了一下，脑海里满是疑惑，他上次那么坚决不当贫困户，这次为什么又要当贫困户呢？很欣慰的是，陈旗觉得这次陈大嘴工作思路清晰，抢在何进水之前来汇报情况，没搞得自己很被动。但又觉得事有蹊跷，这一出一进，不是"刁民"这么简单。

陈旗递一支烟给陈大嘴，自己也点了一支，深吸几口之后，说："这次我们要变上访为下访！"

陈大嘴一时没明白意思。陈旗拿起一个笔记本，说："走，我们去何进水家！"

何进水见陈旗和陈大嘴亲自登门，还是有点吃惊。何进水明白两位来意后，很客气，马上让座、倒茶。别看陈旗人年轻，在乡镇历练几年之后，处理问题有了一些思路和方法。入座之后，陈旗没有问贫困户的事，先问车祸的事，问车祸之后生活、生产方面的事。何进水心有余悸地告诉陈旗，当三轮车冲向堡坎的时候，他从三轮车里跳了出来，如果人和车一起坠到六米多高的堡坎下面，估计不是折一条腿一只胳膊的问题了。幸亏身手敏捷，在三轮车落地之前，自己跳了出来，车摔得面目全非，人只摔断一条腿一只胳膊，真是不幸中之大幸！

陈旗夸张地感慨一声，话锋一转，说："看来，我们镇里无牌无证车辆的管理，是一短板，存在很大安全隐患！"又说，"如果车子上了牌，有证驾驶的话，出了事可以找保险公司。无牌无证驾驶出了事，保险不赔，农保不报，所有责任全部由肇事者自己承担。"

何进水说："这次车祸，家里花了近七万元医药费，还落下了后遗症。"何进水边说边撸起袖子，指着接好的骨头，说里面还打了四颗钢钉未取，然后弯曲几下，说："看上去没两样，但现在完全使不上劲了！陈镇长，我昨天找了大嘴，请政府将我重新纳入贫困系统，现在我这情况，是完全符合贫困户标准的！"

何进水终于说出了自己的想法，但陈旗想听他真实的想法，为什么以前坚决不当贫困户，现在又要当贫困户？

何进水将手指间的一小截烟连吸几口，然后将烟蒂子丢地上，用脚狠狠踩几下，说："陈镇长，真菩萨面前不烧假香，我直话直说吧！一是儿子已经谈了对象，并且生米煮成熟饭，到了瓜熟蒂落的阶段，当贫困户不会影响儿子的婚姻大事了；二是出车祸之后，失业了，每天没有进项，只有出项，坐吃山空。"

在来何进水家之前，陈旗就何进水的问题思考了很久，说白了，一般人听了都会有同样的反应，这脑袋瓜子一时转不过弯来。以前因为评何进水为贫困户，被市检查组定义为"不精准"，害几个人背了处分。现在如果又把何进水重新纳入贫困系统，只能证明两点：要么是以前弄错了；要么是现在又将弄错。

陈旗喝了口茶，问："你刚才说你符合贫困户标准，你将你的标准说来听听？"

何进水说："按照'一超过、两不愁、三保障'标准，我至少有两点符合：一是住房安全没保障；二是家庭收入不达标。"

陈旗一听，就笑了，说："老何，你那年告诉我们，每天杀一头猪，赚三五百块钱不成问题。我帮你粗略算一下，往低里算，每天三百，每月九千，每年十万八，你杀了二十多年猪，再往低里算，少说也存了这个数吧？"陈旗说着，将食指竖了一个"1"，又抓了一把，意思何进水现在存款，至少有一百五十万。

何进水扑哧一声，忙争辩说："当时赚点钱，手头松，上有老下有小，开支很大，存不下几个钱。关键是，现在不能杀猪了，每天坐吃山空，你看这房子，到处漏水，不改不行了。"何进水边说边指着房顶，房顶有一处明显漏水的痕迹。

这时，陈大嘴插话："进水老兄，你暂时没砌新房，那年是因为风水不空，这两年，你是在等、在看、在比，想砌一栋亮瞎这座院子的大房子。"此话不假，何进水没砌新房，并不是没钱砌房，而是想一步到位，砌一栋高标准的好房子。陈大嘴又说："进水老兄，虽然你出了车祸，受了伤，杀不得猪了，但你并没有完全丧失劳动能力，还可以干些力所能及的事情维持生活的，是不是？"

这次，陈大嘴没有让何进水去"杀鸡杀鸭"。但何进水听到"力所能及的事情"，却立马想到了"杀鸡杀鸭"。

陈旗最后说："我个人的意见是，你如果又进贫困系统，我认为是不合适的，所以，请一定要支持我们的工作！"

陈大嘴让自己去杀鸡杀鸭，陈旗让自己支持工作。明明自己符合贫困户标准，现在却弄得好像是在跟政府胡搅蛮缠、唱反调了一样。何进水心想，以前把我评为贫困户，是你们弄错了，不然，上次市检查组组长不会说你们扶贫"不精准"！现在，不把我评为贫困户，又是你们弄错了。当然，我说你们弄错了，你们肯定不会承认，只有比你们大的领导说你们弄错了，你们才会改正。

何进水越想越气愤，于是，气咻咻地说："既然你们觉得不合适，那我去县里、市里问问吧！"

第四十章

陈旗觉得何进水当贫困户不合适，是基于现实情况考虑，是从实际情况出发，甚至还掺杂了一点个人感情色彩。在回镇的路上，陈旗一直在思索，按“一超过、两不愁、三保障”的扶贫标准来鉴定，何进水当贫困户到底符不符合？他越想心里越没底。

陈旗一回到镇里，就将事情跟尹志刚做了汇报，听完汇报之后，尹志刚眉头皱成一个“川”字，久久没有散去。

最后，尹志刚没说合适，也没说不合适，让陈旗通知全体班子成员，立即召开党政联席会，并通知海棠村驻村干部和村支部书记列席会议，议题只有一个，研究何进水是否进贫困系统的事情。

会议开了三个多小时，各班子成员讨论得很热烈。会上，形成了两种截然相反的意见。

一是以镇长岳峰为首的一方，支持何进水重新纳入贫困系统，当贫困户。

理由和曾巧倩说的如出一辙，按照“一超过、两不愁、三保障”标准，一是何进水家房子安全没有保障，二是他暂时赋闲在家，没有收入来源，所以，家庭收入未达标。

二是以副镇长陈旗为首的一方，不支持何进水重新纳入贫困系统。理由也有两点：一是按何进水过往的收入，往低里算，银行存款至少上百万元。说这话时，陈旗还扫了会议室一圈，说我们在座的各位干部，有几个家里存款上百万元的？如果我们评一户家有存款上百万元的村民当贫困户，是一种什么样的导向？二是何进水虽然出了车祸，但没有完全丧失劳动能力，他完全可以自力更生。

理有八方，方方有理。

这时，岳峰说："我们先撇开存款不谈，个人觉得将何进水重新纳入贫困系统，是套得上政策、不违反原则的。同志们，我们不能在同一个地方跌倒两次呀！"

这话至少刺痛了三个人，陈旗，还有列席会议的海棠村驻村干部刘德胜和海棠村支部书记陈大嘴，上次因为将何进水评为贫困户，他们四人都受了处分。

陈旗吐出一个大烟圈，说："将何进水评为贫困户，市检查组下结论说我们扶贫识别工作不精准。平心而论，何进水确实不是贫困户，而是农村少有的富裕户。如今，虽然何进水出了车祸，不能杀猪了，但经残疾部门鉴定，只丧失部分劳动能力，他完全可以从事另外一些力所能及的事情。再说，他家底还在，家里的存款还在。上面的政策是个钢圈，而农村工作是个橡皮圈。如果我们生搬硬套，那真又在同一个地方跌倒两次了！"

这时，陈大嘴接着说："各位领导，照我说，何进水不仅不该评，还应该加强公德教育，否则把村里的风气带坏了。"

大家都谈了各自的看法，总的来说，不支持何进水重进扶贫系统的人占多数，支持的占少数。末了，镇党委书记尹志刚总结说：

"精准扶贫，'精准'是要义。如果扶贫不精准，我们在扶贫的道路上，肯定会走弯路、绕圈子，最后事倍功半。那么，在何进水是否重新纳入贫困系统的问题上，我个人认为，不支持纳入。理由有三。

"扶贫要精准。从现实情况看，何进水不是贫困户，甚至可以说是富裕户。扶贫工作是'雪中送炭'，不是'锦上添花'。

"不能自我否定。上次将何进水从扶贫系统里剔除，就是秉着实事求是的原则，按精准扶贫的要求操作的。如果我们现在再将他纳入扶贫系统，明显是对之前工作的否定，更加是对现在工作的否定，会造成一错再错的后果。

“加强帮扶。我们可以将何进水列为边缘户，加强监控和帮扶。扶贫不扶懒。像何进水一样劳动能力的人，村里还有很多。何进水出车祸之后，不能杀猪了，我们可以对其进行新的技能培训，再重新帮他就业。”

尹志刚的意见，比别人考虑得更深一层。不将何进水纳入扶贫系统，但要对他进行监控和帮扶。尹志刚摘下眼镜，很深情地说：“同志们，脱贫攻坚战进行到今天，已经到了挂果阶段，但离摘果还有一段距离。行百里者半九十。现在，剩下还没有解决的每一户、每一人、每一事，都是难中之难，是些硬骨头，需要我们在座的各位加倍用心、用情、用智慧去处理、去解决。不要因为一朝被蛇咬，就十年怕井绳，不要因为一次工作上的失误，就要为它开口子、找后门，更不能让我们之前脱贫攻坚的努力功亏一篑。”

最后，大家逐个表态，少数服从多数，形成了集体意见：何进水不能重新纳入贫困系统。换言之，他不能被评为贫困户。

第四十一章

何进水得知自己不能评为贫困户之后，竟然没有找县里，也没有找市里，而是直接给省扶贫办写了一封信访材料。

对于涉贫信访，省里很重视。省里将何进水的信访材料直接批转资水县委书记李志强，让他亲自督办。对于其他的信访案件，李志强一般批转县信访局，信访局再批转和信访内容相关的职能部门去办理。作为县委书记，根本没有时间和精力去处理那些普通信访件。

李志强在批示城关镇海棠村何进水的信访件时，突然觉得这名字有些熟悉。对于县里那几个上访钉子户，名字早已烙印在脑海，这显然不是一位老上访户。那为什么觉得“何进水”这名字如此熟悉呢？李志强嘴里喃喃自语着：“何进水，何进水……”

李志强想了又想，提笔的手猛地拍了一下脑门，终于记起来了：“这个何进水不就是上次强烈要求不当贫困户，并且，让县里一季度的脱贫攻坚工作，在全市排名从顺数第三，直接跌到倒数第二的那个村民嘛！”

李志强想了一下，觉得这不是一件简单的事。当贫困户，不当贫困户，里面肯定有原因。此时，李志强的脑海里摆开了战场。思索再三，李志强头也未抬，对秘书指了指，说：“你通知一下城关镇和扶贫办，我亲自去城关镇海棠村一趟。”

接到李志强秘书的电话，尹志刚正在海棠村处理一个矛盾。这个矛盾几十年了，一直处理不好。事情其实很简单，就是一条一百余米的组道一直没有硬化。本来这一百余米组道没有硬化，也不是什么大不了的事，影响不了精准扶贫之大计。但县交通局将这段组道列入了扶贫通畅工程，成了刚性考核指标，必须硬化到位。而这段路没有硬化的原因，是有一户村民说这条组道占了他家一处老屋宅基地。占地不要紧，修路不是架桥，是要占地的。占地既可赔钱，也可换地。但这村民态度蛮横，既不要赔钱，也不肯换地，他提的条件是修一条路通到他新房子门口。而他的新房子坐落在半山腰，离组道足足有半里地远。这明显是无理要求。

在村民的强烈要求下，镇里组织强制施工，尹志刚亲自带了几名民警、辅警，在现场维持施工秩序。

尹志刚接到李志强秘书电话时，正和这位村民争得脸红脖子粗。接通电话，"喂"了好几声，才听清楚原来是县委李志强书记要亲来海棠村。尹志刚问："李书记来是开展哪方面的工作？"李志强秘书说："不清楚。"尹志刚又问："什么时候来？"李志强秘书说："已经在路上了。"

这事火烧眉毛，很急。尹志刚挂了电话，立即安排了几项工作：给马路沿线的几个村支部书记打电话，要他们安排人手，立即清扫沿线卫生；立即安排副镇长陈旗和海棠村支部书记陈大嘴，搞好村部卫生，并烧茶倒水，搞好后勤服务。

因为县扶贫办主任去省里开会了，所以，李志强带了扶贫办分管业务工作的副主任刘有财，另加秘书和司机，一行四人，轻车简从。

李志强的车停在村部门口，但未下车，李志强坐在车上，对尹志刚说："直接去何进水家里吧！"尹志刚这时才弄明白，原来李志强亲自前来，是为了何进水是否进扶贫系统的事。

在离何进水家大约有两百米远的地方，李志强下了车，理了理白色衬衣，背着双手，朝四处看了看之后，踏上通往何进水家的青石板路。青石板经历时间洗礼，磨得锃光发亮，两米宽，两旁毛竹摇曳，数枝野兰显得格外耀眼。

陈旗指向不远处一栋四四方方的土坯房，对李志强说：“李书记，那就是何进水家。”

李志强听了，未作声，眉头却锁得更紧，转向尹志刚，说：“一下涌这么多干部去人家家里，你觉得合适吗？”

尹志刚脸一红，觉得确实考虑欠周，赶紧点了几名干部，遣散了其他无关干部。尹志刚、岳峰、刘有财、陈旗、驻村干部刘德胜，还有村支部书记陈大嘴，一行跟在李志强的屁股后，李志强没说话，大家都沉默不语。气氛像秋后的天气，略显沉闷。大家发现，李志强的眉头一直锁得很紧。

李志强对尹志刚一行锁着眉头，对何进水却不锁眉头，不仅不锁眉头，反而对何进水慈眉善目，有说有笑。李志强在何进水的带领下，绕着他家的土坯房转了一圈，说：“进水，我今天来，是想了解一下你的情况。以前将你评为贫困户，你为什么坚决不同意？”

在陈大嘴的介绍下，何进水知道今天亲自登门的是县委书记，心里有一点惊喜，也有一点紧张。但感觉到李志强这么平易近人之后，紧张的心慢慢舒缓下来，说话的思路也清晰多了。

“李书记，那时我杀猪，每天赚得几百块钱，本身就不是贫困户，所以，不能给政府增添麻烦。”何进水说。

李志强对着尹志刚一行指了指何进水：“看看，一个普通村民，都能有这样的觉悟。”又转向何进水，肯定地说：“你是对的，当时是我们工作不精细，没有做到位。”

何进水深深叹了一口气，说：“李书记，自出车祸之后，杀不得猪了，重活干不得，轻活没得干，一直赋闲在家，没有收入来源，坐吃山空，如今想不给政府增添麻烦，也不行了。”说着，何进水又是挽裤管又是卷衣袖，让李志强看车祸骨折的伤疤。其实，来此之前，何进水的基本情况和个人诉求，李志强在他的信访材料上已经了解了个大概。

李志强又围着何进水的房子外面转了一圈。这房子有些年头了，是由那种大土砖砌的，房梁木很粗，时间的刀斧之力，在上面结满了黑黑的一层灰尘，房檐下、屋角处，雨水和阳光相互侵蚀，仿佛被岁月啃咬，显得残缺坑洼。李志强又走进屋里，在几个黑黑的房间里打量了一眼。突然，李志强转身对尹志刚说："我们去村部开个座谈会吧！"

第四十二章

座谈会没有邀请何进水，只有几个相关的镇、村干部和李志强、县扶贫办刘有财参加。

作为海棠村扶贫工作责任领导陈旗汇报："我们是从实际情况出发的。何进水杀了几十年猪，往低处算，银行存款至少上百万。"

李志强问："这个数据从何而来？何进水本人是否认可？是否有佐证资料？"连着三个问题，将陈旗噎住了。党政联席会讨论了好几个小时，怎么大家都没往这方面去想呢？最后，大家都是"按常理""想当然"，何进水这个存款，是从之前他说杀一头猪可以赚三五百计算得来的。在估算这个存款时，没有问何进水。如果这个收入何进水不承认，这事还真不好佐证。

陈旗红着脸说："李书记，这个数目是我们估算出来的，眼下何进水想当贫困户，估计他不会认可这个数目，我们也无法去银行进行佐证。"

李志强又皱了皱眉，说："那等于这个数目是凭空捏造的，是虚的。"陈旗急了，扳着指头说："何进水自己说杀一头猪可以赚三五百，我们按三百计算，二十年下来也是一个大数目了。"

李志强说："你们只算收入，算没算开支？比如说这次车祸，花了多少医药费？这么多年下来，一家老小的生活开支、学费开支、医药费开支、人情往来、吃喝拉撒……你们有没有算过？"李志强这么一问，将几位镇、村干部问得满脸通红。显然，李志强看问题，比大家更深了一层。

李志强调整一下情绪，语重心长地说："按照'一超过、两不愁、三保障'这三个简单的刚性指标，就像小学生十以内的加减法，我们一个一个往里套，哪些套得起，哪些套不起，这么简单的事，为什么我们就是干不来呢？"

李志强留了一点时间空白，好让大家及时消化他的讲话内容。然后，用手指点了点桌子，说："扶贫工作，一要精准，二要精细。家庭收入，我们不能算过往的，也不能算将来的，而是要算眼下的，并且是眼下这一年的，这就是精准；再比如，贫困户的饮水安全与否，我们要看水量够不够、水质好不好、用水方不方便、一年累计缺水时间有多少天？这就是精细。"

陈旗的工作思路，还没有跟李志强产生同律共鸣，还停留在老思路上，于是说："李书记，我们认为，何进水虽然出了车祸，但并没有完全丧失劳动能力，通过新的劳动技能培训之后，他完全可以重新就业，自食其力的。"

李志强显然又不满意陈旗的回答，说："那劳动技能培训了没有？重新就业安排了没有？收入来源保障了没有？"又是三个连问，问得尹志刚、陈旗几个镇、村干部手足无措，摇头如拨浪鼓。

李志强自问自答："还没有嘛！收入保障，还是八字没一撇、子虚乌有的事！同志们，扶贫工作必须实打实，来不得半点虚的呀！"李志强说着，突然拍了一下桌子："接下来，是省里脱贫攻坚绩效考核，考核的形式是各市交叉检查，考核的结果将全省排名，如果考核小组来海棠村，看到何进水家的土坯房，并且这是他唯一住房，那何进水的住房安全又在哪里？人家会跟你掰着手指头算过去二十年的收入？人家会相信不久的将来他会砌豪宅别墅？"

大家都像小学生挨了老师批评一样，不再说话，整个会场鸦雀无声。李志强显然在对镇村两级处理何进水的事上，很不满意，窝了一肚子火。

大约过了一根烟的时间，李志强转向扶贫办副主任刘有财，手指了指，问："你是扶贫业务专家，你说说你的意见。"

刘有财不知是从扶贫专业角度分析，还是顺着李志强意思，说："李书记，我个人的意见是必须将何进水重新纳入扶贫系统，理由有两点：一是何进水的家庭收入有未达标之嫌，二是他的住房没有安全保障。"这两条理由，竟然又和城关镇计生办曾巧倩说得一模一样。当然，不用刘有财从专业角度分析，陈旗他们也看到了。但陈旗他们的内心深处，总认为这只是看到了事物的表面，没有看到事物的本质。上面的政策是钢圈，乡镇的工作是橡皮圈；上面的政策白纸黑字，一是一，二是二，乡镇的实际情况又不尽相同，一可以是二，二可以是一，所以，不能完全生搬硬套。

尹志刚好几次张张嘴，又合上了。既然李志强是这个意思，刘有财又从专业角度这么论断，几个镇、村干部还有什么好说的。

这时，李志强扫视了在座各位一圈，一锤定音："以镇、村为主，扶贫办支持配合，将何进水纳入贫困系统，评为贫困户吧！"

送走李志强一行，陈大嘴当着尹志刚的面，又大骂何进水是"刁民"："他被评为贫困户的时候，自己给自己投了一票，事后出尔反尔，上访闹事，好不容易才摘了贫困户帽子，这会儿又上访举报，要戴贫困户帽子，想脱就脱，想戴就戴，这不是'刁民'是什么？"

此后不久，何进水又如愿以偿，戴上了贫困户的帽子！

第四十三章

眼前的工作似乎告了一个段落。

尹志刚突然有种意愿在内心越来越强烈，来城关镇快一年了，天天被琐事缠身，非常忙碌，从来没有哪个节假日能够让自己清闲自在地休息一天。

农民种地，地里会长出庄稼来，工人在车间会制造出产品来，而自己每天辛劳着，却从来不留一点痕迹，永远被镇里的“旧账”推着走，完全顾不上发展的规划。所以回想起来，就好像什么都没干过了。

现在，镇里各项工作开始良性运转，他也该“走出去、请进来”，寻找好的项目，促进经济发展了。尹志刚将这个想法跟岳峰讲了，说去省城看看几个同学，省城里的几个同学混得不错，有一个专门开矿的，专门搞那种叫“钼”的稀有金属，城关镇的刘家坪村那年勘探，说也有稀有金属，去外面联系一下，看有没有什么好项目，如果能给城关镇招几个项目回来，岂不美哉？

岳峰听了尹志刚的话，很高兴地说：“尹书记你去吧，家里的事放心交给我，有什么事，我及时向你请示汇报。”岳峰又问尹志刚还带哪些同志去，尹志刚说，快年底了，各项工作都要忙于迎接检查，我一个人出去看看，也就那么几天时间，有什么情况我们随时联系吧。

尹志刚又简单安排了一下手里的工作，一个人坐上了赴省城的火车。在车上，尹志刚跟省城的几位同学联系了一下。一位是省委办公厅的肖亚洲同学，肖同学在大学时就是学生会干部，还是一班之长，人长得英俊，写得一手好文章，毕业后因个人综合素质突出，被推荐到省委办公厅，现在已经是正处级干部了，据说是班上官职最大的同学。还有一位同学叫邵一兵，毕业后本来分到市里一个事业单位，但他没去报到，家里出资八十万元，给他买了两台铲土车，从那时开始到现在，他的生意越做越大，在外省开了几个矿，提炼一种叫“钼”的贵金属，据说净资产早已过亿。还有一位同学叫王琴，在省质量技术监督局上班，是尹志刚的初恋女友。本来不想联系的，但肖亚洲在电话里半真半假地说：“谁不聚都行，但王同学你不聚聚，就太没意思了。”尹志刚嘴里说：“我的老班长，都是老皇历了，还开什么玩笑？”心里却想都快十年不见了，其实还是蛮想见见的，看她现在的生存状态是个什么样子，是不是改变了不少呢？就这样抱着几分好奇和别样的情愫，尹志刚还是答应让肖亚洲联系了她。

随着火车哐当哐当的声音，尹志刚的思绪一下回到十多年前。那时，自己一个人背着一个黄皮袋子，从资东县坐火车去省城求学。去学校前，父亲在老家给自己摆了几桌酒席，村里的父老乡亲都赶来喝喜酒，老村主任读过几年私塾，平常村里娶媳妇嫁女，都请他讲几句好话。那天，老村主任喝了两海碗水酒后，对尹志刚说：“志刚，你是我们烟斗村第一个状元郎，今后做了驸马爷，升官发财之后，记得给我这老头子捎两瓶好酒喝啊！”

那时的烟斗村是个什么情况呢？在尹志刚考上大学前，烟斗村从来没出一个“呷国家粮”的干部，记得有个从部队转业的烟斗人在县酒厂干过几年，后来因为一次贪酒误事，被厂里打发回烟斗村了，现在一个人住在村头的土地庙里，好不孤单。这次尹志刚考上了省里的大学，消息传到烟斗村，全村上下简直比过节还热闹。尹志刚自从烟斗村来到省城后，开了眼界，长了见识，常常在内心这样形容烟斗村：香江市是全省最贫穷的市州之一，资东县是香江市最贫穷的县区之一，而烟斗村又是资东县最贫穷的自然村之一。

换言之，烟斗村和“三百干部下基层”的西源村有得一比，就是资东县最穷的“三最村”了！

记得那时的省城跟现在的香江市一样，并不是十分漂亮，但在省城的那段时光，在尹志刚看来却是一生的财富。尹志刚在那里开启了自己的情感之门，完成了一个乡里人到城里人之间的蜕变，这些都不是外形的，而是很内质的东西，那些东西仿佛一只虫子，从表层到骨髓，从思想到灵魂，让自己无形之中破茧成蝶。

今天故地重游，其心境是相同的，又是不同的。到底哪里相同哪里不同呢？尹志刚也说不出个所以然来。

下了火车，肖亚洲和邵一兵早在出站口等候多时，十年不见，竟然一眼便在人群中认出了同学，样子都没改变什么，只是身体稍微有些发福。三人很热情地握了手，就驱车去酒店。肖亚洲开的是奥迪，邵一兵开的是豪华宝马，尹志刚在镇里坐的是帕萨特。尹志刚踢了踢左边肖亚洲的奥迪，又伸手捶了捶邵一兵的宝马，说："两位老同学，我可是个镇干部，今天托你们的洪福，让我坐坐一兵的宝马，开回洋荤吧！"

坐在车上，尹志刚东看看西看看，还用屁股在沙发上使劲蹾了几下，邵一兵说："志刚，这沙发是不是烙屁股啊？"尹志刚说："没有，我想体验一下，看宝马和帕萨特的区别在哪里？"尹志刚又使劲地蹾了蹾，"咦，确实不同啊，帕萨特开在乡道上，坐在里面跟跳舞一样，坐这个宝马就跟坐家里的沙发一样宽敞舒适啊。"

说话间，两部车一先一后进了华天大酒店，来到三楼的一个包厢。肖亚洲说："本来还叫了其他两位同学的，他们都去外地出差了，要回来后才能来陪你了。"邵一兵突然想起了什么，说："王琴呢，告诉王琴包厢没有？"肖亚洲跟尹志刚解释说："王琴本来要来接站的，后来局里临时有个急事情，要迟来一会儿为你接风洗尘。"尹志刚说："真是麻烦你们了，随便找个地方吃点东西就行嘛，你们这些省领导、大老板能在百忙之中抽出宝贵时间来接见我，已经感激不尽了。"

肖亚洲掏出手机，给王琴打了个电话，不一会儿，王琴就赶来了，一进门，就盯着尹志刚看，好像很陌生的样子，什么也没说，竟跳上前，来了个大熊抱。这时，肖亚洲和邵一兵不肯了，说不能厚此薄彼，要抱都得抱一抱。

尹志刚的心里，一时就像洪湖水浪打浪。快十年了，好像时间把王琴给忘记了，并没在她脸上留下一点点印痕。仔细看上去，王琴显得更加风韵了，女人味十足，皮肤还是那么白皙，眼睛里水汪汪的，让尹志刚想起跟她在一起谈恋爱的时候，老是喜欢去拧王琴的脸蛋，说要拧出几滴水来才心甘，那感觉好极了。

这时，早上好了菜，还开了一瓶酒。斟满四杯酒，一人一杯，王琴说："就算陪领导我都滴酒不沾，今天破例，喝一杯！"

肖亚洲说："今天你若不喝，那这酒只能撤了！"然后举起酒杯，"来，首先大家同干三杯，为志刚接风洗尘，为我们十年后的久别重逢，干！"

四个杯子哐当一声，同饮而尽。一连就是三杯。尹志刚记得肖亚洲在学校是不怎么喝酒的，平时聚餐，他喝不了三五杯就面红耳赤，看样子这些年锻炼出来了。当年，酒量不会和年龄成正比，估计和职务成正比吧。

接着，肖亚洲又敬尹志刚的酒，说："现在交通这么发达，从香江市到省城也不过三四个小时，你到那里当'土皇帝'了，也不来看看我们这些老同学。来！罚你两杯！"

尹志刚边喝酒边说："班长，我是天天想来看你们啊，但镇里那些事，像一团乱麻，理清这头又乱了那头，堵住这个孔又坏了那个疤，事无巨细，事必躬亲，真的抽不开身啊！"

肖亚洲说："看看，说得比我们省领导还忙了，省领导我们每个星期还要照几次面呢！来，第二杯！"

尹志刚抖着手，说："等等，等等，真的招架不住。没想到亚洲酒量变化真大呀。我建议大家边聊边喝！"尹志刚叫服务员上了一杯绿茶，吹吹热气，细细啜了几口，说："以前在学校的时候，从来不怨天尤人，从来不相信命运！现在随着年岁的增长，经历的事情越多，不得不信命啊！"

邵一兵笑了："怎么喝酒还能喝出这些人生哲学来了呀？"

尹志刚拍拍屁股，说："今天坐了你的豪车，喝了你的酒，确实感慨万千。"尹志刚指了指那瓶酒说："一瓶这样的酒在我们那个穷地方，够一个农民辛辛苦苦地干上一两个月了。你知道你那宝马，够一个贫苦农民奋斗几辈子吗？”

邵一兵笑着说：“贫富差距是你们领导关心的事情。但话说回来，假如这世界没有了贫富差别，所有的人都过着相同的日子，那谁还愿意去流血流汗，去拼搏奋斗呢？这世界都是一种颜色了，人生还有何精彩可言？”

王琴听了，抿着嘴，浅笑道：“还流血流汗呢！我看你是搜刮民脂民膏，不然怎么还是白白胖胖的样子？”

一听王琴这样说，邵一兵不干了，争辩道：“我一个做正经生意的，哪来的机会搜刮民脂民膏？我们是起早贪黑，勤劳致富啊！”

肖亚洲忙说：“来，今天不谈这些大问题，贫富均衡是政府的事，勤劳致富是老板的事，和我们同学聚会无关，来来，致我们逝去的青春和美好的回忆，喝酒！”

接下来，邵一兵、王琴也都敬了尹志刚的酒，没几个回合，一瓶酒就见了底了。邵一兵说：“再上一瓶？”

尹志刚赶紧说：“酒虽好，也不能贪杯，总量控制一瓶！”大家一致通过，都赞成适可而止。

饭后，邵一兵提出再搞点其他活动，比如说洗脚按摩，或者去看演出，王琴说，去喝茶吧，既可醒酒，还可聊天。

三个同学表示赞成，洗脚按摩那些庸俗的事，天天可以洗可以按，同学十来年不见了，在一起说说话聊聊天，多有意义。于是撤了席，邵一兵笑着说：“志刚，你还是坐王同学的车吧？”

尹志刚说：“乡里难得看到这么豪华的宝马，机会难得，你多让我的屁股珍贵一回好不好？”说着还摸了摸屁股。

四人找了一个“代驾”，开着宝马，就近找了一家茶馆，边喝茶边聊天。王琴说：“十年了，眨眼就十年了。十年说长不长说短不短，今天看你们，却还像在学校一样，没什么变化。”

尹志刚说：“外面没变什么，里面变了啊！王同学你看，在学校时你简直是个与世无争的仙女，现在却是个副处级领导干部了。”

王琴说：“别笑话我了，跟其他同学比不得，小女人嘛，胸无大志，一门心思干到退休吧。你看人家邵同学，是‘钱’途无量，人家肖同学，是省领导身边的红人，那是前程似锦。”

尹志刚也啧啧称赞，感叹道：“亚洲同学放到香江市去，少说也是个市委常委吧，如果到资水县去搞个书记县长，那是受了委屈的。”

人和人之间就是这么奇妙，当时大家在同一起跑线上，现在却好像分成了三六九等。其实尹志刚在县里，也算是混得相当不错的，三十出头就当了城关镇党委书记，在县里属于不多见的提拔重用了。

但和肖亚洲他们比，毕竟起点不同，不是一条起跑线上的，没有任何可比性。

肖亚洲感叹道：“我们算什么，还是邵同学实在啊，真金白银把腰包胀得鼓鼓囊囊的，那才是货真价实的东西。”

肖亚洲说的都是心里话大实话，也只有和同学在一起，在这样的场合，他才敢如此无遮无掩地释放情怀，平日里，都是小心翼翼地把最好的一面展示给大家。这时，邵一兵插话了，说：“你们俗不俗啊，到一起就权啊钱啊，比来比去有什么意思。志刚，你在基层工作，你说说你的工作环境吧，有什么好玩的，说一说让我们开开眼界呀！”

肖亚洲、王琴和邵一兵三个人都生在城里长在城里，读书毕业后又分配到城里工作，所以对基层生活和工作状况，是知之甚少。

面对他们的好奇，尹志刚这个基层专家，很容易满足他们的好奇心。于是，尹志刚跟他们讲了自己工作和生活的真实状态，如何搞好基层工作，如何同农民打交道，等等，把那些事添油加醋地说了几桩，听得他们眼睛一眨一眨的，嘴巴张成一个大大的“O”形。见时机成熟，尹志刚便将此行的目的，也就是刘家坪村稀有金属的事情跟邵一兵介绍了一下。邵一兵当即表示近期要安排去刘家坪村考察，并联系专家检测。如果资水就有此类矿产，投资给乡亲也是一件好事。

不知不觉已是深夜，尹志刚看看手表，说：“明天你们还有工作，不如早点回去休息吧？”

邵一兵涎着脸说：“还是宝马送你去酒店吧？”

肖亚洲说：“你真不识趣！给人家一点私人空间好不好？”两人说笑着，就不管不顾地驾车而去。

这时，王琴才说：“上车吧！”

第四十四章

在车上，王琴问：“怎么不把夫人一起带过来，让我们熟悉一下？”这样的话，从初恋情人嘴里说出来，尹志刚听起来很不是滋味。尹志刚不想把自己的那些“破事”说给王琴听，假如拿胡一枝跟王琴相比，简直是一个天上一个地下，说出来也怕王琴笑自己。

尹志刚说：“你知道我的，是个简单的人。”见尹志刚答非所问，王琴不好再多问了。尹志刚无话找话，说：“你呢？还好吧？”

王琴叹了口气，说：“好不好，就那么回事吧！”尹志刚又问：“怎么能那样说呢？”

王琴说：“反正这世界上，靠山山会倒，靠人人会跑，只有自己最可靠。”

尹志刚笑着说：“难怪别人讲，女人反正嫁给谁，都会后悔的。”

本来只是想调节一下气氛，让两个人轻松一点。没想到王琴听了尹志刚的话，一点也没觉得轻松，自顾自说道：“所以我就选择一个人过，每天上班下班，简简单单，就这样子了。”

尹志刚有些惊讶地问：“你也离了？”

王琴没听出尹志刚的弦外之音，回答道：“前年就办了手续。他也是局里的，我刚到单位对环境比较陌生，他比我先到局里几年，就手把手地教我一些业务上的东西。那时人年轻，因为一时的空虚，到局里没多久就跟他在一起了，没想到在一起后，才发觉两人根本合不来，在一起不幸福，我生了小孩后，他在外面另有了女人，那女孩也是刚毕业出来的大学生，年轻漂亮，我就是受不了这口气，没想到一闹，反而给了人家机会，也好，就成全了他们。”

尹志刚说：“两个人合不来，在一起还真痛苦啊！人嘛，就这么一辈子，有个小品台词说得好，两眼一闭一睁，一天过去了，两眼一闭不睁，一辈子就过去了。想来想去，两个合不来的人天天同处一室，有什么意思呢？”

到酒店，尹志刚问王琴还上去坐坐吗？王琴抬头看了看墙上的挂钟，说：“你早点休息吧！明天我们去学校看看，如何？”

尹志刚说：“好的。那你慢点开车！”

等王琴的车消失在车流中，尹志刚掏出手机给邵一兵和肖亚洲分别发了条短信，只两个字：“开心！”但没给王琴发。

这晚，尹志刚躺在床上，辗转反侧，一直到后半夜都没睡着。尹志刚想起跟王琴在学校的日子，脑海里就像放电影一样，仿佛那些故事就发生在昨天。

那时，尹志刚是班上的宣传委员，王琴是文娱委员。中秋节的前一天，班上举办中秋晚会，尹志刚和王琴在教室里布置晚会场景，扎花、拉横幅、写晚会标语，等等。从那以后，王琴似乎特别关注尹志刚了。王琴是班上的“班花”，而尹志刚从农村出来，在尹志刚眼里，王琴似乎见多识广，而自己就像荒山野林里的一棵庄稼，单纯而闭塞。王琴怎么会喜欢上自己，尹志刚百思不得其解。后来，尹志刚直接问王琴，王琴噘着嘴巴告诉尹志刚，就是那次晚会的时候，两人在那块帷幕上贴纸花，一人一面，配合默契地用双手印在一起，将一朵朵大大小小各种颜色的纸花都贴了上去，那感觉好极了，一种别样的感觉突然在心底绽放开来。

感情，就是个很奇怪的东西，不一定要书香门第，也不一定要家财万贯，所谓的一见钟情，就是那么一个眼神，那么一个微小的动作，那么一种悄无声息的心灵感应，就诞生了一生一世、天长地久、相濡以沫、不弃不离。

两人在一起，度过了两年多甜蜜的日子，毕业分配工作，王琴要尹志刚留在省城，自创事业，而尹志刚执意去了资水县。尹志刚还清楚地记得那天王琴送自己去火车站时，是两人走路去的，前后共走了两个多小时，两人走走停停，送尹志刚到车站，尹志刚又送王琴，这样来来回回，最后还是王琴将尹志刚送上火车。从那以后，尹志刚对火车有了一种很不好的印象，觉得火车是个冷酷无情的东西。它既没有爱憎，也没有温情，呼啸而来，绝尘而去，无情地带走了人世间许多的爱恨情仇……

第二天清早，王琴接尹志刚去了学校。

学校倒是没什么变化，连那些花草树木，好像跟十年前一样，没见长高长大多少，门卫室的保安却是一副新面孔，学校的商店老板也不是那个面目可憎利欲熏心的“胖子婆”了。尹志刚记得那时在学校，所有同学都十分憎恶学校商店的胖子婆，都觉得她是典型的奸商，变着手段敲诈同学们干瘪的钱袋子。王琴告诉尹志刚，说校店那个“胖子婆”前年去世了，说是患了肝癌，花了很多医药费。尹志刚不由在心底感叹：“人活不过一棵树啊！你看这些树，都长得郁郁葱葱的，枝繁叶茂。”

尹志刚和王琴又去看了他们的教室，教室里面粉刷一新，课桌也换了，从窗口往里看，许多同学正在上课，坐在门口的一位女同学问尹志刚：“你找谁？”

尹志刚摆着手，忙说：“没找谁，没找谁！”说完，就拉着王琴往楼下走。

然后，又陪王琴去看了她的宿舍，也去看了自己当年住了四年的宿舍。自己的那个床位不知现在睡着哪个学弟，整理得干干净净的。而当年却被王琴誉为“狗窝”，因为被子常常没整理，床单上摆满乱七八糟的书。尹志刚很想认识一下这位学弟，告诉他自己十年前在这个床位上睡了四年，自己的床沿，在离校的前晚，还写了一句话：“大地上有五色土，海滩边有五彩贝，乐章里有五线谱，人生中有五彩路。别了，我睡过的床！”但转念一想，这有什么意义吗？人家会理解你现在的心情吗？

时间的列车总是载着我们经过一处又一处美丽的风景，在每一处地方，我们都只是过客。是的，去找那位学弟根本就没什么意义，在此之前和在此之后，学长学弟们同样在此停留了四年，每个人在这里学习知识增长本领，这只是人生一个驿站，每个人却都经历着不同的风景！

从宿舍下来，尹志刚跟王琴又在校园内走了一圈，不知不觉中，两人走到那座假山的旁边，停住了脚步，王琴也许是因为触景生情，转身扑在尹志刚的身上，双手箍得紧紧的，将头深深埋进尹志刚的胸脯里。

这地方就是他们当年经常约会的地方，他们的初吻发生在这里。尹志刚一直记得那时的场景。那是一个月色弥漫的夜晚，尹志刚和王琴手牵着手在散步，走到这里的时候，因为有了一座假山，王琴牵着尹志刚的手紧了紧，然后，不经意地用双手环住了尹志刚的腰。王琴仰着头，闭着眼，鼻息开始不均匀。尹志刚喘着粗气，俯身将自己的嘴唇送了过去。

尹志刚抚了抚王琴的肩膀说："咱们坐一会儿吧！"尹志刚好几次想告诉王琴，其实他也离了婚，但话到嘴边，又被他咽了下去。

坐了一会儿，王琴提议去青妙寺拜佛。王琴说，距学校三十千米的地方，有一座山，山上曲径通幽，古木苍翠，又新修了一座寺，叫青妙寺，据说那里的佛有求必应，很灵验的，不如去看看？

尹志刚是个忠实的唯物主义者，从来不信那些神鬼之类的东西。但尹志刚的骨子深处又是个很浪漫的人。他常常想，假如自己不是从政的话，或许会去当个作家、诗人，或者从事绘画、音乐人之类的职业，每天背着画板或一把吉他，去饱览祖国的大好河山，那是多么惬意的事呀！

王琴驾车从学校出来，先是水泥路，再是柏油路，最后是泥泞路。暮秋的天气很怪，城里没下雨，城外仿佛刚刚下了一场雨，地上很湿。路上的深坑可蓄水养鱼了。两人下车，另租了一台摩托车，继续往青妙寺进发。渐渐远离了城市的喧哗，路边的景致愈来愈清秀。进山了，有一条小溪，顺着山沟蜿蜒而下，时而溪水幽幽，时而白练飞舞。溪的两旁，灌木丛生。尹志刚想，肯定有许多的小鱼小虾甚至小蛇，整日在这清幽的溪水里，自由自在地欢游着。唉，人活在这世上，却比不上一条山涧鱼。因为人有着诸多行为和思想上的桎梏，还有着许多不能抵达却又欲罢不能的欲望，让我们身心疲惫。人如可作，来生也变成一只小溪里的鱼儿虾儿，那该是一件多么惬意的事呀！

没过多久，尹志刚和王琴来到最高的山顶上，低头看看脚下，尹志刚不由倒吸了一口凉气。雨洗后的青山，显得空旷而险峻。有几缕棉絮状的山雾，正从脚底悠悠飘过。眼前，这几栋挨挨挤挤、高低错落的院舍，便是青妙寺。

王琴说："这青妙寺原本只是一处供路人歇息的小亭。山前是东乡，山后是西乡。那年，山下有户人家，男人和女人常常吵架，女人一气之下，就一个人跑到这小亭来，出家为尼。竟然也有人前来求神拜佛，据说还很灵验，于是香火旺盛，不几年，就有了眼前这座偌大的寺庙。"

尹志刚问："明明里面住的是尼姑，为什么不叫庵堂，而叫寺庙呢？"王琴说："小地方，没那么多讲究吧。"

尹志刚又问："你常来青妙寺？"

王琴说："有事没事的时候，都喜欢来这里，到这里来，感觉就脱离了俗世凡尘一样，可以让人忘却很多不舒心的事，荡涤一个人的心灵，让自己变得更加纯粹、简单、干净。"

尹志刚接着问："你信佛？"

王琴淡淡一笑，说："信者有，不信者无吧。"

两人在寺外的山径上边走边聊，不觉已至中午。这时电话响了，是肖亚洲打来的。

肖亚洲在电话中说："在哪？我开车来接你们吃饭？"

尹志刚说："中午你工作忙、时间紧，就算了吧！我们随便找个地方吃点东西行了。"

挂了电话，王琴说："我们下山去路边小店吃，怎么样？"

尹志刚说："好啊，重温一下我们的青葱岁月！"说着对王琴温情一笑。

下午，尹志刚跟王琴去了一家茶馆，要了一壶最好的茶，喝了一个下午。茶馆里音乐轻扬、灯光暗淡，气氛暧昧，真是个培养感情的好地方。

王琴问："现在工作还行吗？"

尹志刚说："老觉得肩膀上有副担子，屁股后面有条鞭子，压力有点大！”

王琴又问：“生活呢？”

尹志刚说：“我这人你应该非常清楚的，追求工作的多，追求生活的少，平时很少关注自己生活质量和状态的，反正不缺衣少吃、不挨冻受饿就行。”说完一笑。

王琴说：“跟你在一起的感觉真好，仿佛让人又找回了十几年前那些美好的东西！”小包房的茶几很小，面对面坐着腿都碰在一起了，王琴双手捧着茶杯，好几次都不经意地挨着尹志刚的手。这感觉真奇妙，仿佛让人又回到了那段青葱岁月。

尹志刚定了定神，又问：“今后有什么打算？”

王琴略作沉吟，说道：“感情方面嘛，是宁缺毋滥，绝对的宁缺毋滥！也许就这样过一辈子吧！女人比不得男人，女人有时候输掉一次，就输了一生。”少顷，又接着说：“工作方面呢，你知道的，我没你们男人那样的野心，也就想有一份体面的工作，有一份足够自己生活的工资，就够了。曾经有位智者说得好，一个女人应该有自己的事业；如果没有自己的事业，起码要有自己的事情；如果没有自己的事情，就会把丈夫当作自己的事情，那就真的有事情发生了。”又笑着补充，“虽然现在没有丈夫。”

尹志刚听了，也朝她一笑。

停了那么几秒钟，王琴突然问：“假如有机会，你愿意来省城吗？”尹志刚笑着问：“来省城做什么？我的根在资水县，下去容易上来难，哪有这样的机会呢？”

王琴说：“机会不是人创造的吗？”

尹志刚又一笑，说道：“那你在省城睁大眼睛帮我盯着，一有机会就帮我逮住它吧！”

接下来两天，几个同学又在一起吃了两顿饭，每次尹志刚都喝不少酒。本来尹志刚还想去几个风景区转转的，读书的时候也去过，但现在跟从前的心境不一样了。

这天，岳峰打来电话，说计划生育工作上遇到了一点麻烦，请尹志刚赶紧回去商量处理。工作为重，这次计划只好暂停。

回香江市那天，王琴开车送尹志刚到车站，分手时，送了一条真丝领带给他。尹志刚想起王琴曾经说过的一句话，说女人送男人领带和化妆品，那是有特殊意义的。尹志刚平生的第一根领带，也是王琴送的。尹志刚接过王琴的领带，故作轻松地说："你先回去吧！"

王琴说："送佛送到西，等你上车吧！"

进站时，尹志刚看着王琴说："谢谢你这几天陪我呀！"

王琴说："谢什么，以后有空多联系！"王琴的眼睛里竟然迷雾重重的样子，仿佛积了一汪柔情。

坐在火车上，尹志刚感觉这几天来就像做了一场梦，眯上眼睛不想让梦醒，但梦还是醒了，火车离香江越近，就离现实越近，梦就越清醒。

仔细想来，人生短短数十载，又何尝不是一场梦呢?

第四十五章

人真是个很奇怪的东西！有时好像是一壶水，放到方的容器里就变成方的，放到圆的容器里又变成圆的。

尹志刚一回到城关镇，身上那些柔的东西一下就无影无踪，立刻变回了城关镇党委书记，不再婆婆妈妈，儿女情长，办事情和想问题，必须干脆利落，总揽全局。

计划生育，一项让人伤透脑筋的工作，被人誉为“天下第一大难事”！

尹志刚从来城关镇报到的那一天起，就明白计划生育是乡镇工作的中心工作之一。小时候，香江市的农村普遍有“重男轻女”的封建思想观念，没有儿子的老人死了不能埋进祖辈坟山，自己没儿子，在年老时也要过继一个侄子做亲儿子。农村还有桩大事，就是族谱十年一修，没有子嗣的人家，修族谱时，在他名字下画一个黑圈圈，意思这个人就到此为止，没有后辈了。人家有儿子的，就算是个傻瓜蛋，也要在后面画个空圈，留了空白。

城关镇的计划生育在前任党委书记周虎诚手上，就实行了改革。以前搞计划生育都是举全镇之力，眉毛胡子一把抓，这样反而人多力量不大，造成责任分散，没干出成绩来。后来，干脆搞责任承包制，由计生办承包，镇组织委员钟益具体分管，其他的镇干部除了在迎接省市检查时协助，其他时间基本上不管这项工作。这样专职专管，容易出效益和成果。

有次尹志刚跟钟益聊到了计生工作，钟益就跟尹志刚大倒苦水：“计划生育政策已经实施了几十年，但从实际情况来说，低生育水平还很不稳定，封建残余思想仍在作祟，群众生育意愿与现行生育政策的要求有较大差距，特别是现行的一些惠民利民政策，跟计划生育的少生优育相抵触，比如说九年义务教育不要交学杂费、粮补直补、农合医疗等，都给人造成了一种多生多得的感觉。”

尹志刚不赞成钟益这个观点，说：“计划生育政策和惠民利民政策还是不冲突的，我个人认为是计划生育的优抚政策，相对于其他那些惠民利民政策来说，还没真正落到实处，让老百姓真正尝到甜头，得到实惠，让他们解除老无所依老无所养的后顾之忧。”

尹志刚沉吟了一下，又问：“镇里计划生育执法还存在哪些问题？”钟益说：“主要有三个方面：一是部分村的社会抚养费征收标准偏低，且征收不到位。征收标准较高的有畔城村、东城村、西城村，这些村位于城区或靠近城区，经济相对活跃，二孩政策未放开之前，社会抚养费征收能达到万元以上，而有的村只能征收三四千，全镇征收标准不平衡，给计生执法带来了一定阻力，少数边远贫困地方甚至存在‘死角村’‘失控村’。二是在行政执法过程中办法不多，感觉老办法不能用，新办法不管用。以前是‘动不动三分钟，再不动龙卷风’，现在提倡社会和谐，以人为本，依法行政，但是遇到极个别顽固不化的计生对象，这些‘怀柔政策’‘和谐办法’就不起作用了，人家不愿意交罚款，人又捉不得，东西也动不得。三是国家干部职工违法生育处理未到位。主要表现在，对国家干部职工违法生育清查力度不够，处理清查出来的个别违法生育干部时，心慈手软、讲情面，不能够完全按相关文件精神处理到位。”

钟益在县里开了会回来，跟尹志刚汇报，今年计划生育检查跟往年相比，有了三个方面的变化：一是对于跟踪检查人员和车辆视为干扰；二是查出问题在一个小时内上报省里，所以查出来的问题在一个小时内没有解决，就真正成了问题；三是查出的外来问题人员，两头负责。何谓两头责任，就是外来问题人员现在所在地和原籍所在地都负有责任。

按上面的规定，计划生育检查迫在眉睫，尹志刚叫来岳峰，三人在尹志刚办公室商量了大半天。尹志刚开门见山，说："不怕一万，就怕万一，有时候万一就等于一万。计划生育工作，还是不能掉以轻心。上次的扶贫检查，我们是有教训的。以我的经验，计划生育工作一样重要，弄不好，会影响县里在全省的排名，我们千万不能麻痹大意。"

第四十六章

尹志刚问钟益：“现在的年轻人有没有觉悟高的，自己主动要求计划生育的？”

“有啊！”钟益笑了。

“说说看！”

“前不久，有位妇女主动到计生办做了引产手术，还要求计生办的工作人员动员她丈夫前来做绝育手术。”

“这是好事呀！对这样的计生对象，我们一定要实行奖扶政策，在全镇广泛宣传！”尹志刚一时来了精神。

“尹书记，先听我把话讲完。”钟益故意卖了个关子，“后面查清，原来根本不是那么回事。”

“那是怎么回事？”

“原来她丈夫在街上看到一则牛皮癣广告，说广东有位富家女，因为丈夫不幸出车祸身体致残，丧失了生育能力，如今人到中年，家中家财万贯，就是少了个孩子，于是，许诺用一百万来诚征身体健康的有缘男士，让她实现做母亲的愿望。广告上留了电话号码，她丈夫看到后，如获至宝，立即打了过去，几经来回，发财梦没做成，反而被骗去了几千块中介费和诚信保证金。事情被女人知道了，于是，就有了开头一幕，强烈要求计生办的干部阉了她丈夫！”

尹志刚听了哭笑不得，对钟益点了点头，苦笑道：“这也叫有觉悟吗？”

正在他们谈话的时候，突然听到机关大院内，有人在吵吵嚷嚷。“打人了，打人了！”

钟益对尹志刚说，我下去看看什么情况。

城关镇计生办是一座独立的三层红砖房，和镇政府机关大楼相距了一段距离，因为工作的原因，偶尔有老百姓跟计生干部吵架的事情发生。没多久，钟益带着计生办主任曾巧倩，还有计生干部小吴来找尹志刚。一进门，尹志刚看到小吴的鼻子被一团纸塞着，流鼻血了，脸上还青了一块，手肘上也擦破了皮，很显然是被人打了。尹志刚的原则是，在工作中，不管遇到什么事，乡镇干部不能对老百姓动手，但老百姓也不能对自己的干部动手。

“钟委员，赶紧叫小彭送小吴去医院包扎一下伤口！”尹志刚对钟益说。

小吴是一位退伍军人，据说在部队时还是特种兵，论拳脚功夫，三五个男人自然不在话下，但每次跟计生对象闹矛盾，小吴都按尹志刚在会上的要求，做到了打不还手骂不还口。

尹志刚又对小吴说：“你先去医院清洗包扎，这事我跟钟委员商量一下。”说着，让计生办主任曾巧倩带小吴去了医院。

等小吴他们走了，尹志刚问钟益是个什么情况。

钟益很气愤地说：“这是刘家坪村的刘青山打的！”

尹志刚递了一根烟，让他稳定一下情绪。钟益将事情的前后经过向尹志刚作了汇报。

原来，刘青山自十几年前外出打工，打工时是一个人出去的，几年后，却拖着一家五口浩浩荡荡回来了。他在打工时认识了一位贵州的姑娘，当时这位姑娘还只有十八岁，没有到法定结婚年龄。于是，他生米煮成熟饭，结婚证、准生证都没办，一口气生下两女一男。这在计划生育政策放开二孩三孩之前，是严重的违法行为。计生办的干部得知情况后，赶去刘家坪村找刘青山，让他办理手续，并按规定缴纳社会抚养费。那天刘青山不在家，计生办的干部将他老婆带回计生办，接受计划生育法律法规培训。刘青山从外面回来，得知老婆被计生办工作人员带走后，便气急败坏地赶到计生办，二话不说便将老婆领了回去。

钟益得知情况后，立即组织计生办干部，赶到刘家坪村，恰巧刘青山又外出干活了，一伙人几乎没遇到什么阻力，又将他老婆带回来，继续接受培训，并安排身强体壮的小吴负责教育疏导。刘青山再次赶到计生办后，就出现了开头的一幕。

镇干部竟然被工作对象殴打致伤，这对尹志刚的触动很大。尹志刚此前一直教育干部，对“农村、农业、农民”要有感情，在工作中和农民打交道，态度切不可简单粗暴。不允许干部对群众粗暴，反之，也不能容忍群众对干部粗暴。干部被不法群众殴打，尹志刚觉得此风切不可长，这种嚣张气焰必须立即打压下去，否则将影响干部工作积极性，助长不法分子的歪风邪气，那以后的工作还怎么开展？

尹志刚将这个意思，委婉地跟钟益讲了。“那我现在就组织干部，去刘家坪村？”钟益很爽快地问道。“好！你先带计生办的干部去，有必要我立即通知派出所曾华，让他带人前来支援，要么不办，要办就办好，一定要将刘青山这股嚣张气焰打压下去！”

钟益立即召集计生办干部，开了一个短会，在会上，将尹志刚的意思进行了传达，顿时会场气氛活跃，特别是几个退伍回来的年轻人，更是摩拳擦掌。钟益怕年轻人太冲动，又作了强调：“大家在执行过程中，最重要的是要注意自身安全，保证自己不出半点差错，同时，也要保证计生对象家人的安全，记住了没有？”

“记住了！”大家异口同声，仿佛出征前的战士。小吴从医院回来，也强烈要求参加。

然后，钟益安排一名女干部留守办公室，其他计生办干部分乘三辆车，朝刘家坪村驶去。在小吴的带领下，很快就来到刘青山家门口。刘青山和他老婆，还有三个孩子正围着一张八仙桌吃饭。从屋里的情形可以看出，刘青山在外混了那么多年，却混得并不咋地。

刘青山见屋里一下拥进这么多人，一边护着媳妇往后门走，一边大声嚷嚷道："你们强闯民宅，有搜查令吗？"钟益吼道："你违反计划生育法，我们请你和你老婆去学法，要什么搜查令！"

小吴早堵住了后门，刘青山狗急跳墙，竟抬腿恶狠狠地朝小吴踢去，只见小吴一个捞手，接下来又是一记漂亮的扫堂腿，刘青山就像一捆干柴一样倒在地上。刘青山的老婆见自己男人倒在了地上，吓得哭起来，大声喊道："救命啊！救命啊！镇干部杀人了！"

闻到呼声的村民，急匆匆地从四面八方赶来。钟益心里有些紧张了，干部少，村民多，万一有居心不良的人起哄，那场面可不好控制，必须趁早撤退为妙。

钟益对曾巧倩低语几声，让她瞅机会让干部先慢慢撤离到安全的地方，自己爬上屋檐下的一块石头上，双手往下压了压，清了清嗓子，大声说："大家静一静，静一静！"等看热闹的人群稍稍安静一些，接着说："乡亲们，刘青山违反计划生育，不但不接受处理，反而打伤了我们的计生干部，无视法律存在，是非常恶意的违法行为！大家是明白人……"钟益边说边指着身旁的小吴，又说："大家仔细看看，我们干部根本没打人，打人的是他刘青山！"小吴刚从医院出来，正好鼻子上贴了一块白纱布，俨然就是一名刚从前线撤离下来的伤员。

群众的眼睛是雪亮的，大家知道刘青山生了一窝娃，犯了计划生育法，犯了法还殴打镇干部，那有什么好说的。围观群众立马将舆论的焦点，转向了刘青山。

在回镇的车上，有几个干部感慨万千，说现在的乡镇工作难搞，特别是计生工作。钟益也深有同感，现在的政府是"服务型"政府，坚持以人为本，提倡社会和谐，所以，目前的计划生育工作，就成了"老办法不能用，新办法不管用"。

第四十七章

刘青山是个聪明人，知道胳膊终究拧不过大腿，就交纳了社会抚养费。

接下来，是计划生育迎检。

迎检的第一天，全镇干部清晨六点钟就在会议室集合。

钟益将各自的工作职责又重复了一遍，着重交代了几点注意事项，特别是一些细节问题，出不得半点纰漏。

钟益感慨地说：“细节决定成败。我们在迎检工作中，是吃过亏的，大家一定要汲取教训，搞好这次计划生育迎检工作。”钟益所说的“教训”，就是一季度市里的扶贫检查，因为何进水想摘掉贫困户的帽子，竟然打横幅标语，最后造成全县一季度扶贫工作在全市排名靠后。

计生办主任曾巧倩和小吴分到一个组，他们负责刘家坪村的迎检工作。在下村的车上，曾巧倩对小吴说：“今天钟委员特地让我带你来，因为刘家坪村是这次检查的重点防范村，所以，你要有点心理准备。”“曾主任，钟委员不是在会上说了，检查对象是随机抽取，哪个村都有被抽中的可能吗？”小吴不解地问。

曾巧倩解释说：“是随机抽取，但一般是抽社情比较复杂、计生基础薄弱、地域相对偏远的村。”

小吴恍然大悟，头点得像鸡啄米一样，表示认可。

自从村里的水泥路修通后，车子可以直接开到刘志成家了，曾巧倩和小吴下了车，趁时间尚早，让刘志成带着在村里转一圈，看细节问题是否做到位。

刘志成对曾巧倩说：“村里的群众基本还是配合的，但刘青山那里，你们应该重点关注一下。”

曾巧倩转身对小吴说：“干脆今天你就重点关注刘青山那里，保证检查顺利过关就行。”

这时，把守路口的同事打电话过来，说刚接到电话，检查组已经从市里的住宿地出发了，正往资东县方向行进，要靠近资东县方向的几个村做好准备。

刘家坪村正处这个范围内。

这时，钟益又带领几位干部赶了过来，村支两委班子及各村民小组组长、党员都参加了迎检工作。

不过城关镇在这次计划生育迎检中，并没有被抽中。

尹志刚在全镇干部大会上说：“虽然这次省计划生育检查组没来城关镇，但接下来，还有市里县里的检查，计划生育这根弦，还得绷紧，松不得。值得肯定的是，全镇干部在计生迎检工作中，上下齐心，通力合作，这种精神值得我们总结和发扬！”

第四十八章

这天清早，尹志刚收到一条短信，是邵一兵发来的，尹志刚打开一看，是一则《水调歌头——光棍词》：

女友几时有，把酒问青天。不知告别单身，要等多少年？我欲出家而去，又恐思念美女，空门不胜寒。起舞影为伴，寂寞在人间。追女孩，妄相思，夜难眠。不应有恨，何时才能把梦圆。男有高矮胖瘦，女有黑白美丑，此事古难全。但愿人长久，光棍不再有！

尹志刚才知道，今天是十一月十一日，不禁笑着给邵一兵回了一句话，突然又想起了王琴，便在手机上按了几个字："琴，节日快乐！"

不一会儿，王琴就回短信过来了，问尹志刚说："今天什么节？"尹志刚回："光棍节！"

王琴立即回短信说："你也快乐！"

尹志刚的心底突然间就涌起了一丝湿润，感觉时间过得真快呀，来城关镇快一年了。

一年来，忙忙碌碌，每天感觉很充实，都在忙事情，但留下痕迹的事情又很少，回过头来，感觉什么事也没做一样。

这时岳峰敲门进来，说跟尹志刚商量个事。尹志刚正好昨晚也有这想法，想找岳峰商量一下镇干部待遇的事。

自己来城关镇快一年了，在人事安排和干部的经济待遇上，似乎没帮干部们争取点什么。刚来的时候，人家有点什么想法，也不会怪罪于你，因为你刚刚才来，但一年快过去了，人家有点想法就很正常了。近一年来，每天忙碌而平淡，城关镇没有什么值得大书特书的政绩和亮点工程，但解决的具体问题也不少。

尹志刚准备递烟给岳峰时，岳峰早已将烟递了过来，还客气地替尹志刚将火点上。两人坐下，岳峰深吸了一口烟，语调有点低沉，说："尹书记，计划生育省检总算告一个段落，干部们也松了一口气。这几天，干部们在一起议论一些事情，似乎还有点想法呢。"

尹志刚问大家有什么想法。

岳峰说："大致归纳，有两种想法吧，年轻的觉得没奔头，年老的觉得没待遇。"

"奔头"就是政治前途，"待遇"就是经济待遇。

岳峰又吸了一口烟，深深吐出的烟雾在他脸前萦绕着，显得心情沉重。

他皱着眉头感叹道："这是很现实的事情啊，现在的农民进城打一天零工，一天两三百块钱，而我们的干部，多少比大部分农民多喝了几年'墨水'，但现在上面堵了后门，又不开前门，干部的待遇真的低。特别是那些年轻干部，他们除了县财政发的基本工资，这两年连地区津补贴发放都卡壳了，刚上班的年轻干部扣除五险一金后，发放到卡上的工资不到两千。除此之外，今年镇里还没发一分钱的待遇。上面说是说乡镇干部不能比机关干部的待遇低，但机关有充裕的经费保障，大河涨水小河满，而乡镇因为财政赤字突出，正常的待遇尚不能按时保障。真是横向比纵向比，大家都有心理落差。同样是干部，在同一个地方工作，消费水平都差不多，为什么收入就要分个三六九等呢？"

岳峰吸了一口烟，又说："难怪云南某县提拔两位县财政局的干部为乡科级副职领导干部，人家直接拒绝接受组织工作安排。"

岳峰边说边从手机里调出一条短信，递给尹志刚看，尹志刚接过，感觉写得虽有点戏谑，但确实写出了乡镇干部的个中甘苦：

有谁知道乡镇苦，乡镇干部最清楚；
今天这个来检查，明天那个来调研；
中心工作搞不完，样样工作都难缠；
冬天干燥要防火，夏天雷雨要防汛；
计划生育时间长，一年四季查得慌；
搞了硬件搞软件，上级检查最麻烦；
扶贫工作实在好，群众工作不好搞；
农村低保一实施，人人都来讨工资；
东家好来西家难，群众告状最麻烦；
合作医疗政策好，上级要求要全保；
乡村两级怎么办，自己钱儿往里垫；
上级领导动动嘴，乡镇干部跑断腿；
明知任务不可能，想方设法要办成……

这顺口溜写得很形象。

刚才岳峰说到的“奔头”和“待遇”，对于一个普通公务员来说，这两点实在太重要了。尹志刚也早意识到问题的严重性。县里的各“局委办”不比城关镇，城关镇在职干部就有一百九十多号人，包括离退休干部有两三百之众，可谓队伍庞大人强马壮，而县里的机关一般只有二三十号人。资水县有句土话，叫“人少好呷鸡婆”。人家搞一万块钱每人可分五百一千，城关镇搞一万块钱，每人只能分几十块钱，所以人家的待遇就高些。而横向比，在旁人的眼里，城关镇地处全县的政治经济中心，处“皇城”根下，政治和经济待遇自然会被领导高看一眼，厚爱一层。其实不然，城关镇的“资源”都被县直相关职能部门挖走了，比如说有线电视、土地转让，就直接归县直单位管去了。下面的乡镇将这些职能据为己有，采取承包或出售等办法，所得收入就变相成了干部的经济待遇，而城关镇留下来的，就是重点工程拆迁等矛盾纠纷，够人伤脑筋的。

这时，尹志刚的电话响了，是组织委员钟益打来的。尹志刚接了电话，哦了几声，让他将文件送到办公室来，还特别叮嘱说，岳镇长正好在办公室。

尹志刚放下电话，对岳峰说："我昨晚也想到了这个问题。既要牛背犁，也要喂牛草。大家一年到头这么辛苦，不发点加班费实在说不过去。"尹志刚掸了一下烟头，问岳峰道："现在镇财政户头上还有多少钱？"

岳峰说："整个家当，有四十来万吧。"

尹志刚说："这次计划生育迎检大家很辛苦，加班费人均两千也不为过吧？"

岳峰说："要得要得。"

这时钟益手里拿着一份文件进来，是县委组织部下发的，根据安排，这个月底考察组来城关镇考察干部。这是例行考察。一个偌大的县，一年下来因工作需要，总有几次人事调动。人事提拔程序要经民主推荐，组织考察，领导酝酿，县委常委会研究，然后是公示，最后才任命，总共六个步骤。

尹志刚知道钟益拿文件来的目的，就是来征求意见的，城关镇这次推荐名额只有两个，到底推荐哪两个人合适呢？镇里的推荐权在于党委班子，说穿了，虽然说决定权不在镇里，但以镇党委的名义推荐上去，组织还是会慎重考虑的。对于一些特殊岗位，为了有利于今后的工作开展，组织部门还是会征求党委书记意见的。所以，牢骚可以发，但事情还得"按组织原则和程序"来操办。

尹志刚问岳峰和钟益："你们觉得哪两位适合呢？"

岳峰没提具体人名，只是说："这是个很敏感的问题，我们应该慎之又慎，被提名的人要大家都认可和信服。"

尹志刚说："我同意岳镇长的意见，以党委的名义提两个人出来，然后再通过民主推荐。"然后转向钟益和岳峰，说："你们先定个方案吧。"

钟益建议道：“我觉得曾巧倩这人年轻，干起工作来粗中有细，敢想敢干，全镇计划生育工作连续三年在全县都是先进，值得考虑。”钟益是分管计划生育线的，所以他第一个人选，就想到了计生办主任曾巧倩。

岳峰架着二郎腿，说：“经管站的朱小丽怎么样？”朱小丽自从李铁前牺牲后，过了半年，经岳峰提名，当上了经管站站长。

岳峰睃了尹志刚和钟益一眼，又解释道：“朱小丽在工作上还是泼辣大胆的，自她任经管站站长以来，就实行了全县独一无二的新管理体制——村账镇管，现在村里因为村账不公开、不透明而上访的，明显减少了，村账管理也更加规范了。村账镇管模式被县经管站确定为先进管理模式，在全县推广。”

尹志刚考虑到朱小丽担任经管站站长才几个月，资历尚浅，又考虑到这个人的为人处世有些媚俗，有时关于她的风言风语传来，所以，沉默再三，未置可否。

钟益见尹志刚没表态，就附和岳峰说道：“经管站的前几任站长，除李铁前牺牲外，都到下面的乡镇做副职去了，这也是从事业编制解决公务员身份的一种途径。”钟益又看了一眼尹志刚，接着说：“朱小丽年纪小，又是位女同志，我个人建议，这次机会给她吧。”因为经管站是财政全额拨款的事业编制，城关镇的干部都称经管站是个“中转站”，在这里过渡一下，不仅端上公务员的“铁饭碗”，还成了副科级领导干部。

尹志刚见岳峰和钟益都同意推荐曾巧倩和朱小丽，自己也表示先这样定。

第四十九章

周五下午，县委组织部考察组来城关镇考察干部。由常务副部长凌风和县纪委副书记罗金平带队，另外还有干部组的两位年轻同志。在干部民主推荐会上，凌风代表组织部作了讲话，说这次人事考察，是按照县委统一部署，秉着公开、公平、公正的原则，坚持任人唯贤、唯才是举，在选拔中注重实际工作能力和群众基础，将党和人民真正需要的人才选拔到领导队伍中来。凌风特别强调，大家要抛开个人感情和团团伙伙小圈子，在推荐干部上，要从党和人民的事业出发，真正做到心底无私，公平公正。凌风讲话后，罗金平又强调了纪律，在民主推荐过程中，一旦发现有徇私舞弊、拉帮结派、打击报复、搞团团伙伙等违纪问题，一经查实，将从重从快严肃处理。

随后，由县委组织部干部组的副组长发放一张早已打好名字的推荐表。因为下发的推荐表上有了曾巧倩和朱小丽的名字，干部们心里早就明白了几分。接下来，考察组又单独找十几位干部谈话，大家同样又很集中地推荐了曾巧倩和朱小丽。等这些程序走完，就到了吃饭的时间。

尹志刚对凌风说："老同学，上次送我来城关镇时，说记下一顿饭的，今天老账新账一起算吧。"

未等凌风答话，一旁的岳峰说已经在资水大酒店订了一个大包厢，并通知全体班子成员，晚上大家一起作陪。

凌风听说动员全体班子成员都来陪同，心里感觉很受用很惬意，嘴上却说：“这也太隆重了吧？”

尹志刚说：“今天是周末，你就给次机会，让我们这些基层干部好好接近一下组织部的领导吧！”

不一会儿，车子到了资水大酒店门口。进了包厢，尹志刚让凌风坐第一席，凌风推辞了一下，就“恭敬不如从命”了。然后左边是县纪委副书记罗金平，按道理尹志刚应该坐在凌风的右边了，这时，尹志刚叫纪委书记李雅茹坐凌风的右边，说给年轻同志一次靠近组织的机会。李雅茹莞尔一笑，说：“那座位，我哪有那资格坐？”说着指了指靠门的位置：“我还是坐在这里，为各位领导斟茶满酒搞好服务工作吧！”

凌风笑着说：“酒桌上，还分什么领导不领导的，都是兄弟姐妹。”

尹志刚听了李雅茹的话，笑道：“今天可不用你来倒酒。”说着向一位正在拆酒瓶的服务员努了努嘴，说：“那里有专业的美女服务员倒酒的。”

“那我也恭敬不如从命了！”李雅茹见尹志刚是认真的，于是坐下欠了欠身子，笑着说，“大家给我个机会为领导服务，没有意见吧？”

大家笑了，一致表示没有意见。

尹志刚随后又宣布了一条：“今天一律拒绝饮料和茶水，不分男女，都来白的，怎么样？”

男人自然没什么意见，只有李雅茹不干了，说：“来白的没问题，但能力有大小，我不能和大家同起同落！”在场的十来位，只有李雅茹一位女士，按岳峰的一句名言，今天是“十杆枪，一面盾”。

大家都知道李雅茹酒量不怎么样，所以对李雅茹提出的“不同起同落”也没一点意见。

几杯下喉，李雅茹已经满脸通红。其实李雅茹不是不能喝酒，而是一喝酒就脸红，所以，平时不敢喝酒。

见李雅茹今天这么尽兴和豪爽，尹志刚忙端起了酒杯，对李雅茹说：“来，雅茹，我敬你一杯！”

两人“咣当”碰了一下，一饮而尽。

第五十章

菜过五味，酒过三巡，餐桌上更热闹了，相同的话题也更多了。不知不觉间，罗金平说到了腐败这个话题。

一说到腐败，各人都有各人的感受。

这时，城关镇主管农业的常务副镇长黄金山说："现在上面的政策太好了，种田有粮补，退耕还林有林补，读书有义务教育，就医有城保农保，移民有后扶，创业可以无息贷款，外出打工报销车费……各种各样的富民惠民政策真正实施到位，农民都活在蜜罐里，但现在许多政策还没有落实到位。"

黄金山此话一说，大家都有些困惑了。这些惠民政策不都落到实处了吗？

于是，黄金山举例说明："上次在电视里看到一则新闻，说有个移民村的村主任采取虚报数据骗取了八万元移民后扶款，被检察院查了后，他竟然说全村移民资金有八十多万，他贪这几万块钱算什么？再说现在的医保，以前农民得了伤风感冒，去小诊所买点药，最多十几块钱，现在入农保，能够报销一部分了，一个伤风感冒去医院，不花几百块钱出来不了，虽然报销一定的比例，但自己负担的部分，反而比以前更多了。"

何平凡也深有感慨，补充说："现在的惠民政策多了，许多村干部变着法子从上面争取资金，有的为村里做了实事，有的纯粹为了中饱私囊。罗书记，我向你建议，今后我们的反腐工作，一定要将触角深入到村一级。"

"今年，我们资水就查了几个贪污受贿的村干部。"罗金平说，"现在很多村干部都是明码标价买来的，素质能高吗？”

凌风惊讶地说：“村干部也得花钱买，这倒是新闻。”

罗金平笑着说：“村干部不是到你们组织部来买，他们是向村民买，据说现在选个一般村的村干部，要花费十万左右，在郊区或富裕村选一个村干部，要花五十万以上。”

罗金平说得起劲，尹志刚他们脸上有些挂不住了。

村干部买卖，和乡镇一级多少还是有关系的，至少也是监管不力呀。

罗金平似乎也意识到了这一点，于是就转了话题，说起了工程招投标、政府集中采购等容易滋生腐败的部门。罗金平大声说：“招投标和政府采购，都是好政策。这些好政策搞着搞着，就被某些职能部门钻了空子。于是，集中采购由分散腐败变成了集中腐败，采购商品的价格不降反升，工程招投标变成了资质挂靠，层层发包，层层克扣，导致豆腐渣工程层出不穷。”

罗金平抖着手，又说：“大家都知道我县刚刚被查的一位农开办主任，在农业开发基础设施建设中，这家伙将工程建设采取非法手段包给自己表弟，他表弟本来就没有施工资质，就是因为表哥当了农开办主任，才临时组建了一个草台班子，什么资质都没有，什么技术也没有，仗着他表哥这层关系，在工程建设当中到处插手工程，将承包的工程‘提篮子’转包，或在工程实施过程中偷工减料，导致有些工程还没有完工，就出现了质量问题，那些水泥渠道跟纸糊得一样，用手指头一戳就是一个洞。后来，老百姓将这些豆腐渣工程通过网络曝光，这位农开办主任应声落马了。”

分管城关镇教育工作的何正声，听了罗金平的话，也有相同的感触，于是插言道：“在镇里我分管文教卫这一块工作，许多老百姓向我反映现在义务教育不义务，小学生一个学期，各种费用就要交近五百块钱，国家不是实施九年制义务教育吗？怎么费用越交越多了呢？”

罗金平叹着气说：“中央的政策是非常英明的，但到下面被少数基层干部给念歪了。比如说农合医保，国家补了钱，群众集了资，其目的就是解决农民看病难、看病贵的问题。但通过这几年的实施效果来看，成效是不够理想的。真正得实惠的不是农民，而是医院，特别是原来已经将要倒闭的乡镇卫生院。”

尹志刚听了，觉得大家说的，好像都和乡镇一级有关，于是解释说：“这里面还有个职能部门的利益问题。比如说农合医保，是由县农合医疗保险站组织实施的，低保救济优抚等工作，是由县民政局直接负责的，退耕还林是由林业局负责的。在这些惠农政策的组织实施当中，乡镇一级政府，就是起到一个维稳器的作用。”

酒桌上，大家聊到了惠农政策、干群矛盾、各种社会现象，喝酒的速度就明显慢了下来。尹志刚抓住机会，举杯说：“来，大家集体再来一杯。”

大家一起喝了杯中的酒，凌风说：“各位都尽兴了吧？反正我是不行了。”

尹志刚看看大家，说：“再来一瓶？只怕罗书记还没尽兴，以前有所耳闻，真没想到闻名不如见面，你看人家还脸不红心不跳，跟没喝的一样。”

罗金平见凌风打退堂鼓了，也忙着说：“别人喝酒脸是越喝越红，我喝酒脸是越喝越白，这样子已经最好了，再喝就会失态了。”既然两位主角都说不来了，其他人也都纷纷表示恰到好处，不喝了。于是，各位又匆匆扒了几口饭，散席。尹志刚领了一众人，送凌风他们到大门口才分手。

正想回家休息，这时尹志刚的电话响了，一看，竟是王琴打来的。王琴在电话里说：“志刚，你猜我现在在哪里？”

尹志刚不知王琴葫芦里卖的什么药，就猜：“在办公室加班？”王琴说：“不是。”

尹志刚说：“在青妙寺？”王琴说：“不是。”

尹志刚说：“呵，我知道了。你在学校。”王琴又说：“也不是。再猜。”

尹志刚说：“算了，我这智商不猜了，猜不着。”

王琴嗔了一下，惊喜地告诉尹志刚说：“我来香江市啦。”尹志刚听了，心里一颤，说：“别骗我啦。”

王琴有点生气地说：“人家什么时候骗过你了。”

尹志刚还是有点不相信，问：“怎么提前没告诉我呀？”

王琴说：“我们领导来香江市市场监督局检查工作，我正好休假，强烈要求领导捎我来，所以，这次来香江市，是带点私心，主要是来看你的。”

尹志刚这才相信王琴真的来了香江市。

尹志刚很是感动，说：“这样吧，这几天就交给我了，我来安排。”

王琴说：“我想去夷山看看。”

尹志刚说：“好的，没问题。我给你当导游。”

第五十一章

夷山是香江市一个 AAAAA 级风景名胜区，世界自然遗产，国家地质公园。就像埋在地下的一颗钻石，未被人发现时就是一颗石头，被人发现后，才是价值连城的宝贝。山还是那座山，河还是那条河，夷山自申遗成功后，一时名声大噪，许多外地人慕名而来。

正巧是周末，尹志刚跟王琴是坐大巴车去夷山的。现在交通越来越发达，坐大巴比自己驾车感觉还舒服些。屈指算来，这是尹志刚第八次来夷山了，有几次是来开会的，将会议放在夷山开，一则为了开会，二则为了观光，虽然举办方早有安排，有点公式化的味道，但还是可以让人意兴盎然。有一次是陪领导来的，陪领导来那次，当然不以观光为主，而是以服务领导为主。还有一次，是陪家人来的。

这次陪王琴来又不同，多年以后，陪初恋女友一起来夷山，心神一恍惚，有种时光如梭、人生如梦的感觉。

路上，王琴忽然问尹志刚："有没有想过调到省城去？""去省城做什么？"尹志刚从没想过这个问题，所以反问。王琴说："这么留恋城关镇？"

尹志刚说："也不是留恋啦。人往高处走，水往低处流，这是一件多么美妙的事情。关键是我一介乡镇干部，怎么去得了省城？"王琴说："通过考试，现在好多机关都面向基层招考的。"尹志刚不置可否地笑了一下。

王琴说："我让肖亚洲帮你留意一下这方面的信息，有机会还是去试一下吧！"

这时，尹志刚的电话响了，是钟益打来的。钟益在电话里说，刚刚刘家坪村刘志成打来电话，可能是香江上游受到污染，村里几个网箱养殖专业户的鱼都毒死了。

尹志刚听了，觉得有点诧异，来香江市资水县十几年了，香江河死鱼的事，却还是头一回。既然城关镇的鱼死了，那么下游其他几个乡镇，肯定也会死的。尹志刚觉得这事还是让环保部门处理为好，于是，让钟益先跟环保局汇报一下情况，有具体的进展再向自己汇报，就挂了手机。

王琴在一旁听着，等尹志刚挂了电话，就迫不及待地问："香江河里死了鱼，也关你们的事？"

尹志刚说："香江河里的鱼死了，本来不关我们的事，关键这鱼是城关镇老百姓养的，就关我们的事了。"

王琴又问："你应该没责任吧？"

尹志刚笑了，说："不是我排污药死的，我能有什么责任？"王琴说："那就好。"

这时，王琴轻轻地往尹志刚的身旁靠了靠。"累了吧？累了就眯一会儿，很快就到景区了。"尹志刚说。

"那我借你的肩膀眯一会儿。"尔后，王琴很乖巧地将头靠着尹志刚的右肩，舒服地闭上了双眼。

尹志刚也想眯一会儿，但眯着眼睛却毫无睡意。

汽车进入了核心景区。窗外的景色确实很美。远方青山如黛，青山脚下，有一条玉带一样的河流缠绕着群山，显得那样安静，那样舒适。坐在汽车上，就如欣赏一幅移动的山水油墨画，让人感觉心旷神怡。王琴靠在尹志刚肩上眯了一会儿，汽车到了夷山风景区。下车后，尹志刚找了一家稍显档次的宾馆，没征求王琴意见，开了两间房，将王琴送进房间，叮嘱她好好休息一下，然后轻轻带上房门，去了另一间房。

尹志刚匆匆冲了一下身子，躺在床上想休息一会儿，却辗转反侧。这时手机嘀嗒了一声，尹志刚一看，是王琴发来的一条短消息。

“你把我一个人丢这里？”原来王琴也没好好休息。

尹志刚回了一条短信：“我们出去散散步吧？”

因为是旅游淡季，夷山的游客还不是很多，走在夷山脚下，让人有一种很宁静的感觉。尹志刚和王琴沿着一条小河，溯河而行。这真是一处别致的景致，两边是苍翠的山林，山的合并处，是一条蜿蜒流淌的小溪，溪里怪石嶙峋，清水涔涔，小鱼小虾成群结队地在溪水里嬉闹。

沿着小溪，新修了一条小道，给人提供了一个绝佳的休闲场所。偶尔有成双成对的年轻男女，或坐在溪涧的鹅卵石上，相依相偎，或手牵手、肩并肩，慢慢地走在林荫密布的小道上耳鬓厮磨，悄悄说着情话。不知不觉，王琴和尹志刚的手也握在了一起，似是无意识地，又好像是有意识地，王琴的头也向尹志刚靠来。

散了一个多小时的步，然后又找一家小店吃了饭，已是黄昏时分。尹志刚说：“明天要爬很高的山，还是早点回去休息吧？”

王琴点了点头。

尹志刚将王琴送到房间，正想转身出门，王琴突然紧紧地抱住了尹志刚，将头深深地埋进他的怀里，不肯放尹志刚走。

尹志刚听到了整个世界在躁动的声音。

第五十二章

早上张开眼，已是八点半，秋后的阳光透过窗帘，慵懒地照射到床沿上。尹志刚有早醒的习惯。尹志刚揉揉眼，看见王琴早已起床，穿好衣服梳妆一新，正静静地坐在沙发上，看着自己。

王琴见尹志刚醒了，粲然一笑，说："一把老骨头，累散了吧？"尹志刚伸了一个懒腰，爽然道："起床，爬山去！"

来城关镇之前，因工作性质的原因，尹志刚走过不少名山大川，沙漠、草原、大海、高山、原始森林、名人故居、繁华的城市、宁静的乡野……自从来城关镇后，出去的时间就少了。尹志刚知道，出去玩，玩的就是心情。心情好，自然满目是春，处处风景皆美景；心情不好，再美好的风景，不过就是几块石头、几棵树、几间房、几池水罢了。这心境，关乎一时的心情，关乎和你一起游玩的人，更关乎毫无外界事务的牵绊。今天尹志刚的心情自然不错，因为有心心相印的佳人相伴，所以感觉心情格外舒畅。

从宾馆去山脚下有一段平路，大概一千米的路程，路被夜晚的雨水洗过，显得洁净而清新。尹志刚要打车，王琴说不能浪费了这样的好风景，不如散步去。于是，两人手牵着手出发了，这感觉仿佛又回到了学校的那段青葱岁月。记得有一次，全班同学去城郊春游，尹志刚和王琴那时正情窦初开，相互爱慕，却又不敢相互表白。在爬山的时候，两人不由自主地放慢了脚步，落在了队伍后边。直至见不到前面的队伍，两人才情不自禁地拉起了手。那是尹志刚记忆最深刻的一次拉手，当时的感觉不知怎么形容。尹志刚觉得，那时王琴的小手是那样的细那样的软，细软得跟新打的水豆腐一样，又像初生不久肉嘟嘟的小鸟，握在手心不太安分，却是那样的柔弱无骨，那样的温暖……

王琴突然问尹志刚："在想什么呢？"

尹志刚脸一红，忙掩饰说："我突然想到我们在学校的那次郊游！"王琴调皮地对尹志刚笑了笑，见尹志刚有些不好意思，也就作罢。很快到了山脚，正逢一群自行车爱好者，大清早就从几十千米外骑车过来。他们打着旗帜：资东天使自行车俱乐部。宣传口号是：生态、环保、健康、快乐。王琴对自行车很感兴趣，这是一种不错的运动方式，既生态环保又强身健体，最关键的是，还可以愉悦心情。一经打听，领队网名叫天使哥，和尹志刚是同乡，又年龄相仿，于是就热乎起来。

王琴跃跃欲试的样子，非得借一辆女式车，要天使哥教她骑一圈。其实王琴读小学的时候，家里就给她买过一辆永久牌自行车，每天骑单车上下学。自从读中学以后，就再也没骑过了。好在骑自行车跟搓麻将或者游泳一样，一朝学会，终生不忘。

天使哥很热心，见王琴兴趣浓厚，便热情地介绍起技术要领来。先是将座位按王琴的身高调整好，然后是介绍上下车的技术要领，上下坡如何加减挡位，遇到紧急情况切忌单刹前轮……王琴按照天使哥的指导，沿着风景道转了一个小圈，天使哥对尹志刚说："你夫人很有潜质，非常适合这项运动。"

尹志刚笑了笑，没做解释，只说："有机会一定加入你们的队伍中来！"

天使哥一行将自行车锁在山脚，一行人欢呼雀跃，准备爬山，还盛情邀请尹志刚和王琴跟他们一起攀登，尹志刚有点迟疑，没想到王琴很愉快地答应了，说队伍大有气氛，爬起山来轻松。

一路上大家说说笑笑，真是率性开怀。尹志刚自从进了公务员队伍，特别是走上领导岗位后，从来没有这样尽情尽兴过。平日里在机关，不管跟同事相处，还是跟领导相处，说话做事一举一动，都不得不有所顾忌和收敛，但在这里就不同，你可以想说就说想笑就笑。尹志刚感觉这里没有论资排辈，没有你我算计，没有等级差别，没有尔虞我诈，有的，只是互相帮助，尽情开心，尽情快乐。

来到一块空坪处，天使哥建议大家休息一会儿，即兴搞点小节目。他们随身带了一个小音箱，放了舞曲，大家就跳起舞来。有一位很开朗的小妹妹主动走上前来，要约尹志刚跳上一曲。尹志刚从来没跳过双人交谊舞，在小妹妹的带领下，也尽情地跳了起来。一曲下来，小妹妹的鞋子被尹志刚虐待得面目全非，没想到小妹妹一点也不介意。

正在尹志刚一行忘情开怀的时候，他的手机响了，又是钟益打来的。钟益在电话里惶恐地对尹志刚说："尹书记，今天早晨，刘家坪村几个网箱养鱼专业户将数千斤死鱼拉到了镇政府门口，搞得整个镇政府院落都臭气冲天，满院子一股鱼腥味。"

养鱼专业户将死鱼拉到了镇政府门口？尹志刚的脑袋一下就大了。"他们为什么要将死鱼倒在镇政府门口呢？"尹志刚问道。

钟益解释说："这些专业户认为鱼死了，肯定是香江的水质出了问题，被污染了。并且，这些鱼是政府为了贫困户早日脱贫致富而倡导养殖的，是政府的扶持产业，所以，现在应该由政府来买单。"

尹志刚清楚，资水县的上游十千米处是香江市的老工业园区，那里建了水泥厂、化肥厂、农药厂，这些年来，这些厂基本停产了，因为下面就是资水县城所在地，有十余万群众需要生活用水，而资水县的自来水又是直接在江边打井取水，没有经过任何技术处理的。为了保证下方群众的饮水安全，近年来，香江市委、市政府不再新批污染企业进驻工业园，原来的老企业，环保没有达标的，也相继强制关停了。

尹志刚问："环保局的调查结果出来了没有？"

钟益说："县环保局经过调查，下结论说是因为天气原因，才造成香江大面积死鱼。"

尹志刚听了钟益的话，感觉有点哭笑不得。这香江千百年来，没有这样大面积死鱼，怎么会因为天气原因，死鱼了呢？这样的结论，显然连自己都说服不了，怎么能说服老百姓呢？

尹志刚略作思忖，就在电话里叮嘱钟益，让他跟岳峰等人商量一下，尽量先安抚专业户情绪，把镇政府门口的死鱼先清理掉，然后再跟县委、县政府及环保部门联系，请求调查真相，给予科学合理的解释，以平民愤。

尹志刚又在电话里说："专业户的鱼不明不白死了，向政府要一个科学的说法，这是无可厚非的。但把鱼拉到政府门口，阻止正常的办公秩序，这就不对了，告诫他们，不要把有理诉求，变成无理上访了。"

尹志刚决定立即赶回去，只是心里觉得对不住王琴，人家好不容易从省城来到夷山，还没来得及游览，就得半途而废了。

王琴从尹志刚的脸上看到了变化，不知尹志刚出了什么事。尹志刚将她拉到一旁，满脸歉意地说："琴，镇里出了事情，就是那死鱼的事，我必须立即赶回去处理才行。"

王琴有些失望，说："今天可是周日，而且昨天不是说你没有责任吗？"

尹志刚尴尬地解释说："确实是发生了一点意料之外的状况呀！"王琴心不甘情不愿的样子，插话道："你不在，不是还有镇长吗？"

"人家拉来死鱼把镇政府的大门给堵了！"尹志刚摸了摸头发，说，"这样的恶性事件，容易引起连锁反应，如果我不亲自出马处理，弄不好会酿成大事。"

"好了，那你回去吧！"王琴装着很不高兴的样子。

"机会多多，我们来日方长啊！"尹志刚刮了一下王琴的鼻子，笑了。

尹志刚虽然有些依依不舍，但也无可奈何。王琴告诉尹志刚说："我还在这里玩两天。不过记得，这次是你欠我的！"

尹志刚说："你跟天使哥他们一行，肯定会玩得很开心的。"尹志刚跟王琴和天使哥一行告别，径直去了汽车站。

一路上，有种归心似箭的感觉。

第五十三章

尹志刚回到资水县时，已是下午五点多钟。他本来想直接去办公室的，但这个时间只能回家了。母亲见尹志刚回来了，很是高兴，但高兴没两分钟，就跟尹志刚诉说起孙子的种种不是，原来这两天尹志刚不在家，他儿子每天沉溺于打游戏。想着才读小学的儿子，就迷上了网络游戏，尹志刚甚是恼怒，立即想进屋去好好教训一下儿子。母亲一把拉住他，说正在做作业，等下次捉了现行，再好好教育吧。

尹志刚想想也觉得有道理。这时，母亲给他端来一盆水洗脸。尹志刚从内心里一直对母亲心存愧疚，从小到大母亲总是对自己关怀备至，尹志刚也习惯了母亲的关心。突然，老人家好像记起了一件事，说在外面听到传闻，胡一枝因为打牌，欠下许多高利贷，闹得满城风雨。现在人已经跑了，那些债主四处打听，有几个人还打听到楼下邻居那里来了，还说胡一枝是你媳妇呢。

尹志刚抬起一张湿漉漉的脸，警惕地摆了摆手，朝里屋指了指，示意母亲低声点，别让在里屋的儿子听到这件事，毕竟他们是母子关系，现在儿子也越来越懂事了，让他知道这样的事情不好。尹志刚看着母亲有点担忧的样子，安慰说："现在我们跟她没关系了，随便她在外干什么，都不关我们事。"想了一下，又交代母亲，说："以后让儿子放学按时回家，不要跟陌生人说话。"

母亲点了点头，表示非常认同尹志刚的观点。这时，手机响了，钟益打来的："哦哦，我回来了，回来了，刚到家。有事商量？那你来吧。"钟益打这电话时，人已经在尹志刚楼下了。尹志刚不知又出了什么事这么紧急，竟然不能在电话里面说，这时候还火急火燎赶到家里来。尹志刚的母亲见有人要来家里，就急急忙忙地将洗脸盆端了出去，手脚麻利地收拾了一下桌面。

不一会儿，就听见敲门声。钟益进来，向尹志刚的母亲问了声“伯母好”。尹志刚给他倒了杯茶，钟益喘息未定，抬头看了看尹志刚的母亲，又望了望他，一副欲言又止的样子，尹志刚知道自己母亲在这里，不便于说事。于是，他示意母亲去客房里。钟益有些歉意对跟尹志刚的母亲说：“伯母，对不起啊！我跟尹书记报告个工作上的事。”尹志刚的母亲便知趣地进房去了。

等房门一关，钟益就神情急切地向尹志刚汇报：“这下事情闹大了，死鱼事件竟然被知情人发到网上，一时炒作得沸沸扬扬，上下皆知，现在网络上舆论一边倒，骂声一片，全国人民都在关注着这件事情的进展。”

尹志刚听了，神情十分惊愕。河里死了鱼，竟然闹到了举国皆知？尹志刚递给钟益一支烟，给他点了，然后自己也点了一根，深吸一口，问：“网上是怎么说的？”

钟益立即掏出手机，边按键边说：“手机上网也可以看到，某某新闻网已经在头条弹出了这条新闻，点击量超过百万了。”

这可不简单！不是非常热门的新闻，某某新闻网是不会刊载的，何况还是头条重点推荐。尹志刚急忙接过钟益的手机，钟益说：“真是热门新闻了，铺天盖地啊，连评论都有几万条了。”

尹志刚一看，顿时傻了眼。新闻的题目是这样写的：资水县香江河一夜死鱼上万斤，政府官员竟解释为“天气原因”。

内容写得更叫人触目惊心：连日来，资水县城关镇香江河发生大规模死鱼事件，网箱养鱼专业户一夜之间损失惨重，香江河内野生鱼类也大面积死亡。记者在资水县城关镇香江流域采访时发现，沿河养殖户的网箱内死鱼白花花一片，初步统计达两万余斤。在养殖规模较大的海棠村和刘家坪村，部分养殖户将死鱼从网箱中捞出扔进香江，在水面上形成长五百多米的死鱼带，死鱼已经开始腐烂、变质、发臭，将对香江进行二次污染。至于死鱼的原因，有专业户跟记者证实，前日晚间，香江河上游流来一股黑水，黑水流到哪里，鱼就死到哪里。此说法得到了沿河群众的证实。资水县环保局一名工作人员对记者透露，该局对死鱼河道进行水样检测后得出初步结论，称“香江水体监测指标均显示正常，死鱼事件排除工业污染所致”，该工作人员还进一步解释说，死鱼可能是因为“天气原因”。

文章后面，配了几幅图片，其中包括网箱内一片片翻白的死鱼，可能因为照相时选角的问题，死鱼的场面十分壮观，看了真能带动吃瓜群众的情绪。还有一幅图片更为形象，就是一个养殖专业户手里举着一条大死鱼，满脸无奈的样子，下面还配了一句话，说这次死鱼事件，让这位养殖户投入的数万元，一夜之间打了水漂，一家人一年的生计，全没了指望。这位养殖专业户看上去神情悲愤，很容易让人产生共鸣。最后一幅图片，就是养殖户将死鱼堆在镇政府大门口的图片，一个个群情激奋的样子。跟群众形成鲜明对比的却是镇干部，图片上的镇干部显得很淡定，文字上解释说，政府方面出面解释，这死鱼的原因不是因为工业污染，而是天气异常，香江水体缺氧所造成的。再往后看，就是网友的评论了。

那些评论要么言之凿凿、义愤填膺，要么不堪入耳、阴阳怪气，绝大多数都是对政府的解释表示异议和愤慨。不过置身事外，尹志刚也觉得，对于“天气”之说，无论从哪方面讲，都是讲不过去的，香江如此大规模死鱼，估计这是第一次，难道以前天气就没异常过，以前水里就没缺氧过？尹志刚心想，政府职能部门这样对老百姓解释，这事件不变成新闻热点，不被网民的唾沫淹死，真没天理了！

尹志刚越来越感觉到事态的严重性，便起身进了书房，打开电脑百度了一下“死鱼事件”。经过查找发现，这事件是香江市新闻网站一名叫肖国标的记者，第一个在网上揭露曝光的。

尹志刚猛然想起了一件重要的事，急着问钟益：“他这里说政府官员解释为天气原因，到底是哪个代表政府跟他这样解释的？”

钟益想了一下，皱着眉头说：“我们镇里是没哪个对外发布消息的。这些养殖户在镇里闹了，也闹到了县环保局，我猜想，应该是环保局的工作人员跟他们这样解释。说实话，从非专业的角度去理解，这实在说不过去。可能这些养殖户也觉得如此解释实在荒唐，就找记者写了这样的新闻。”

钟益深吸一口烟，然后将烟头狠狠地掐灭，很有感触地说：“现在的老百姓觉悟高了，懂得多了，动不动就找新闻记者来报道，造舆论影响，借宣传媒介的力量来向政府讨说法，达到他们的目的。”停了一下，又说，“这记者也会钻牛角尖，他们环保部门工作人员这样跟他解释的，为什么不直接写环保局，而要写成政府呢？”

环保局也是政府的一个职能部门，在大多数老百姓眼里，这是一个“大政府”概念。难怪上次吃饭的时候，大家都有相同的感触，觉得现在的干部难当，因为服务的对象越来越懂法，稍有不对的地方，就去上访，去找新闻媒体曝光。从另外一个角度讲，当老百姓诉求有门，懂得用法律的武器来保护自己的合法权益，这也是一种社会进步。

尹志刚安慰钟益说：“天要下雨，娘要嫁人，只能走一步看一步了。”钟益点了点头，起身告辞。

尹志刚拿出手机给周虎诚打电话：“周局长，我是志刚。嗯，城关镇的尹志刚。这么晚打搅您休息了，实在不好意思啊。”

电话那边，还有另外的声音，好像是在办公室。周虎诚大倒苦水，说：“志刚啊，我哪还休息得成。刚刚被李书记叫去大骂一顿，现正在单位召开紧急会议，研究如何处理这次死鱼的事情。”尹志刚有点惊讶，因为这事，李志强书记把环保局局长叫去骂了，看来事态非常严重。

尹志刚迟疑着“哦”了一声。

周虎诚又叹息道：“志刚，你方便的话，不妨也来参加一下会议，好吗？”

尹志刚听了，连声说好。

尹志刚赶到环保局会议室时，会议已经开了一段时间，会场里烟雾缭绕，与会者一个个神情紧张，很显然，这次会议不像以往开会那样轻松。大家就如何妥善处理这个死鱼事件，将影响控制在最小的范围，得立即拿出一个切实可行的方案来。看样子今晚不拿出这个处理方案，一宿都不得散会。经过近三个小时的讨论研究，最后初步达成三点意见：一是由城关镇做好养殖户的清查和登记，按市场价格，由政府买单，对养殖户进行全额赔偿，周虎诚称这叫“灭火”；二是由县委宣传部出面，做好省市新闻媒体的协调工作，让他们由负面报道转为正面报道，以消除负面报道带来的不良影响，周虎诚称这叫“捂火”；三是由县环保局出面，请香江市环保局前来做科学权威的水质检测，查出死鱼的真正原因，给老百姓一个合理的解释，周虎诚称这叫“熄火”。

散会回家，已是凌晨两点多。尹志刚突然想起应该给王琴一个电话，但这么晚了，只怕人家早休息了，正在犹豫间，他的电话响了，一看，正是王琴打来的。“接得这么快，你还没休息？”王琴在电话里问。

“刚散会回家，正想给你打电话，哪知你的电话就来了。”尹志刚惊异于两人心有灵犀，如此默契。

“都深更半夜了，人家短信都没收到一个，睡不着啊。”看来王琴真的失眠了，很不悦地说：“再忙也得给我一个电话，哪怕一个短信呀！”

尹志刚很冤枉地说道：“真的连电话号码都按下了，只是被你抢先了两秒钟，就两秒钟！”

“那还差不多！”王琴转怒为喜道，“这叫心灵感应心有灵犀，情感中最高境界。两情若是久长时，又岂在朝朝暮暮。只要心有灵犀，就够了。”

这时，尹志刚才换话题，将这次事件的严重性跟王琴简单说了一遍。末了，尹志刚大发感慨道：“去夷山旅游，是一件多么惬意的事情，特别是跟你在一起，如果没有天大的事，我哪想回来？在夷山，有养眼的风景，有快乐的心情，又有佳人相伴左右，人生如此，夫复何求？回到城关镇，身边全是烦琐的工作，复杂的关系，每天鞍马劳顿。有时仔细想想，人生一世，草木一秋，为什么就不能摆脱世俗，过自己想过的日子呢？”

说到这次旅游，王琴笑了，却也深有同感，说：“在网上看到过一位摩托车发烧友，花二十九天骑行西藏，回家后他这样感叹：‘我们只有三天的生命，一天用来出生，一天用来死亡，还有一天在路上。’旅行的意义就是在路上。只有走出去，生活才会打开另一扇窗，才会让人突然发现，原来另一扇窗里还有更好的风景。”

“旅行即修行。走出去，才发觉原来我们的生活不应该只是饱食终日，不应该只是琐碎的工作和烦心的生活，走出去，我们发现原来山林深处还住着一群宠辱不惊的人，原来山顶上的人没有网络和手机照样生活得那么快乐……”说到旅游，联想到当下繁杂的处境，尹志刚很诗意地感叹。

王琴说：“但即使知道了，又能如何呢？你能舍弃你现在的拥有？你有勇气遁入世外桃源？这些道理说起来很简单，但一般人就是做不到。就像大家都说名呀、利呀，都是身外之物，但真正面对名利诱惑时，一个个都赴汤蹈火，奋不顾身的。”

尹志刚笑了，说：“既然我们都超脱不了，那还是回归现实吧。旅行只是一种生活状态，如草木回归自然，我们终究还要回到原来的地方，工作依旧，生活依旧。”

一下就聊了一个多小时，尹志刚才意识到时间有些晚了，于是说：“琴，赶快休息吧，不然明天会成熊猫眼了。”

王琴懒懒地叹了一口气，说：“这下哪还睡得着。你明天还有工作，不打扰你了，早点休息吧。”

尹志刚叮嘱王琴也早点休息，这才挂了电话。躺在床上，一时竟也毫无睡意。尹志刚刚跟胡一枝离婚时，对婚姻对爱情彻底失望。这会儿，竟然又升腾起一种对爱情和婚姻的渴望之情了。觉得跟王琴这样的女人聊天很是惬意投缘，这样的感觉真是太美妙了。

第五十四章

事件处理定了方案，工作就好开展了。翌日上午，尹志刚召集相关干部开了个短会，就是布置驻村干部和联村领导去香江沿线的几个村，收集第一手资料，登记好养殖户的损失。这样一举两得，本来养殖户的死鱼都往河里扔，这样势必会造成二次污染，现在因为登记损失要过秤，照价补偿，得到消息后，养殖户就将死鱼全部捞上来，待过秤登记之后，全部按要求掩埋处理。这事归钟益具体负责。

中午，尹志刚接到县委宣传部肖副部长的电话，说通过努力，已经将省市记者悉数邀来资水县，就事件的后续处理给予集体通报，县委要求相关单位负责人参加这次记者招待会。环保局局长周虎诚自然也参加这次活动。

尹志刚深知处理这件事情，工作是一个方面，接待省市媒体记者是另一个方面。招待会后，到了晚饭时间，由宣传部出面，在资水大酒店设宴招待省市记者一行。

宣传部的郭部长和肖副部长都来了，加上省市记者一行九人，就是满满的一大桌了。但奇怪的是，桌子的上座，还留了一个比较显眼的位置，正在尹志刚疑惑时，这时，门开了，县委书记李志强大驾光临，他进门就抱拳连声说："对不起对不起，让各位大记者久等了。"

众人立即起身迎接李志强的到来，只有郭部长左边的一位记者，只是稍稍欠了欠身。这时，大家重新就座。郭部长开始介绍嘉宾，首先介绍李志强，说："这是我们资水县委书记李志强同志！今天听说各位大记者在百忙之中来到资水指导工作，李书记非常重视，特地在百忙之中抽时间来看望大家。"

李志强听了郭部长的介绍，忙笑着说："大家来资水指导工作，我不来看看大家，可不行啊！"

郭部长然后依序介绍前来的各位记者："这位是省政府门户网站的余总编，这位是省报的名记吴主任，这位是市新闻网站的王老总……"每介绍一位，大家听了名字，都做如雷贯耳状，连声"哦哦"不停，仿佛久闻其名，如今相见恨晚。

介绍完了客人，郭部长又介绍了在座的尹志刚、周虎诚，最后介绍李雅茹时，郭部长一时卡了壳，问尹志刚："这位女同志是……"尹志刚忙接过话，介绍道："这位是城关镇纪委书记李雅茹同志。"看着李雅茹一脸尴尬的模样，赶紧解围说："看来我们雅茹同志跟领导还是汇报不够呀！"

介绍之后，郭部长征询各位喝什么酒水。省政府门户网站的余总编率先回答："盛情难却，我建议来点红酒，怎么样？"

"看来我们的余总也是好色之人啊。"郭部长玩笑中，就将那个"编"字省略了，余总比余总编听起来更舒服。

余总爽朗大笑："男人好色，英雄本色嘛！当然，我更是为了在座各位领导的身体健康。"

于是，大家都一致拥护余总的提议，决定来红的。首先是主客双方通干三杯。三杯之后，就是主人敬客人。当然，这敬酒也是有秩序的，从最重要的客人开始，并且，敬酒时自己先干为敬，以表诚意。几轮下来，余总就直呼："撑不住了，你们这样敬酒，楚河汉界，泾渭分明，不利于团结，更不利于工作开展啊！"

尹志刚跟肖国标坐一起，虽然心里有些不太舒畅，但好像不跟他说几句话，就显得自己小肚鸡肠了，这才没话找话说："肖主任，你对我们城关镇的工作太关心了！媒体的监督是我们工作的动力。我相信，有了你们的监督，城关镇的工作会越做越好。"

肖国标听了，却淡淡地说：“对你们严管几分，就是对老百姓厚爱几分。你们多吃一点亏，老百姓就多占点便宜嘛。”

坐在尹志刚右边的肖副部长听了，打圆场说：“监督很重要啊，特别是新闻媒体的监督，是一种非常重要的监督手段，也最受老百姓的欢迎。”

这时，李志强点将了，指着尹志刚说：“志刚，别在下面搞小动作，你再敬余总一杯嘛！”

余总一看就是海量，尹志刚自知不胜酒力，但李志强亲自指示，只好如实照办，便端着酒杯，走到余总的身边，很谦卑地说：“余总，好事成双，我再敬您老人家一杯，今后有工作没干好的，还请您多加海涵！”说毕一口喝了下去。

余总这下很给面子，竟也站起身来，跟尹志刚碰了一下，说：“互敬互敬！咱们酒桌上不谈工作。”说着，只小口地抿了一下。

尹志刚见余总摆谱，心里老不舒服。心想你除了会摇几下笔杆子，吟几句酸不拉叽的诗歌，恐怕就只剩下满身的迂腐味了。可基层工作千头万绪，错综复杂，是你写几篇文章就能解决问题的？

这时，尹志刚觉得有些冷落了李志强。于是，他起身对李雅茹说：“刚才批评你跟领导联系不够，还不抓住机会，去敬领导一杯，在领导那里加深一下印象啊。”尹志刚边走边端起酒杯，来到李志强身边，低声说：“李书记，我敬您一杯！”说完一干而尽，“工作没做好，给您添麻烦了！”

李志强欠过身子，微微点了点头，喝了一口，说：“新闻媒体是党和人民的喉舌。那么，什么时候，谁规定的，这个喉舌只能唱赞歌，不能够批评？要我说，我们作为基层干部，千万不能把舆论监督当成是一种麻烦，而要把舆论监督当成是对我们工作的一种鞭策和鼓励！”

尹志刚连连称是。待尹志刚回到座位上，李志强问余总：“是不是再来一瓶？”随后又问大家：“大家尽兴了没有？”

“尽兴了！尽兴了！”大家几乎异口同声。“那这样吧，每人再来点饭，压压酒。”李志强好像作总结发言一样。饭后，李志强跟余总一行人道别，先走了。

第五十五章

虽然“死鱼事件”暂时平息了，但万千网民之口，是无法堵住的。防民之口，甚于防川。这事造成的负面影响，终究还是挽回不了。

半个月后，调查结果出来，河水的重金属含量明显偏高，但死鱼的主要原因，依然是因为天气原因，造成河水缺氧。因为“死鱼事件”负面舆情影响恶劣，按照市县主要领导的指示，县纪委对相关责任人进行了严肃处理：资水县环保局局长周虎诚被行政免职；城关镇分管农林水和计划生育这两根线的组织委员钟益，被免去职务；城关镇镇长岳峰，被行政记过。这个处理文件是尹志刚直接从县纪委拿回来的，尹志刚攥在手里，感觉这几页纸重如千钧，真不知如何面对岳峰和钟益。特别是钟益，刚参加工作时，分配在县公安局，因为重义气、讲感情，犯了错误，被调出政法队伍。本来是非常优秀的一位同志，一直干到四十多岁，才升到组织委员这个职务，解决了副科。没想到，没干几年又被免掉了。尹志刚坐在车上，想着钟益“两起两落”的仕途经历，暗自唏嘘不已。

这年头没有什么比这样的消息传播得更快的了，某某升官了，某某触霉头了，这样的消息就像生了翅膀，正规渠道还没公布，小道消息就已经满天飞。尹志刚带着文件径直来到自己办公室，他还没想清楚，究竟如何去跟他们通报这个处理结果。这时，电话响了，尹志刚拿出一看，竟然是钟益主动打来的。

“钟委员，你……”尹志刚一开口，就觉得这称呼叫起有点尴尬了，已经下文件正式免了，还叫什么委员呢？但叫“钟兄”吧，也觉得不妥，人家刚刚被免，难道就改称呼不成？

未等尹志刚说完，钟益打断尹志刚的话，说：“尹书记，晚上没别的应酬吧？”不等尹志刚回话，钟益又说：“没有的话，我单独请你喝几杯吧？”

尹志刚觉得钟益一定有事想跟自己说，这样的时候，就是天大的事也得推掉，好好去陪他聊聊天，交交心，虽然说已经于事无补，但劝慰一下总是好事吧。于是，尹志刚爽快地答应道：“今晚没有应酬，我们去哪里坐坐？”

“银雀台！我已经到了。”看来钟益早有安排。

“好的，我立即过来。”挂了电话，尹志刚赶紧清理一下办公桌，将杯中的半杯茶倒了，顺手将几份文件归档，就提着公文包匆匆出了门。

小彭送尹志刚到银雀台楼下，尹志刚打发他先回去，一个人上了楼。来到餐厅门口，远远地看见钟益坐在最里端靠窗的那个位置。钟益也看到了尹志刚，朝他招了招手。

尹志刚走过去，在钟益的对面坐下来。“尹书记，我们喝白的？”钟益问道。

尹志刚有点诧异，看了钟益一眼，建议说：“还是来瓶红的吧？”这时，服务员已经将开了瓶盖的一瓶五粮液，端了上来。

钟益笑道：“尹书记，我先斩后奏了。”说着，就给尹志刚和自己各倒了一杯。

“来，尹书记，我敬你。”钟益说着，就举杯仰头将酒喝下了。

平时喝酒，钟益从来没这样爽快过。既然人家先干为敬，尹志刚也只好很豪气地一口将酒喝干。

钟益斟上酒，又说：“尹书记，我们相处快一年了，还从来没和你单独喝过酒。来，今天好好喝两杯。”说着，又一饮而尽。

尹志刚端着酒杯，故意轻描淡写地说：“慢点来，不是还有一晚上嘛。先吃菜。”说着先夹了一口菜，边嚼边举起酒杯说：“钟兄，没保护好你，我是有责任的。这杯酒该我敬你。”

钟益听了尹志刚的话，很感慨地说：“尹书记，这事哪能怪你。要怪，只怪自己运气不好。”说着，深深叹了一口气。

尹志刚自我检讨说：“怪我们当初太大意，平时计划生育、社会综合治理、安全生产，哪一项不是一票否决的工作，但真正被一票否决的，全县又有几个？”尹志刚手朝窗外的香江指了指，无奈地说：“这河里死鱼，是无法预料的事，跟我们有什么关系呢？”

钟益倒是很淡然。他拍了拍自己的脑袋，笑着说：“尹书记，怪不得呀，你瞧瞧我这脑袋瓜子，是个尖的，根本不是戴乌纱帽的样子。”

尹志刚见钟益有如此心态，举起酒杯说：“人生一世，草木一秋，回头一想，不戴这个帽子又何妨？”

钟益喝了酒，一下子脸色又变得沉重起来，摇头苦笑一声，说：“尹书记，我今天请你来，是想跟你说个事。”钟益边说边将杯子里的酒又倒满了，“我是跌倒过的人，不过上次是三十岁，那时我跌倒了，还有信心和勇气从头再来，这次没信心了，你看，五十岁的人了，早已日薄西山，没有机会了。”

尹志刚知道钟益的脾气，决定先让他发点感慨，图个嘴巴痛快，待他平静了再做安抚工作。主意打定，只管喝酒吃菜。其实，钟益此时说什么话，尹志刚都能够理解，不发点牢骚，反而显得不正常了。官场中人，眼看身边一个个不如自己的人上去了，自己能力没比别人差，不升反被撸了，你还要他没事似的那么淡定，可能吗？

钟益这时摇头一笑，才舒口气感叹道：“我觉得干得真没意思！”

尹志刚知道钟益是看淡了官场，但一时不知他讲这话是什么意思，忙问：“你怎么这样想呢？我觉得你受处理，全镇上下不会有一个人另眼看你的。你一不是图私，二没有害人，三不是没能力，这只是一个意外。我个人觉得，你即使没有了职务，你分管的工作，还得继续管下去。我是充分相信你的。”

钟益摆了摆手，说：“尹书记，不在其位，不谋其政啊。”钟益递一根烟给尹志刚，自己也点了一支，继续道：“我有个老表在佛山开了一家特种不锈钢有限公司，发展势头很不错。好多次都要我过去给他帮忙，以前我瞻前顾后的，这个工作就像一块鸡肋，食之无味，弃之可惜，但这次不同，我下定了决心。”

尹志刚有点意外，就说：“这个事，得慎之又慎，三思而后行。”尹志刚掸了掸烟灰，很有感慨的样子：“我以前也这样觉得，与其每天朝九晚五，要死不活，还真不如出去闯一闯，或许就会是另一片天。可相对来讲，公务员这职业比较稳定，去外面闯荡，不确定因素太多。”

尹志刚不知这样的话是安慰还是鼓励，深深吸了一口烟，又问：“不知嫂子是个什么意思？”

钟益回答：“她很赞成，说一家两口，一个在家上班求个安稳，另一个出去冒点风险，这样进可攻退可守，也未尝不可。何况是亲表兄，他在那边搞得还算成功，让我过去帮他做副手，应该吃不了亏。”

既然这样，尹志刚也就无话可说了，举起酒杯，祝贺道：“那这一杯我再敬你，祝你心想事成、马到成功！”尹志刚突然想起了镇自来水公司的陆天，他也是因为某种原因而下海去了广东，不知现在混得如何？

但想想，人生之路千万条，这也算是其中一条吧。这样一想，也就释然了。

一杯酒下肚，钟益又发起了感叹：“有时候在想，人这辈子说长不长，说短不短，一眨眼的工夫，就过去了一大半。人生苦短，如白驹过隙。二三十岁的时候，年轻气盛，总觉得地球就踩在自己脚下，一跺脚，地球也会抖几抖，那时候不仅自命不凡，更不相信命运，总觉得命运就像人造沟渠里的水，你想让它往哪个方向流，它就会往哪个方向流。可事实呢，并非如此。等你经历了一些事一些人以后，人就越来越信命了。你觉得命运是一条河流，它只是朝着某个预定的方向在流淌，并不会随你的个人意愿而改变航向。你所经历的事，就像沿途的风景，那都是早就安排好的，命中注定的。你想改也改变不了。”钟益一口气说了很多，最后，还不忘问一句：“现在回头看看，我们哪一件事不是命运安排的？”

钟益有点喝高了，话也多了。但这些话听起来还真有几分道理，所以，尹志刚边听边点头，表示非常赞成他的观点，同时感叹道："人生的目的是一样的，只是过程不同。当官也好，从商也罢，都是人生的一种过程。概括起来四个字：殊途同归。"

看着钟益有点迷惑的样子，尹志刚又解释道："不管是大富大贵的人，还是平凡如你我这般凡夫俗子，都逃不过老天的安排。但如何从生抵达死，这里面的过程就各不相同了，有五彩缤纷的，有枯燥乏味的，有波澜壮阔的，有静如止水的；有一辈子当官的，有一辈子经商的，有一辈子务农的，有一辈子读书的。"

钟益听了尹志刚的话，笑道："按你的说法，我上半辈子为官，下半辈子经商，岂不是多活了一辈子？这样说来，还是蛮划算的。"

尹志刚笑道："这样的人生才丰富多彩嘛。"

钟益双手一摊，很豪气地说："人生如赛场。上半场顺势而为，听命；下半场事在人为，认命。"

尹志刚意犹未尽地说："我这辈子怕是一条道走到黑了。但跟你说心里话，我着实不想待在城关镇了，想早点离开这个地方，随便去哪里都行。"

这倒不是场面话，确实是尹志刚的真心话。这段日子以来，这种想法越来越强烈，不过以前他将这种想法死死地按在心底，今天借着酒劲，终于说了出来。

钟益看了下表，夜已经很深了，就笑着对尹志刚说："咱俩都成哲人了。喝完了酒，畅谈了人生，可生活还得继续。"

尹志刚起身握着钟益的手，晃了晃说："老兄，凡事想通达了，就那么回事。等你发财了，记得再请我喝酒。"

此后不久，钟益果真提前办理了退休手续，南下广东打拼去了。这事在城关镇引起了一阵不小的骚动。

第五十六章

城关镇海棠村将何进水重新纳入贫困系统，成为贫困户之后，他立即对家里的土坯房进行了危房改造。按要求，只能砌一层，政府按人头补贴七万多。何进水领取政府扶贫资金后，立即将房子加了两层。

因为事先做了规划，加层之后，贴上大尺寸四方瓷砖，装上深蓝色落地玻璃，大门口还立了两根罗马柱，家里添置了红木家具，精心改造之后，活脱脱成了一栋亮瞎眼的乡村别墅。贫困户对房子进行改造，是政策允许的，证明扶贫出了成效；但将何进水重新纳入贫困系统之后，立即砌了一栋小别墅，这不太正常。

贫困户何进水住上了三层小别墅，一时成为海棠村，甚至城关镇人们茶余饭后的谈资。

在资水县即将全面脱贫摘帽之际，按县委统一安排部署，在全县上下开展一场声势浩大的"思想脱贫"大讨论。扶贫先"扶智"；扶贫先"扶志"。按照"一超过、两不愁、三保障"标准，城关镇除了极少数老弱病残户需要兜底保障之外，其他基本达到了脱贫标准。生活脱贫了，但一些老百姓的思想还没有脱贫，还存在严重的"等靠要"思想。针对这种情况，资水县委政府对症下药，及时在全县上下开展"思想脱贫"大讨论。

县委书记李志强亲自参加了城关镇"思想脱贫"大讨论。李志强在会上说："眼下，脱贫攻坚战进入关键时刻。我们的老百姓在生活上脱贫了，但部分老百姓在思想上有没有脱贫，这是个问题；在我们干部中间，老百姓脱贫了，我们的少数干部在思想上有没有脱贫，也是个问题。这个问题很关键，它直接关系到脱贫之后的成效巩固，直接关系到脱贫之后乡村振兴。”

会上，大家着重讨论了何进水这种现象。从何进水不当贫困户，到争当贫困户，到底是工作不精细，还是思想存在问题，成了与会成员讨论的焦点。

副镇长陈旗说：“在何进水的问题上，我个人觉得我们至少犯了两次错误。第一次把他评为贫困户，是扶贫工作不精准，因为那时他在杀猪，每天高收入；第二次把他评为贫困户，我认为还是扶贫工作不精准，他评上贫困户之后，就很炫耀地砌了小洋楼，这种扶贫导向很不好。”

城关镇党委书记尹志刚说：“从何进水的问题上，证明县委开展这次大讨论的迫切性、重要性。在何进水评不评贫困户的问题上，我们一直被他牵着鼻子走，他一个普通村民，不想当贫困户就不当，想当贫困户就要当，也充分证明思想不脱贫，对扶贫工作影响很大！”

这时，李志强端着茶杯，喝了一口，放下茶杯不紧不慢地说：“何进水是一只麻雀，我们解剖这只麻雀，不能只停留在这只麻雀上，我们应该好好研究一下，这只麻雀如何才能变为一只天鹅。”

大家一时未弄明白，怎么李志强一下从贫困户的话题上，扯到麻雀身上去了，又从麻雀扯到天鹅去了，一个个做出洗耳恭听状。李志强看了大家一眼，又说：“头痛医头，脚痛医脚，这是治标，不是治本。我们只有将麻雀变成天鹅，一切问题自然而然就解决了。”

李志强的话，一下打开了与会人员的思路。

李志强慢悠悠地又喝了一口茶，习惯性地留出一定的时间空白，让大家及时消化他讲话的深刻用意，让大家明白他讲的麻雀不是麻雀、天鹅不是天鹅。过了好一会儿，又连着问：“何进水技能培训得怎么样了？他儿子在哪就业，有何技能？其他家庭成员还有何技能？这些技能又有何文章可做？”最后，又感叹道：“贫穷是一种病，每个贫困户都患了这种病，但每户的病根又是不同的。我们不能头痛医头、脚痛医脚，我们要找准病根，对症下药啊！”

尹志刚终于明白了李志强所说的“麻雀”“天鹅”有何深意，如何将一只麻雀变成一只天鹅，将一群麻雀变成一群天鹅，这真是一篇大文章、一项系统性大工程！

尹志刚感慨地说：“李书记的讲话精神，为我们打开了扶贫工作新思路，下一步，我们就是要找病根、开药方，既要治标，更要治本，将何进水这只麻雀变成一只天鹅，将何进水这样的一群麻雀变成一群天鹅！”为了贯彻县委书记李志强“麻雀变天鹅”讲话精神，尹志刚亲自到资北县，找何进水的儿子何有志及其媳妇杜芳芳，商议开办扶贫工厂之事。说实话，在此之前，尹志刚他们没往这方面想，何进水及何有志一家人，更是想也没想过自己办厂的事。

尹志刚做工作说：“有志，你懂技术，你爱人有业务资源，场地由镇里提供扶贫车间，买机械可以申请扶贫贷款，工人招贫困户劳动力。这样，有技术、有销路、有厂子、有机械、有工人，万事俱备，你还怕什么？”

何有志电子厂开业这天，李志强亲率市县报纸、电视台、融媒体的记者前来剪彩，因为这是全县乃至全市第一家扶贫车间，扶贫车间的工人，都是建档立卡贫困对象，李志强在致辞时，热情洋溢地说：“如何稳定脱贫？如何造血脱贫？扶贫车间就是很好的实践和创举。我们通过政府架锅，贫困户炒菜；政府栽树，贫困户摘桃；政府帮贫困户，先富起来的贫困户帮后富起来的贫困户，通过这些办法，让所有贫困户全部实现稳定的脱贫致富……”

记者们扛着摄像机，屋里屋外，扫来扫去。后面，记者们的长枪短炮一齐对着何进水，想在贫困户何进水的身上，挖掘一些感人的亮点和细节出来。

何进水从来没经历过这阵仗，心里不免有些紧张，一紧张，许多想说的话都说不出来，像一群一股脑挤在瓶口想涌出来的小蝌蚪，卡住了。情急之下，何进水指了指大门口上的对联，这时，记者们的镜头，一齐转向那副红艳艳的对联：

感党恩，记党情，坚定信念跟党走

治穷病，拔穷根，脱贫致富振乡村

自从扶贫车间开业后，何进水每天很忙：他是厂里的卫生员，哪里掉了果皮纸屑、钢丝废铁，要积极打扫干净，废物回收；他是厂里的安全员，机器漏油、管子漏水、哪里有火苗星子等安全隐患，要清理排除，还要看守大门、迎来送往；他是厂里的业务员，厂里的生产进度，要抓要管；他还是厂里的矛盾协调员，厂里员工发生矛盾纠纷，或者家庭婆媳不和，都要协调处理……总之，何进水是厂里的万金油，哪里需要哪里涂。

虽然每天很忙，但何进水觉得很充实，很有意义。何进水的家离扶贫车间不到一千米，他每天早上六点准时起床，然后哼着小调、迎着晨光去上班。海棠村的清晨，总是笼罩着一层薄雾，像一袭白色绸缎，缠绕在山腰屋宇间；小鸟在海棠树上鸣叫，成群的七彩蝴蝶在海棠花间飞舞，凝在海棠花尖的露珠像一双双眼睛，闪烁着晶莹的光芒……

第五十七章

自从上次在夷山王琴建议尹志刚应该参加省市的选拔考试后，不久，王琴就给尹志刚提供了一条非常重要的消息，省委为了进一步加大干部人事制度改革力度，重用一线扶贫干部，决定从基层直接选拔一批优秀的乡镇党委书记，去省直机关任职。

尹志刚的条件完全符合，就报名参加了。

这天下午，尹志刚在办公室一时无事，打开电脑上网查看新闻。自从参加省直某机关行政处处长职位选拔考试之后，尹志刚就偶尔查询领导人才网，看事情有无新进展。这天，尹志刚突然看到了从乡镇党委书记直接选拔省直机关处级干部拟任人员的公示，这次选拔经过笔试和面试，现已进入了公示期。

尹志刚点开一看，这批从基层共选拔二十名优秀的乡镇党委书记，自己的名字排在第六名。尹志刚一时心潮澎湃，激动万分。

真是“有心栽花花不开，无心插柳柳成荫”！尹志刚当初得到王琴的信息，是抱着试试看的心情前去应试的，真没想到一试就中。

公示已经是最后一道程序。

尹志刚看到这个消息时，马上就想到给王琴报喜，感谢她及时提供信息，于是赶紧掏出手机，给她发了个短信。

“琴，谢谢你！”

“恭喜你，志刚！”王琴的短信很快就回来了，她一直在关注着这件事情。

尹志刚又回了一条："期待我们早日在省城相见！"

"哪天来报到提前告诉我，我为你接风洗尘。"

这时，电话响了，是李雅茹打来的："志刚，在忙什么？"

李雅茹以前一直喊"尹书记"的，这下却换了称呼。

尹志刚答："不忙。"

"那我们去绿水茶寮，怎么样？"

这时，尹志刚还真想跟李雅茹聊聊，所以想也没想，就答应了。还是那间"情缘"小茶屋。

刚进门，李雅茹笑吟吟地起身道："祝贺你，这是我们城关镇的光荣啊！"

尹志刚笑着答："非常感谢你，感谢城关镇全体干部职工，这一年来对我工作的支持和帮助。"

李雅茹端起茶杯，说："来，我们以茶代酒吧。祝你青云直上，鹏程万里！"

喝了茶，李雅茹的情绪一下就有了变化，低着头说："志刚，当我从网上看到你的公示后，最开始是欣喜，为你而感到高兴，继而是失落，你走了以后，我在城关镇连一个说话的人都没有了，心里有一种很孤独的感觉。其实，在此期间，我也有机会离开城关镇的，但想着在你手下做事，感觉很舒心，就没舍得走。"

尹志刚听了心里一紧，忙说："你个傻瓜，有机会怎么不走呢？"李雅茹说："八月份的时候，县纪委为方便办案，需要进一位女同志，他们首先从乡镇的纪委书记之中考虑人选，纪委监委领导考虑的第一人选就是我，但我婉拒了他们的好意。"

尹志刚有些遗憾地说："你早跟我说，我肯定会极力支持你走的。毕竟城关镇这口塘太小了，养不了大鱼，向上迈一步，发展的空间就大些，你还年轻呀！"

尹志刚喝了一口茶，又举例说："小廖假如还在城关镇的话，只怕还得干综合办主任，他去人大常委会机关不到半年，已经是人大常委会机关纪检组长了，解决了副科。"

李雅茹却不以为然，她吁了一口气，说："其实我对官场对仕途，并无追求！"

尹志刚以前只知道李雅茹是个性情中人，人长得漂亮，对工作也认真负责，所以，一直对她另眼相看。没想到，现在才发觉她是一个有思想有境界的人，于是劝解道："那以后你有什么想法呢？"

李雅茹叹了口气，说："你都走了，有机会我也挪个地方吧。"尹志刚深有同感："一个女同志，不太适合老待在乡镇的。"

这时，李雅茹从手提包里拿出一样东西，慢慢展开，是一幅精美的湘绣，上面绣了一个大字"爱"，下面还绣了八个小字：

梦已启航　爱是天堂

尹志刚接过湘绣，发觉这真是一幅精美的作品，一针一线那么匀称，千万个针脚，每个针脚都齐整有序，红白相间，乍看上去，就像列队整齐的士兵。

尹志刚问道："针刺这幅湘绣，花了不少心思吧？"

李雅茹不置可否地说："你要走了，我没别的东西可送，就送这幅画给你，留作纪念吧！"

听了李雅茹的话，尹志刚顿时感觉手头的湘绣沉重起来。

尹志刚望着李雅茹，然后很郑重地将湘绣送回李雅茹手中，说："这一针一线，都是你的心血凝成，这么珍贵的礼物，我怎么能收呢？"

李雅茹低着头，过了好一会儿，才说："我想将它送给你，假如你嫌弃的话，就丢了或烧了吧！"

听了李雅茹的话，尹志刚很仔细地将湘绣折叠好，紧紧捂在胸口，半天，才说："谢谢你，雅茹！"

第五十八章

很快就接到了省里的调令。尹志刚握在手里，却重感千钧。即将离开，尹志刚觉得心里空空的。尹志刚觉得应该去跟领导们道个别。

来到李志强办公室，他正跟另外的人在商谈工作，看到尹志刚前来，他很快将商谈的工作做了小结，送走了其他人，还亲自倒了一杯茶，递到尹志刚的手上。

“志刚，恭喜你啊。这是我们资水县干部的骄傲！”李志强热情地说。尹志刚很诚恳地说：“李书记，感谢您这些年来对我一如既往地关心和照顾，志刚能有今天，全是因为您的栽培和厚爱啊！”

“哪里哪里，这是你自己努力的结果啊。”李志强又谦逊地说，“今后资水县的工作，还需要你的大力支持呢。”

尹志刚听了脸竟有些红了，说道：“今后如有用得上的地方，您嘱咐一声就是！”

突然，李志强话头一转，问道：“志刚，你高升要走了，城关镇的党委书记之职就空了。现在从上至下都很关心女干部的培养，你觉得李雅茹这人怎么样？”顿了一下，又补充说：“省里这次对乡镇党委书记、一线扶贫干部高看一眼、厚爱一层，为我们带了一个好头，我们县里为什么不能对一线扶贫干部破格提拔呢？”

尹志刚闻言心头一怔，继而大喜，但他故作镇定，说：“李雅茹个人综合素质较高，爱岗敬业精神强，干工作又大胆泼辣，在干部群众中有一定威信，确实值得组织栽培！”

李志强听了不置可否，微微颔首，只轻轻地“哦”了一声。

继而，李志强又说：“你走之后，城关镇我还准备动几个干部。”

动几个干部？尹志刚不知是坏事还是好事，双眼紧盯着李志强的脸，听他继续往下讲。

李志强喝了两口茶，接着道：“当然，这只是我个人意见。我准备让何平凡去县发改局任排名第一的副局长，刘一夫接替何平凡的人大主席，常务副镇长黄金山任政协主任。另外，政法委员孙建国要办退休手续了，我想副镇长陈旗可以接他。”李志强略微沉吟，又道，“这次岳峰就先不动。”

听了李志强的话，尹志刚频频点头，连声道：“感谢书记关心！感谢书记对城关镇干部的关心！”尹志刚非常清楚，按省里的最新文件精神，一个乡镇的党委书记和乡镇长，一次只能动一个。另外，岳峰这次得了这个处分，按规定在某个时间段内是不得提拔重用的。

县委能够如此妥善安排城关镇的干部，尹志刚已经非常欣慰了。特别是对李雅茹和何平凡的安排，按惯例，镇纪委书记直接提拔为党委书记，这是特例，属于破格提拔，放眼全国，怕也是没有先例的。但想到自己从正科直接到正处，连跳两级，破格提拔，这正是省委重用一线扶贫干部的一种用人导向，凭能力用人，不拘一格降人才。这次何平凡竟然安排到发改局担任排名第一的常务副局长，也算是重用了。

尹志刚再三感谢之后，准备离开。

李志强起身又重重地握了握手，亲自送到门口，拍了拍尹志刚的肩，像长辈一样语重心长地说：“志刚，此去前程远大，多为资水县争光，多为香江市争光啊！”尹志刚郑重地点点头。

尹志刚又去了另外几个领导的办公室，大家同样热情洋溢地接待了他，然后大加祝贺一番。

这两天，尹志刚的电话响个不停，都是朋友同学的各类宴请。大家为尹志刚荣调省城而饯行。对于大家的盛情相邀，尹志刚都尽力婉言谢绝。但城关镇党政班子成员为尹志刚摆设的送行宴，是无论如何也推脱不了的。相处一年，同荣辱，共患难，都少不了大家的帮衬和付出。

这晚，尹志刚想到了许多人许多事。

当年，自己离开学校，孤身一人，背着一个牛仔背包，里面就放了两身衣服和几本书，从省城坐车到香江市，然后从香江市转车到资水县委组织部报到，最后被分配到下面的前车门镇。

时间如白驹过隙，十多年一眨眼就过去了。资水县，是人生中最重要的一站。

城关镇一年，是人生中最美好的一个节点。

这一年，有过胜利的喜悦，也有过失败的悲伤；这一年，失去了很多，但得到的更多……

身处出租屋，酒意阵阵，思绪像千万只小蜜蜂，在脑海嗡嗡作响。不知不觉就到了清晨，小彭早早就来到尹志刚的楼下，先是按了几声喇叭，不一会儿，就有人敲门了。就像年初来接尹志刚去城关镇报到一样，小彭满脸的喜气。

上车，尹志刚说："谢谢你了。"

小彭忙说："应该的，应该的。"最后，还不忘恭喜道："真心祝贺尹书记高升省城！"

一路上，两人无话。

尹志刚嘴上没说，但脑海里一直思绪翻涌。

很清楚地记得刚来资水县时的情景，那时的路还没这么宽敞，路的两岸是一排排低矮的砖土房，汽车一过，尾巴后就扬起一路黄尘，就像拖着一根长长的黄尾巴。而如今，十几年过去了，车窗外，是宽敞平坦的草砂路，路两旁是一排排高楼大厦。有几家星级酒店已经初见规模，正在加紧装修。

这十几年的变化真的太大了！

尹志刚的眼睛突然有些湿润。他正在离开这熟悉的地方，正奔赴一个陌生城市，那里的舞台更加宽广，那里的人事更加繁杂，那里的一切，都在等待尹志刚前去面对。

幸亏那里还有一个叫王琴的人，此时，仿佛正向他张开了温柔的双臂……

尹志刚赶紧掏出手机，给她发了一条短信：“琴，我出发了！”

眼前的道路宽敞平坦，小车一路向东奔驰，仿佛正驶向另一个神秘而宽广的世界。

2008 年 11 月写于毛泽东文学院

2022 年 2 月改于新邵县八中

后记

这部书的初稿，是十多年之前写的。俗话说，十月怀胎，一朝分娩。而这本书，从写作到出版，历经了十数年，实属不易。

为什么会经历这么长时间呢？我想主要有两个方面的原因：

一是自己对这部书的写作不甚满意，这是主要的。十年之前，我经常写一些“豆腐块”“火柴盒”，发表到全国各地的报纸杂志上，写过专栏，并被大报大刊频频转载，但在此之前，我从未写过长篇小说，甚至连中篇、短篇小说，都没有尝试过，因为文学功底的问题，因为俗务和时间关系，这部小说写出“毛坯”之后，就一直没有修改，后来曾多次尝试去修改，都半途而废，没有成功。

二是怕有人对号入座。自己是体制内的人，写的又是体制内的事，如果有人捕风捉影，是很容易对上号的，小说里面的内容，总有那么一两点符合你或者你身边人的轮廓。记得以前写过一篇小小说，说了某局的局长，人家就对号入座来了，我好一番解释，人家还是愤愤然。而这部小说里面，写了那么多人，说了那么多事，如果每个人都来对号入座，那我岂不是百口莫辩、无地自容了。

再后来，我想，既然种子发芽了，就要让它见到阳光。

小说写得好不好，自己有自知之明很重要，但更重要的是，需要读者的中肯评价。至于对号入座嘛，更无须太过担心了，小说不是纪实文学，小说是虚构的，源于生活而高于生活。小说中的某个人物，或许有张三的影子，或许又有李四的影子，但绝对不是现实生活中的张三或李四。如果大家都能这样认为，那就足够了。

小说终于要出版了，这是一桩大好事。

一部小说的出版，只是人生河流中的一朵小浪花。在此，我要衷心感谢一些人，这些人包括我的家人、朋友、同学、同事、领导，以及为本书的出版发行献策出力的那些好人，特别是我的家人，一直对我怀着一颗包容和宽宏大量之心，让我有时间和精力去读书和写作。

最后，借用海子的一首诗，作为结尾吧：

从明天起，做一个幸福的人，
喂马、劈柴，周游世界。
从明天起，关心粮食和蔬菜，
我有一所房子，面朝大海，春暖花开……

唐慧忠

2022年2月8日